JN289992

あたしは非定型精神病なのだよ

――坂下まりあ

たま出版

【非定型精神病】ひーていけいーせいしんびょう
統合失調症・躁鬱病・てんかんのうち、いずれか二つ、あるいはそれ以上を併せ持つ病気。一括して非定型精神病と総称する。

あたしは非定型精神病なのだよ◆目次

三十三歳のプロフィール

1971（S46） 3・8 0歳 物心ついた時から、六歳年上の従兄と性的な遊びをしていた記憶がある。性的な好奇心が強い。成績は優秀だが、算数ができない。協調性に欠ける。友人はいない。幼少時から、わがままだといじめられる。盗癖など隠れた問題多し。母に躾という形で叩かれる毎日。大嫌いな母親を呪う。

小学一年時より二年年上の男からいやがらせを受け続ける（中学三年まで続く）。

1983（S58） 2 11歳 大阪教育大学附属池田中学校受験失敗。

3・8 12歳 地元の公立中学に入学。カレ（三十三歳）との出会い。男女からのいじめがひどさを増す。

1986（S61） 3 15歳 中学卒業。カレと離れる。

高校入学。いじめからは解放されるが、一人ぼっちの状況は変わらない。数学・英語・物理が全くできずに苦しむ。夏までに心身症が定着。秋、犬に噛まれ三針縫う。

1987（S62） 16歳 花粉症発症（ハルガヤ・カモガヤ）。夏休み最後の日、食中毒。父方の祖母の問題で父を呪う。新築した家になじめない。

1988（S63）　17歳　飛び降り自殺を考える。はじめて母親に暴力をふるう。
高校生活を通じて、カレの一九八四年十一月の写真を持つ。睡眠時、夢に出てくるカレを見て満足する。カレに、年賀状と暑中見舞いを規則正しく出す。カレからの返事は時々。体重五〇キロ。

1989（H1）　3　18歳　京都大学受験失敗。浪人（希望の予備校の試験に三回落ちる）。

1990（H2）　2　父が滑り止めの私立大学を受験するよう強いるが、反発。そのストレスで十二指腸潰瘍になる（一ヶ月間）。

3　19歳　信州大学合格。カレに電話する。
健康になりたくて、断食などをはじめ、摂食障害になる（過食のみ、嘔吐なし）。

1991（H3）　5　20歳　自律神経失調症と診断される。

1993（H5）　5　22歳　車で交通事故を起こすが、離人感酷く、他人事のように後処理をすます。
外資系製薬会社の縁故採用試験面接で、父の顔に泥を塗る結果となる。

6 母校にて教育実習（二週間）。

9・4 カレと七年半ぶりに再会。四時間喋ったあとのリラックス感！

11・14 カレとドライブ。
大阪大学医学部研究生となる話を正式に辞退する。

1994（H6） 3・17 23歳 カレと逢う。

3 高校教諭理科一種免許取得。卒論『香辛料およびユーカリのアンギオテンシン変換酵素阻害能』
高名な手相見の子供に手相を観てもらい、衝撃的な体験をする。

3・24 カレと逢う。

3・25 東京―沖縄へ。チサト（二十三歳）との出会い。西表島で働く。

5 チサトが一緒に働きはじめる。

6・16〜17 大阪へ。カレと逢う。滋賀―信州。流産。体重五七キロ。

1995（H7） 1 郵便局年末年始アルバイト（二週間）

1996（H8）

11・18　チサトと大阪で逢う。

11・26　チサトと京都で逢う。

12・16　カレと逢う。

1・1　一人暮らし開始（電化製品なし）。

1・16　小児科臨床心理士女医Aドクターとつながる。

3・6　チサトと大阪で逢う。

3　25歳　K塾講師アルバイト開始。

D出版社アルバイト開始。

4・10　鍼灸整骨院を退職。

4・13　児童虐待防止研究大阪大会。

4・21　チサトと名古屋で逢う。

4・27　WCOにてスペキュラム指導を受ける。

5・13　Kカウンセラーとつながる。

5・15　WCOにてペッサリー指導を受ける。

5・20　京都M医院（精神科）ナイトケア参加。病名は、摂食障害・気分障害（過活動・抑うつ状態・希死念慮・解離・衝動傾向・嗜癖―軽い薬物・知的・男性関係）

5・27 M医院に三十二条申し込み。
6・2 チサトと名古屋で逢う。
6・22 チサトと京都で逢う。
9 大阪のクリニック（精神科）で精神分裂病の薬をもらう。
10・9〜14 中国旅行（上海―黄山―寧国―杭州―上海）。神の山といわれる黄山で不思議な体験をする。
11・24〜29 一一九番通報し、救急車で大阪K精神病院に運ばれ、入院。
12 カレとチサトと別れる（気持ちの整理がつかないまま、現在に至る）。

1997（H9） 26歳 家に軟禁され、座敷牢状態を強いられる。特に電話と手紙の通信手段を禁止される。家族の信じる毛利高明という自称超能力者の講演へ三回連れて行かれる。家庭内暴力がひどくなる。拒食傾向が強くなり、体重・免疫力が落ちる。

1998（H10） 4 27歳 パンづくりを学びはじめる。原因不明だが、二回倒れる。
首吊り自殺未遂。不思議な声を聞く。

キンギョとカメなどを飼う。
7・30～8・12　肺炎にて入院。壊疽。ペーチェット病初期症状。アロマテラピーをはじめる。

1999（H11）　8　28歳　バッチのフラワーエッセンスに出遭う。

2000（H12）　8　29歳　フィンドホーンのフラワーエッセンスに出遭う。

12・21～2001（H13）　1・22
発狂。教会の前の路上で独語しているところを警察に保護され、精神運動興奮ということで、保護下で診察、大阪S精神病院に応急入院。非定型精神病と診断される。

2001（H13）　1・27～4・19　30歳
ボーダーライン・パーソナリティ・ディスオーダーの錯乱状態で大阪K精神病院に入院（記憶喪失一ヶ月、肝機能、腎機能低下）。体重四三キロ。

4　父が黄綬褒賞受賞。
大阪K精神病院より出入り禁止措置を受ける（アクティング・アウトしないという約束が守れなかったため）。

8・18～9・17　大阪S精神病院に入院。

9・18　安定剤九〇錠を大量服薬（ＯＤ）。不思議な体験をする。

9・19〜11・22　大阪Ｓ精神病院に入院（男性看護士二人が、暴れる私の首すじを足で踏みつけて押さえこむ。こういうことは、この精神病院では日常的に行われているという）。

電話依存（テレクラ）。服部神社ほか地元の神社参拝を重ねる。精神障害二級認定。

父が、薬局を開くなら全面支援する、と言い、薬種商国家試験勉強に励む。

2002（H14）　5　31歳　家出して、山口組系やくざと同棲、姐御になる。セクキャバ、ファッションマッサージで働く。安ホテルで暮らしているところを、現在の夫に拾われる。

7・7　入籍。パソコンをはじめる。

9・1　環境大臣許可法人（社）日本アロマ環境協会（旧日本アロマテラピー協会）アドバイザーに認定される。

12　群馬Ｓ病院に通院。以前から続いていた右半身の疼痛に悩まされる。

2004（H16）　4・8　33歳　結婚式。

買いもの依存・チャット依存・出会い系依存・解離の症状が強い。

7　一人で上海に行く。

8　精神障害一級認定。

9　薬物過剰摂取を重ねるため、夫が薬の管理を行なう。

10・17　群馬P心療内科・女性の会（自助グループ）につながる。

10・22　埼玉県N助産院につながる。

2005（H17）

1・18　執筆と休息入院のため、大阪S精神病院解放病棟に入院するが、担当医Iから、「わがまま病だ」などとドクターハラスメント（ドクハラ）を受け、一泊で自主退院する。ショックで激鬱になる。

2　フィンレージの会（全国不妊自助グループ）に入会。

3・5　サイコセラピスト（心理療法家）L氏による電話ヒーリングで、長年苦しんできた希死念慮から解放されるという奇跡の体験をする。

3・11　ブッシュ・フラワーエッセンス創始者イアン・ホワイト氏と会う。

3・18　ブッシュのエッセンスを妊娠用にブレンドし、飲み始める。

4・4　流産。姑が胃癌で胃を全摘する。

4・22　学研教室を開くことが正式に決まる。

4・26　姑退院。姑との同居に限界を感じる。離婚話が浮上する。苦しさの余り、いろいろなブランドのエッセンス一気飲みを毎日行なう。

5・14　母校の東京久敬会第七回総会懇親会に出席。

5・24　子宮外妊娠発覚。

5・25　大阪H病院産婦人科に入院。新たな女性ドクター二人とつながる。

6・4　産婦人科に入院している状態で、衝動的にリーマス31錠を大量服薬。胃洗浄と点滴により、人工透析になるところ、一命をとりとめる。不思議な夢を見る。自殺依存（不思議体験依存）。

はじまりの詩《うた》

「違うの」
「そうじゃないの」
「そうじゃなくて…」

もどかしい。
言葉を教えてくれるのは、いつも他人だ。
その言葉たちは、いつも私にフィットしない。
でも、かわりになるものが見つからない。

なぜ、私は、こんなに憎まれなければならないのか。

自分をあらわす語彙を、私に投げつけてくる他人たち。
なぜ、単純な構図に気づかないのだろう。
君たちから見れば
否定の権化に見える私は
君たちの世界観のなかでのみ
否定される存在で

私から見れば
君たちの方こそ不可解だ。

なぜ
私ごとき何も持たない一つの存在を
徹底的に殺そうと
みなさん
躍起になるんですか？

君たちこそが
わがままで
プライド高く
名誉を求め
甘えており
恥を垂れ流し
チクリで
マザコンなのだよ。

私は、自分を語れない。
だから、他人を語れない。

なぜ、こんなに苦しいの？
わからない。わからない。
わからないから
露出狂にならざるをえない。
裸で踊り狂う。
露出したところで
足枷が増えて
ますます身動きがとれなくなるだけなのに
救済も共感も理解もない男たちへ「わたし」を提出する。
現実を汗を流して生きる男にとって
虚構を血を流して生きる女は
便利で都合のよい存在というだけなのに
懲《こ》りもせず

苦の断片を束ねる作業を続ける。
なぜなら
一文字一文字を血で綴ってしか
命を削ってしか
生き延びられないから。

楽になりたい。

第一部　夜明けのない闘い

プロローグ

二歳。　それ以前の記憶はない。
公団の団地で暮らしていた。幸福そうな写真もあるし、いじめられて泣かされている写真もある。滑り台のてっぺんから飛び降り、気を失ったことがあるという。公園から帰るのを嫌がり、母親が手を強くひっぱったため、腕が抜けるという事件もあったらしい。自分のおやつを全て友達にあげるという気前の良すぎる性格に、母親は困ったという。

三歳。　引越し。お寺附属の幼稚園に行かされた。英才教育のはじまりだ。記憶にはないが、当時住んでいたマンションの裏が墓地で、私は異常に嫌がったらしい。高名な手相観が横断歩道で私の隣に偶然立ち、私の手相を見て、すごい手相だ、と言ったとか。

記憶にあることは、幼稚園のブランコに乗りながら、両手を離したらどうなるのだろうと思い、離して落ちて足の爪が取れたこと。軍隊式の「気をつけ」の姿勢で写真に写っているので、当時から相当な家庭教育がなされていたであろうことが予想できる。この時すでに、私は親の言うことを絶対守る子供に仕上がっていた。しかし、ある日のこと、父親と一緒に入ったお風呂の時間、父親が「髪の毛を洗うから待っていなさい」と風呂椅子に座らせたのだが、なぜか私はその命令を無視してバスタブに入ろうとし、バランスを崩して湯の中に頭から突っ込み、溺れた。

四歳。引越しに伴い、私立幼稚園に転園。ネイティブの英会話教室に入る（週一回）。将来の夢に「ぱぱのひしょになりたい」と書く。

五歳。親がより良き幼稚園を求め、遠くの公立幼稚園に転園。はないちもんめで、いつも私は欲しがられなかった。女子の群れの中に入ろうとしても絶対入れてもらえなかった。必然的に一人で遊ぶこと（本を読むなど）を憶えていった。郵便屋さんごっこでは、私に手紙をくれる子が誰もいなかった。

ホッチキスで手の親指を挟んで、針を突きたて、血を見る。自分を守るための嘘をつくことを自動的に覚える。厳しい躾によって、先生受け、親受けは良い。しっかりした子という評価。

劇『エルマーの冒険』の司会を、大勢の観客を前にしてものおじせず堂々と行なう。

六歳。 近くの公立小学校に入学。先生のいうことを素直に大人しく聞いて器用にこなすため成績が良かったが、しかし算数と、「みんな」と協力して何かをする、の項目がいつも駄目であった。休み時間のドッチボールが非常に嫌だった。みんなと遊ぶのは好きだったが、ボールが恐怖だった。

少年野球をやっていたFは、ドッチボールを変化球にする。私は、恐怖のあまり逃げ回り、絶対ボールに当たらない。私一人のためにゲームが終わらないので、みんなの不興をかっていた。ある日のゲームの時、いつものように一人で逃げ回り、みんなは標的の私が決してボールに向かっていかない態度にいらいらしていた。そんな時、味方のK君がコート内に戻ってきた。K君は、手を広げて私に言った。「俺の後ろにいろ」と。男らしい…これが私の初恋だった。この初恋は、中学生になって、私を悲しませる記憶に変わるのだが。

お稽古事《けいこごと》は、英会話に体操・水泳が加わった。電車で一人、毎週通っていた。ひきこもりの三十三歳の私が絶対できないことを、六歳の私は、何の苦もなく、すいすいやってのけていた。

私自身には全く記憶にないことだが、全校朝礼の運動場で、私は自分の肛門を触って、その手を鼻に持っていってにおいを嗅ぐという動作をしたらしい。この行動の一部始終を、二年上（当時小学三年）の男子が見ていて、これは面白いネタになると思ったようだ。以来、私の行く先々で待ち伏せて、仲間を集めて内緒話をして、集団でいやらしい視線を注いだり、指差したりした。

小学時代の私は、なぜ私が彼らの対象になるのか理解できなかった。私には、思い当たるものが何一つなかったのだ。だが、「あいつ」は、「おまえが悪い・おかしい・変だ・汚い」という無言のメッセージを目線で送ってきた。誰かに訴えることもできなかった。ただ私にできるのは、「あいつ」(名も知らないが、顔に大きな痣がある)がいないかどうか、アンテナをいつも張ることだけだった。私は、敏感に、敏捷になっていった。「あいつ」は私の名前、住所を調べ、ふいにあらわれては私を脅かし苦しめた。今で言うストーカーのように。

全貌が明らかになったのは中一の時だ。「あいつ」は私を逆恨みするサッカー部の同級生集団(Kを含む)に事件をばらした。事態がもっと面白くなるように。

「おまえって、小一の時、肛門に手を突っ込んで、その指嗅いだらしいな」

と直接同級生に言われた時、私はすべてを、苦しみ続けた六年間の原因を知った。そうだったのか! 以後も、自分がやった憶えのないことでつけまわされる地獄が中学三年まで続いた。自分に記憶がなくても、肛門を触ったらしいということを第三者にどうしても言うことができなかった。たとえ勇気を出して言っても、私の味方になって「あいつ」を撃退してくれるような人は誰もいないように私には思えた。一人で闘うしかなかった。

私が大学生になった時、「あいつ」は遊園地で働いていた。なぜ、行く先々で出会うのか。なんなの、この呪われた関係は？　「あいつ」を見た瞬間、頭が真っ白になり、動けなくなった。
二十四歳になって、ようやくカウンセラーに、嫌がる心を無理やりこじ開けて勢いで話した。黙っていてはいけない、吐き出さなければいけないと思って必死で話した後カウンセリング室を出たら、痙攣して腰が抜けた。過去の事柄を話してこうなったのは、後にも先にもこの時だけである。
その後、私は、誰にでもこの話ができるようになったし、「あいつ」に怯えることもなくなった。怒りを超えて、「あいつ」はどうでもいい奴になった。再びあらわれたら、今度は、堂々と助けを求めることができる。

七歳。小二。一学期の成績が良かったご褒美に電子ピアノを買ってもらう。それまでは、もらった古いオルガンだった。本物のピアノを買うだけのお金がなかったという家庭の事情など私は知る由もない。そして、ピアノ教室に機械的に通うだけで、家で練習をしないので、ピアノ教師との関係が悪化した。電子ピアノのソフトなタッチと、本物のピアノの硬いタッチの差ゆえに、後々まで苦しんだことを親は全く知らない。

八歳。小三。気がついたら、同級生のT君と相思相愛っぽくなっていて（一緒に遊んだ記憶はないのに）、T君がお揃いの服を着てくれたりして、みんなの嫉妬を浴びた。電柱に相合傘で落書きされたりした。彼は同級の障害児の介護役を任されていて、私はそういう優しさが好きだった。この頃から私は、優しい人にすぐ惚れていた。

この頃だったと思う。夜中に両親が大喧嘩をした。三つ年下の妹の部屋の隅で母親は妹を抱いて、父親は反対の隅で対角線上に向かい合い、激しく言い争っていた。父親が立っていたのは、私の部屋のふすまの前だった。寝ていた私は、隣の部屋の大声に目覚めてふすまを開けた。父親がいた。争いの内容は覚えていない。

母親が「お母さんはこの子（妹）と一緒に、この家を出て行きます。あんた（私）はお父さんが好きなんだから、この家にお父さんと一緒に残りなさい」と叫んで、窓を開けて出て行こうとしたのだった。私は母親が大嫌いだったが、残されていくことを寂しく感じたことを憶えている。これで母親をますます嫌いになった。

母親はいつも私に怒っていた。台所で妹とふざけて遊んでいて、母親の注意を無視していたら、アルミのボウルが飛んできてびっくりしたことがある。

食事を残すのは絶対許されず、落とした食物は、埃だらけになっていても拾って食べさせられた。泣きながら食べているのを叔母は「かわいそうに…」と思って見ていたらしい。

ある夜のメニューはシチューだった。私は気分が悪くて食べたくなかった。でも、母親が怖くて、自分の調子の悪さを訴えることができなかった。その晩、寝ている最中に私は嘔吐した。

九歳。

小四。バレンタインのチョコをはじめて渡した。その男の子とはよく一緒に遊んで、とても優しかったけど、すぐ引越ししてしまった。

おねしょをした最後の年。

近所の遊び友達はたくさんいたけど、単なる遊び友達でしかなく、私は一人ぼっちだった。今はなぜだかわかる。グループとか仲間というものは、何か共通点があるものだが、私は他人と群れるだけの意味のある共通点がなかった。

あきらかに毛並みの違う二人組のところへ行って「入れて」と卑屈に頼む。もちろん、「嫌」と言われる。「なんで?」「なんでも」私がはみだされる理由は誰からも聞けなかった。ただ、「嫌だ」と拒否された。

二時間目と三時間目の間の休み時間に、滑り台鬼ごっこがはやっていて、クラスのほとんどの女子が参加していた。私はある日、ずるいやり方で鬼にされて、怒りのあまり、「もう二度とやらへんわ」と言い捨てて教室に戻ってしまった。翌日、そんなことはすっかり忘れて鬼ごっこに参加しようとすると、みんなが無視する。「あんた、昨日、やらへんって言ったやん」私は、泣きたい思いで誰もいない教室へ帰った。誰かが「何やってんの」と寄って来たので、慌てて目薬をさしているふりをしてごまかした。

女子だけではなく、同年のいとこを含む男子からも好かれていないことを感じていた。初恋のK君は保健委員をしていた。授業中、体がしんどくなって、K君とふたりきりで静かな廊下を保健室に向かったことがあった。K君は事務的に私を保健室に誘導し、事務的に体温計を差し出した。熱は全くなかった。そのまま教室に帰るK君の背中を見ながら、彼が私に全く興味がないことをひしひしと感じていた。

もう一つ憶えている事件がある。それは近所の二つ上のSが、「死ね」などと、人を傷つけるありとあらゆる雑言をびっしりと書いた手紙を、私の家の垣根に差し込んでおいたこと。使っている言葉が難しすぎて、私には内容が理解できなかった。なぜ私がここまで憎まれるのか、その理由もよくわからなかった。

小学四年後半から、中学受験に向けての勉強がはじまった。それまで自由だった遊び時間が制限され、学校が終わって即帰宅しないとひどく怒られた。

母親が教材を買ってきて、深夜までの勉強。塾へ行かせる金がなかったらしい。その頃、本ばかり読んでいた私は、国語の試験問題なら完全にクリアしていた。できなかったのが算数だった。なぜかさっぱりわからない。母親は、できるまで寝てはいけないと言って、自分は先に寝る。とにかくいくら考えてもわからないから、答えのページを探し出し、写してその場を凌いでいた。

愛読書は『無縁坂』（里中真知子）と『悪魔《デイモス》の花嫁』（あしべゆうほ&池田悦子）だった。友人や母の実家で隠れて読みふけっていた。読んでいる間、時間は完全に止まっていた。『悪魔の花嫁』の中の一作、『水中の幽霊』の主人公に共感を抱き、何度も何度も読んだ。

私は短気だった。問題ができないといらいらして、泣き叫んでいた。間違った答えが消しゴムでうまく消えなかった時、私が消しゴムに対してキレていたら、母親が「そんなにいらいらしないで、優しく消したらちゃんと消えるよ、ほら」と綺麗に消してくれた。私は、この時はじめて「優しいお母さん」を感じた。後年、高校一年で犬に噛まれた時も母は優しかった。優しい母の前では涙が止まらなかった。

受験勉強をしていることは絶対他言してはならないと母親に言われていた。でもその理由が分からず、同級生M子に「秘密の打ち明け合いしよう」と持ちかけられて、あっさり喋ってしまった。次の授業参観日、集まった母親たちに私のことを言いふらしているM子の母親がいた。私の目の前で、必死に私の噂をしていた。大人は他人の子供が傷つこうが平気なのだった。私は、秘密を他言するとどうなるか、ということを知った。

ちなみにM子の秘密は、痴漢にあったという話だった。痴漢が頻繁に出没し、同級生が被害にあっていた頃だった。みんな泣き寝入りだった。私も、自転車に乗った変な男についておいでと誘われたことがあったが、たまたま家に逃げ込むことができて何事もなかった。

冬休みに斜視の手術をして視力が落ち、眼鏡が必要になった。母は、一番前の席に座るよう指示し、私はトイレ恐怖がひどくなる高校二年まで一番前の席をキープした。これは視力の低下を防ぐためには無意味だ。黒板に近い席は、眼鏡の度数を上げ続ける。

十歳・十一歳。小学五・六年の担任はまとめ上手な教師で、生徒も保護者もその教師におんぶしてもらっていれば楽だったから、みんな表面上は素直な良い生徒になって団結し、私もその「ふり」をしていればよかったのだが、私はそのユートピア生活が現実だと思ってしまった。

学校は、合唱指導が盛んだった。ある日の朝会で、クラス全員で思いっきり歌ったら、目の前が真っ暗になって、私は後ろに倒れた。誰も支えてくれる子がいなかったため、固い床で頭をまともに打った。あまりにもひどく打ったので脳波測定までした。結果は異常なかったが、誰も支えてくれずあまつさえ逃げた同級生に対し、冷たいなあと感じたことを覚えている。

たいして親しくもないのに、倒れた時には逃げたくせに、いかにも心配そうに見舞いに来た同級生たちの偽善ぶりに気づかず、本当に喜んでしまった私が哀れだ。

そしてついに、母親の最低最悪な命令がやってきた。私は、一人でいても寂しいとか疑問にも悩みにも思ってなかったのに、「親友をつくれ」と言うのだ。

「賢い子と友達になりなさい。いざという時便利だから。馬鹿は駄目よ。障害児に近づいては駄目よ。伝染《うつ》るから」

私は、親友づくりに精を出すようになった。母親の命令だ。私は母親に絶対服従を強いられていた。世間では、若くて美人の優しいママで通っていた母親。子供の私は、チビでブスだった。マザコンと言われていた。私のことをブスでマザコンと言ったすべての奴らは、私の母親が、この女が、どれほど恐ろしい人間か知らないだけだ。この母親に逆らえば生きてはいけない。私が何でも器用にこなすのは、小学校時代の罰が家事や長距離マラソンだったからだ。口答えしたら全身叩かれて外に出されたり、謝るまで絶対口をきいてもらえなかった。

私は、母親に叩かれたから妹を叩いた。それだけははっきり言える。

母親は、私に躾という名の虐待をした。今も虐待され続けている。そのことで、どれだけ苦しめばいいのか。母親はある意味で狂人だ。生霊だ。その子供の私も…私は、両親ともに絶対許さない。

身形《みなり》にも持ちものにも厳しかった。私の好きなやり方はみんな禁止。学業に専念できるように華美でない服装を指導された。おかっぱ頭。キャラクターものは絶対学校に持って行ってはいけない。漫画ももちろん絶対に禁止。

家の規則に比べれば、校則なんて甘すぎる。楽勝だ。

とにかく、十歳の私に、親友づくりは難題だった。すでに私は「わがまま」というレッテルを貼られていた。今なら、「親友」「わがまま」の意味もわかるが、その頃の私は、自分が「わがまま」と言われていることすら知らなかった。

転校生がやってくると、初日は親しく喋るのに、翌日から転校生は私を避ける。私は、理由がわからないだけに焦った。

当時、美人で頭もスタイルも良いS子が女子を仕切っていて、彼女がいじめもすべて仕切っていた。後に、彼女が看護婦になったという噂を聞いた時、私は現実を知った。看護婦は患者をいじめるものなのだ。私と彼女は同学年とは思えないほどにいろんな意味で差があった。二人が並べば、絶対的に彼女が強者、私が弱者だった。S子の前で私は「自動的に」ご機嫌とりの役を買って出るようになって、自分の意思ではどうしようもなかった。どこまでも卑屈になる。この私の態度を見た同級生Yは、「あんたとだけは、絶対親友になるのはごめんやわ」と言った。

私の内部の苦しみは、誰にも理解されなかった。

六年の時の転校生R子が「私、あなたはわがままだからつき合うなって言われたけれど、そういうの嫌だから…」と言った時、私は血の気の引く思いで、「そう言ったのは誰?」としつこく訊いた。教えてもらえなかったが、S子であることは容易に想像がついた。

私はR子のような人間も嫌いだ。知らぬが仏という言葉がある。中立という中途半端な立場で自己満足しているR子は、私の味方ではない。

私から見れば、他人の方が「わがまま」に見える。私のわがままだけがなぜ許されないのか、それも疑問だが、他人は私について「わがままだねぇ」といって呆れるだけで、その中身については一切語ってくれない。親も、「わがままだ」と体罰するだけで、どこをどう直したらよいのか教えてはくれない。

十一歳の頭で必死に考えた。自分のやりたいことをやらないのが「わがままではない」ということだと。それならそのふりをするしかない。

私は、演じることにした。私の家では歌謡曲は禁止で、私はマッチもトシちゃんも全く知らなかった。しかし、それを知らなければ仲間には入れてもらえない。私は、あちらではマッチが好きだと言い、こちらではトシちゃんが好きだと知っているふりをして言った。

そうこうするうちに、誰からも好かれる人気者のOが親友になってくれた（と私は感じた）。私は、自分の能力を発揮すればマラソンで学年一位になれるところを、Oに合わせて十一位になった。

体育館の裏で、二人きりで宝物を見せ合った。その宝物を、同級生の男子Tに見つかってめちゃくちゃにされた。半泣きの私に、「泣くほど大事なもんやったら、学校にもってくんな」と捨て台詞。これが人間の本性だ。

私は、「わがまま」と言われなくなった。「変わったね」と言われた。いじめられっこの位置から脱出した。通信簿に協調性ができたと書かれた。弱い同級生を傷つける噂が回ってくるようになった。人の痛みがわからないのか、いや、わかってやっているのかもしれないが、ぞっとした。むかむかした。私もかつてはこうやって、裏側で噂になっていたんだ。

演じることは、とてつもない効果をもたらした。私は、自分の意志次第で自分を囲む世界が変化することを学んだ。「わがまま」と言われなくなった世界。それは、みんなと同じことをして、変わった奴の噂をするという、心ない、どうしようもない世界だった。

Oの家を訪れ、将来の夢を話した。彼女との時間は貴重だった。

しかし二十歳で同窓会に行った時、Oは、私と親友したことなどきれいさっぱり忘れていた。私は、哀れまれて相手にしてもらっていたことを知った。

母親の言うとおりに、読書クラブや図書委員や体育委員や朝のミニバスケットの練習を犠牲にして臨んだ中学受験に見事に落ちた。

担任は、私の卒業記念サイン帳に「本好きの静かな女の子」と書いた。私は、自分が賑やかな少女だと思っていたため、そのように書かれたことが意外だったし、不満だった。

だが、これは地獄の幕開けにすぎなかった。


中学は、二つの小学校を合併する位置にあった。

ダサい制服だった。私は、中学受験の時に見た濃赤色のリボンに三本線のセーラー服のことをぼんやり考えていた。

思えば入学式から出遅れていた。私の中身はまだ小学生で、周囲の変化に全くついていけなかった。親の厳格すぎる教育も過保護のあらわれだ。私は目覚めていなかった。ただ、自分のクラスの生徒を引き連れて体育館に入ってきた社会科教師Hに、私は一目惚れした。

小学時代、あんなに仲良しごっこをやっていた同級生は、それぞれのグループ、部活ごとに固まり、私はほとんどの生徒から無視されるようになった。気がつけば一人、もしくは嫌われ者のグループの一員になっていた。

それはとにかくあっという間で、私はまだ自分の置かれた状況を客観的に見ることはできていなかった。

OとS子は転校したが、S子の親友だったNが私に目をつけた。Nは女番長になっていた。ちょうど中学が荒れていた時期だ。真面目で融通のきかない一人ぼっちの私は、いじめのターゲットに選びやすかったに違いない。

Nは「まりあと口をきいたら、ハミ子にする（仲間に入れないぞという意味）。まりあを無視するように」と、私の目の前でクラスの女子全員に命じた。Nは、弁当を持ってきておらず、私の弁当にたかった。牛肉の焼いたのが欲しいという。私は従った。それを家で何気なく母親に言うと、母親は烈火の如く怒った。

「虚弱体質のあんたのために、弁当をつくっているのだ」と。私は、男子より巨大なアルミの弁当箱の中身を全部残さず「自分で」食べるよう厳命された。母親は、どんな時でも欠かさず私に弁当を持たせた。怒られて口をきいてもらえない時でも、弁当だけは用意されていた。

それは母の愛ではなく、母の自己顕示欲にすぎないと私は思っている。私の「たまにはパンを買いたい」という願いは否応なく却下されたし、「お母さんの仕事は家族の食べるものをつくることです。あんたは勉強が仕事です」と言われたからだ。

Nなんかより、この母親の命令に逆らうほうがよっぽど恐怖だ。番長をしていてもNとは小学一年から遊び仲間だったのだ。怖いはずがない。

弁当なしのNにとっては、私は、羨ましいほどの母の愛に恵まれた幸福な娘に見えただろう。

次にNがたかってきた時、私はやんわりと断った。

弁当を分けなくなった私に対してNは、一人で弁当を食べる私の周囲に不良仲間を群がらせ、食べる邪魔をするようになった。それがエスカレートし、「ほ〜ら、クリスマスよ〜」と言いながら、発泡スチロールの削り粉を頭上から振りまくという行為にまで発展した時、私は、母親にNの行為を訴えた。

母親の行動は迅速だった。即、Nの家に電話したのである。偶然、Nが出た。

「あら、Nちゃん、久しぶりね、元気？」

「…（Nが何か応えている）」

「前はよく遊びに来てくれたのに、最近は全然ね、また来てね。ところで、お母さんとお話ししましょうか」

「…（Nが「いいです」とか何とか言っている）」

「じゃ、またね」

これで大丈夫だ、と母親は言った。

確かに、母親の目的…弁当を安全に食べることは確保された。その手際は見事というほかない。だが、母親は甘かった、甘すぎた。

翌日からNは、弁当の時間だけは絶対に近づかなくなった。そのかわりにそれ以外の時間は「かわいい~眼鏡とってみて~眼鏡かしてぇ~」と、まとわりついてきて離れなかった。それは一見楽しげな遊びに見えただろう。「マザコンやねんてなぁ」うっとおしくてたまらない。私は絶対怒らなかった。何を言われてもにこにこ笑っていた。心の中の怒りを他人に見せないようにと躾けられていた。ただひたすら笑って受け流していた。

両親は体育会系の部活に入るよう命令したが、私は吹奏楽部に入ることを希望した。両親と意見が分かれたため、吹奏楽部に入るのが同級生より遅れてしまった。

親から吹奏楽部入部の許可をもらえたのは、活動内容に腹式呼吸用の運動が含まれていたからだった。

空いていたパートはトロンボーンとパーカッション。トロンボーンを選んだ。

私は、先輩に対し敬語を用いた。そのように躾けられていた。そうやって徹底的に礼儀正しくしたにもかかわらず、慕っていた先輩からも「わがまま」と言われた。何がどういう風に悪いのか指摘されず、誰からも「わがまま」と言われることで、私は「わがまま」という言葉を単純に恐れるようになっていった。

夏になって水泳が始まると、私の異端者ぶりが際立った。生徒の大半が格好を気にする年頃で無帽子の中、私は学校指定の水泳帽ではなく、競泳用のゴムキャップを被った。堂々と被り、黙々と泳いだ。からかいの的になった。しかし、自分が正しいと思うことをしている時に、他人が何を言おうと、何をしようと、屈服することはなかった。学校の校則であっても、間違っていると感じる時は従えなかった。

秋になった。

後期学級代表を引き受けた私は、規則を破る生徒が絶対的に許せなかった。私の中身はまだ小学校の延長で、規則を守らない奴は注意すればいい、先生に言いつければいいと単純に考えていた。私にとっては、何もかもが小学期の遊びの延長であった。

ある日の四時間目が自習の時。サッカー部の男子が早弁をはじめた。自習用の課題を誰一人やろうとせず、遊んでいる奴ら、漫画を読む奴ら、そして早弁。頭にきた。授業中の隣のクラスの前のドアを開けて、教えている国語の教師を呼び、事情を話した。

教師はすぐ私のクラスに来て、サッカー部の奴らはこっぴどく叱られた。その光景を見て心の中で笑ってしまった。面白いゲームだった。彼らは昼休みの間中、職員室の廊下に立たされていた。私は、そこまで彼らを罰することになるとは考えていなかったが、悪いことをした以上怒られるのは当然だ、と思っていた。しかし、立たされている奴らの前を通った時、彼らの口から、尋常ではない悪意のこもった言葉の数々が私に投げつけられた。

彼らは、私を激しく憎んでいた。自分たちが悪いことをしたというのに全く恥じも反省もしておらず、悪いことをしたという意識もなく、ただ、私を怨《うら》んでいた。以来、傘も靴も教科書も体操服も、持ちものはすべて盗まれるようになった。見つかっても使いものにならなくなっていた。私が愛する社会の教師H専用の用紙を提出したら、帰ってこない。放課後、その紙は折りたたまれ、私の名前の欄に「チクリ」と太い文字が書かれ、机の上に無残に放り出されていた。社会の地図帳がなくなった時は、Hに助けを求めた。いじめられている私にHは冷たかったが、それでも私は、Hを嫌いにはならなかった。「自分の力で処理しろということだな」と理解した。

私は常に大きな鞄を持ち歩くようになった。傘も靴もすべての持ちものを持って移動するのだ。鞄は重くて肩が痛んだが、ちょっと手離すと、鞄を裏返しにされてしまったりする。最後には、黄色い大きなリュックを背負ったが、それもからかいの対象になった。

サッカー部の奴らは本当に卑怯で、しつこかった。私の帰り道に待ち伏せ、罵声を浴びせたり、例の痣男「あいつ」と組んで、卑猥な言葉を投げつけてくる。彼らはそれらを一人では絶対にしなかった。群れてするのだ。その中に、初恋のK君もいた。悲しかった。私はもともと集団スポーツに全くなじめなかったが、サッカーを憎むようになった。

彼らは、家にまで嫌がらせにやってきた。夜九時に家のチャイムが鳴る。

「はい」

「宅急便です」

印鑑を手に外へ出たとたん、

「もっと速く出て来い！」「あほ！」「死ね！」

奴らが笑いながら逃げていく。

この時私が猛犬を飼っていたら、即座に放して「あいつらを噛み殺せ」と命じたに違いない。母親に訴えたが、母親は「余計なことをしたあんたが悪い」と言って、全く取り合ってくれなかった。私は、黒い学生服を着た男子の集団に怯え、憎んだ。


三年生が部活を引退した。

トロンボーンの同級生二人が休むという。何の考えもなく、私もならって休むことにした。ところが、私のずる休みは、部活に所属する同級生たちには許しがたいことだったらしい。校門を出る前からずっと、三階の音楽室からの同級生の罵声を浴びた。人間を攻撃するありとあらゆる暴言が吐かれた。それは、道の角を曲がって、私の姿が彼女たちの視野から見えなくなるまで続いた。私は、彼らの罵声を背中に受けながら、ずる休みをしている奴は他にいっぱいいるのに、なぜ私だけが非難されるのだろうと、疑問だった。

私という存在は、みんなから憎まれている。

帰宅した私は、制服のままベッドに飛び込んだ。ずる休みではなく、本当の病気になりたいと思った。

翌日、私が音楽室に行くと、同級生全員が出て行った。私は、広い音楽室にトロンボーンを持って、取り残された。しばらくして同級生の代表が、外に出ろと呼びに来た。

私は覚悟した。

音楽室の外で分厚い手紙の束を渡された。その場で読め、と言われた。

そこには「おまえなんか死んでしまえ」「どんなに謝っても許さんぞ、ぼけ」といった文章が、これでもかこれでもかと並んでいた。私はそれらに、全く無表情で目を通した。

「読んだよ」

「わかったか」

「わかった」(本当は、全くわからなかった)

「わかったら、みんなに謝れ。この手紙は、おまえはチクリでマザコンやから、こっちで預かる」

卑怯で、卑劣だ、と思った。

私は、壁を背に立たされ、吹奏楽部の同級生全員の前で「すみませんでした」と言った。別に何の感情があるわけでもなかった。小さい頃から母親に怒られ、いつも嘘で「ごめんなさい」と謝る習慣は私の日常だった。

まだ何か汚い言葉を浴びせる同級生もいた。彼らは、私が泣いてボロボロになるまでやりたかったらしい。私が平然としているのが、むかつくのだ。

部活でも私は一人ぼっちになった。

私の母親が吹奏楽部の練習参観にやってきた。私は、絶望的な今の状態から少しでも逃れたいと思い、トロンボーンからトランペットに変わりたいと言ったのだった。トランペットは個人持ちだった。買わなければならない。トランペットがどういうものかよく知らなかった母親は、それを見に来たのだ。私をいじめていた同級生たちは、私が母親に言いつけたのだと誤解し、私はますます憎まれた。

トランペットのパートの連中はみんな、五万円の楽器を使っていた。私もそれでよかった。しかし母親は、吹奏楽部の教師と話し合って、十五万のトランペットに決めてしまった。

「楽器は一生もんだから、良いものを買ったほうがいい」

と母親は言い、私はそれに従うしかなかった。

三倍の値段のトランペットは、金メッキもケースも豪華だった。トランペットの中で一番力のある先輩が、よく知りもしないのに「あれは本物の金でできている」と断言したために、私は「金のまりあさん」と呼ばれるようになった。

無視され、練習にも入れてもらえない。「良い楽器持ってるんだから、もっと練習すれば」と先輩が嫌味を言う。トランペットを手入れする私に、毎日わざとぶつかってきて、トランペットを壊そうとする同級生。やめてといっても、やめてくれない。だが、どんなことをされても私は泣かなかった。吹奏楽部をやめようともしなかった。音楽が好きだったから。

成績は悪かった。中学受験に落ちたことは忘れ、小学時代と変わることなく読書に大半の時間を費やしていた。学校の休み時間は鬼ごっこ、TVはアニメが大好き。母親は、テスト前でも隠れて本を読む私に怒ってばかりいた。

「あんたみたいのをカシコバカっていうの。あんたは外見が賢そうに見えるんだから中身もそうなりなさい！」

数学で八点をとった。数学はわからなかった。放課後の補習を受けても全くわからなかった。3X＋4＋2X＝9Xになってしまうのだ。

英語も全く駄目だった。文章のはじめが大文字で、最後にピリオドを書く、ということからすでに理解できなかった。まるで足踏みしている馬状態で、走れない。色ペンで丸文字を練習して遊んでいた。

Hのユニークな社会の授業だけが、とても楽しかった。Hは他の教師のように、つまらない話を生徒に聞かせることは絶対しなかった。Hが教室のドアを開けると、舞台が幕を開ける。生徒参加型のオリジナルな時間は、それが授業だということを忘れてしまうような工夫がたくさん施されていた。Hの創造性をあらわすプリント、黒板に描かれる画や文字。Hはつまらない教科書を楽しい本に変える術を心得ていた。Hは生徒たちに自主ノートをつくらせ、自主勉強の大切さを教えた。Hと時間を共有できた生徒は絶対に幸運だ。

そんなHが担任をしていた一組は、荒れた廃校のような校舎の中で別世界だった。美しく整頓された備品、破られることなく貼られた掲示物、教卓に美しい生け花が飾られ、木製の学級文庫まで備わっていた。

Hは授業中に、よく本を紹介してくれた。それは、読む本の指針がなく、濫読《らんどく》していた私に良質の本を与えることになった。私は、Hが口にした本は必ず入手し読んだ。しかし、古い本で入手できないものがあった。

勇気を出した。

「先生の言った本で、手に入らないものがあるのですが…」

Hは私がすべての本を読んでいたことを知り驚いた。

「僕が全部持っているから、貸すよ」

私は狂喜した。それから毎日一冊、Hから本を借りた。

Hと喋りたいために、私は毎日本を読んだ。Hは私の読むスピードに驚きながらも、毎日本を家から持ってきてくれた。早朝の職員室で、私とHが本をやりとりしているのを誰も知らなかった。Hは一組の学級文庫の本も貸してくれるようになった。一組の奴らさえ読破していない学級文庫を、三組の私が読破していることなど誰が想像できただろうか。

ある日、いつものように本をやりとりしに行くと、三組の男子二人がHと談笑していた。明日Hと共に淀川に釣りに行くという。

「私も行きたい！」

翌日、Hと一日を過ごした。釣りのできない私はしじみを掘った。緊張のあまり、Hと話したのは僅かだった。Hが私に特別な好意を抱いてくれていないのがわかったが、私は多くを望まなかった。Hと学校外で遊んだこの日の出来事を、私は一生忘れない。

でも、やっぱりHは一組の担任だった。

三組に所属する私には、決して許されない世界があった。

運動会の時、一組は揃いのTシャツで団結した。私が三組の長距離マラソンランナーとして、Hの目の前で前走者を抜いても、Hの目には入らない。文化祭の時も、私は一組をただ見るだけ。参加することは許されないのだ。


私は、悲しさも嬉しさもすべての感情を抑圧した。


中二。進級して、Hのクラスになれなかったどころか、社会の受け持ちからも外れてしまったことに私は絶望した。Hが私のために何をしてくれるわけではないが、私の理想の男はHだった。Hを見るだけでときめいた。

廊下で、Hと偶然出会う。

「おはようございます」

「元気か?」

「はい!」

それだけの会話が私を幸福にした。

二年の社会は歴史で、私はHが様々な歴史教材を持って闊歩している姿や、Hの担任する四組を寂しく見つめていた。Hと接点を持てるなら、どんなことでもよかった。文化祭にHのクラスの展示を見に行き、Hと短い言葉を交わす。実力テストで歴史の点数が悪く、Hに自習するようにと言われるというようなことであっても喜びだった。遠足で奈良の正倉院展を見に行った時のHの写真を入手し、それは、十年後に私とHの関係が教師と生徒の関係を越える時まで、常に私の支えになった。

一方、私をとりまく現実はますます過酷になっていた。よりによってNと同じクラスになり、彼女は、性的ないやがらせも含めて、私をからかうことをやめなかった。

「まりあちゃんは大人みたいな綺麗な字を書くね。生徒手帳に『今日の体育を休ませて下さい』って書いてよ」と、親の代筆を強いる。「まりあちゃんは美術うまいね。私のも描いてよ」と、代作を強いる。私は笑って従うしかなかった。教師が気づいてくれるのを祈ることしかできなかった。

担任の男性教師Sは音楽担当だったが、その偉そうに威張る態度が私は大嫌いだった。この頃の私は、「真面目馬鹿」だった。教師Sは、Nなどの不良を叱る時、髪形などについて私をお手本にするようにと注意したため、不良たちからも目の仇にされた。

私は、おかっぱ頭から、男子と間違われるほど短いショートカットになっていた。両親は、髪の毛を伸ばすことを絶対に禁じた。ブラシを片時も離さない同級生の中で、私は寝癖のままの、銀縁眼鏡のチビのブスだった。

「身形《みなり》にうつつを抜かすと馬鹿になる」というのが母親の口癖だったが、母親本人は若く美しく、面談の後、教師Sが「お母さんは元気か」「お母さんによろしくな」と私に言う。うっとうしかった。

父親の命令で、小学校から出っ歯の矯正をしていたため、昼食後の歯磨きをしなければならない。それも、からかいのネタにされた。

靴もからかいの対象になった。強度の偏平足の私に合う靴は、試着を重ねて探し当てた白い運動靴だけだった。同級生はお洒落な黒のローファー。私のつらい事情にお構いなく、からかわれた。

私は、二年次も学級代表委員を任された。誰も掃除をしない教室を私は一人で掃除した。汚い教室は嫌だった。

想像を絶する冷え性で、スカートをはけないだけでなく、ズボンの下にも下着が必要だった。中学になってスカートが制服になり、寒さは地獄だった。ハイソックスを重ねばきして、両足裏にカイロを貼りつけ、その上にジャージをはいた。スカートの下にズボンをはくというおかしな格好をした。平気だったわけではない。母親の言葉「若い時に冷やしておくと、赤ちゃんを産む時に大変なのよ」を正義にして、からかいに対応した。

一年時の担任は何も注意しなかった。着ているものはすべて学校のものだったからである。しかし、二年の担任、教師Sは、

「みっともないからやめろ」

「そんな格好じゃ受験で失敗するぞ」

私はにこにこして、だが絶対に教師Sの言うことをきかなかった。自分の身体を冷やしたらどれだけ足が疼くか、下痢が止まらなくなるかわかっていた。

私の席は、教壇の教卓の真ん前に位置していた。私は、教師を見上げ、凝視して話を聞いていた。そうするように、母親が教育していたからである。好きでやっていた態度ではないが、教師Sは、じっと見られることが嫌だったらしい。全員の前で、突然こう言った。

「おまえの鼻の穴は、三角おにぎりのような形だ」

黒板に絵を描いた。教室は大爆笑だ。Nも大喜び。この時ばかりは泣きそうになった。礼儀を正し、敬語も使っている相手、尊敬すべき教師がなぜそんなことを言うのかがわからなかった。

「なぜ、じっと見る?」

「先生が話しているからです」

「見るな」

私は見上げ続けた。話している教師を見て話を聞くのは当たり前ではないか？

「まだ見るのか！」

黒く硬い出席簿が、私の頭の上に振り下ろされた。

帰宅した私は、母親に一部始終話した。だが「あの先生はいい先生よ」と言って、取り合ってもくれなかった。


部活の時間は拷問の時間になっていた。誰も私と喋らない。連絡事項は回ってこない。私が存在しているのに、存在していないかのようにふるまう。後輩からも無視される。

私は、絶対に泣かなかった。無表情で耐えた。中学受験に失敗して、こんなレベルの低い中学で、ダサい制服でいじめを受けている。

「受験に失敗したあんたが悪い」と母親は言った。そうだ、受験に失敗した私が悪いんだ。今度こそ、学区トップの高校に入って、ブルーリボンと白い三本線のセーラー服に身を包んでやる。

私は、塾の入学試験を受けた。数学と英語、どちらも二十点前後の成績だったらしい。その時点で、トップの高校に進学するのは無理だと言われた。しかし、数学と英語以外の成績が優秀であることを知った塾長は、四つあるクラスの、上から三番目のクラスに入学を許可してくれた。

修学旅行委員が決められることになった。私は、受験勉強に集中する時間が貴重で、委員になりたくなかった。しかし、教師Sは私を無理やり委員にした。

修学旅行委員の担当は、なんとHだった。私は誰よりも早く委員会の開かれる部屋へ行き、Hと二人きりの時間を持った。Hは、私にプリントを分けてくれるように頼んだりした。ささやかなことでも、Hの役に立てることが、会えることが私の喜びだった。


三年になった。

私は、Hのクラスではなかった。

社会の担当になってはいたが、もう今後、彼のクラスになるチャンスは一生ない。胸が激しく痛んだ。

そして私はオカシクなった。

「いじめた奴らを見返すには、トップ高に入ること」という母親の言葉を胸に刻み、実行したのだ。Hにときめく時間を全部勉強に向けた。夜十一時近くまで塾に入り浸った。塾で私をいじめる奴は誰もいなかったし、塾の講師たちも、中学の教師と違って精気があった。

社会の時間は、Hが担当になって、他の生徒たちはHと一体になって授業を楽しんでいたが、私は決してHの顔を見なかった。一番前の席で、身体を硬直させたまま、絶対に手を挙げなかった。Hが廊下を歩いてくると彼を避けた。私は、Hが、Hのクラスに私を入れてくれなかったことを心底怒っていた。Hは一組、私は二組。一組の生徒たちが好きなだけHにじゃれている姿を、私はどれだけ羨んだだろう。たまたま行った職員室で、Hは産まれたばかりの自分の息子の写真を一組の生徒に見せていた。

「名前を考えてくれよ」とHは笑顔で言った。その時の私の感情は言い表せない。

私は、胸の痛みを感じるのが嫌で一組を避けたが、二つのクラスの女子が合同で行なわれる授業では、一組に集まらねばならない。私は、一組の教室に出入りするたびに、Hのエネルギーの満ち溢れた世界に直面し苦しんだ。Hのクラスに、私をからかいいじめるサッカー部の連中がいることを憎んだ。女子全員が短い靴下をはく中、私だけは膝の隠れるハイソックスを真夏直前まではいていた。

「それ、タイツ？」

「暑くないんか？」

私が通る廊下の左右に並んでからかう。

（暑かったらはいてないわ、ばかやろう！）私は心の中で叫んだ。顔は、笑うか無表情。

（H先生、こんなくだらん奴がなぜ先生のクラスなの？　なぜなの？　先生にふさわしくないじゃない！　先生はこんな奴らの味方なの？）

修学旅行は長崎だった。母親は、首都である東京に行かないなんてしょうもない学校や、と批難した。

だが、長崎は素敵な場所だった。異国情緒あふれる場所に来てよかったと私は心から思った。修学旅行用に、無理やり分類されたグループで行動しながら、私の目は、Hの姿を追っていた。Hは教師の群れから出て、不良たちと一緒にいた。不良たちがHと楽しんでいるのが遠くからでもわかった。

グラバー園で、Hと不良集団と偶然並んだ。Hの姿をじっと見るだけで、話しかけられなかった。素直になれない自分に私は苦しんでいた。

中間テストが終わった。私は、どの教科も九十五点以上だった。塾のお陰だ。それでも、塾では百点をとらなかったことを怒られた。百点を取れなかったことが悔しくてたまらなかった。新任の英語の教師Iが「二年生の時は何点ぐらいだったの?」と訊ねてきたので、私は正直に「五十点も取れませんでした」と言った。

「嘘だろ?」「本当です!」信じてもらえなかった。私は嘘つきと言われるようになった。H以外の学校教師は本当にくだらない。

私は、Hに「二年の歴史を受けられなかったから、二年次のプリントが欲しい」と無表情に頼んだ。歴史の勉強に、Hのプリントは絶対必要だった。Hは「OK」と言ったが、待てども待てどもプリントは渡されなかった。私は、持っている同級生に頼み、コピーし、Hに「もう入手できましたから結構です」と言いに職員室へ行った。広い職員室にいたのは、H一人だった。Hは煙草を燻らせながら何か考えているようだった。遠い目をしていた。

私は、まだ何も気づいていなかった。

事件が起こった。

Hが校長を殴り、校長の歯を折り、眼鏡を壊した。校長は警察を呼び、Hは略式起訴処分になったのだ。

「熱中教師、校長殴る」の三段見出し。新聞が記事にして、学校はTV局のレポーターでごった返した。あと一年で引退を迎える校長は、一年次からやる気も指導力もない教師の側に立ち、Hと対立していた。中間テストでHの組の平均点は他のクラスより高かった。Hは、放課後や日曜日ごとに自主勉強会を生徒の家で開き、生徒に全教科の特訓を行なっていた。HはK大学院に論文を提出して認められるほどの才能豊かな男だった。社会以外の科目も、担当教師以上にわかりやすく生徒に教えることができた。Hのクラスの平均点が上がるのは当然だった。しかしそれは、他のクラスの父兄には面白くないことだった。

彼らは、匿名の電話を校長にかけて「Hは中間試験問題を生徒にばらしている」と言ったのだ。

Hの正当性はすぐ認められたが、生徒を指導する立場で暴力を振るったことだけは認められないということで、謹慎処分の後、教育研究所へ移動になった。

Hはそんな事件の中で、私に二年次の歴史のプリント一年間分を上質紙にコピーしてきてくれた。

「遅くなって、ごめんな」

Hは、寂しく笑っていた。

私は、自分が何もわかっていなかったことを思い知ったのだった。


私は、嘆願書に加えてもらい、Hの無実と有能さ、学校に帰ってきてもらいたい旨を訴えた。この嘆願書を書いた者は内申が下がるという噂が流れ、嘆願書に参加しない生徒のほうが多かった。この嘆願書は無駄ではなく、翌年からHは、教育委員長の娘のいる学校でその娘の担任になり、社会の教科書制作委員会の責任者に抜擢された。

私は悔いていた。こんなことならHの授業で強情をはるのではなかった、と。

Hは、私に宛てて、事件を起こしてしまったことを謝罪し、自分がいなくても頑張るように、と手紙を送ってきた。その時から、私の敵は中学校に属するすべての事柄になった。

（Hの仇討ちをしてやる）

私は、Hを陥れた教師たちに徹底的に媚びた。素直な完璧な成績優秀な模範生徒になった。トップの内申を取るために。

外見も中身も生徒手帳そのままになった。

塾では、一つクラスがあがった。

実力テストは学年で二番。一番の男子とは僅差だった。女子ではダントツで一番だった。私は、トップ高へ入り、セーラー服姿でHに会いたい、それだけを考えていた。

内申がトップになった。学級代表委員、修学旅行委員、図書委員、吹奏楽部（内申に書いてもらうことを確認して、夏前にやめた）、各教科係、文化祭の婆役、どれもそつなくこなした。チクリも平気になった。

真面目馬鹿から真面目賢《かしこ》になった私に、教師たちは態度を改めた。Hは、「私」を最初から見抜いてくれていた。だから、私はHを愛したのだ。

壮絶な気迫が私の周囲に立ち込めていた。わがまま、一匹狼、友人、いじめ、無視、そんなもん、どうだっていい。

私が馬鹿からトップになったのはあっという間だった。私は、とうとう目覚めたのだ。しかし、いじめている連中に対し、細心の注意を払って気づかれないようにした。私が今や学年トップであること、Hを深く愛し、Hとつながっていることを。

私をいじめる奴らが、私をまだ馬鹿と思っているのがおかしかった。相変わらずじゃれつきながら、首を絞めてくるような態度が超うっとおしかった。やめてって言ってるのにやめない奴ら。死ねばいい。

身長が十センチ伸びた。

学校ではいろいろな事件が起こった。不良たちは構内の備品（窓ガラスやトイレ）を壊した。毎日どこかで窓ガラスの割れる音がした。三階のトイレの便器は全部壊され、絨毯が敷かれ、不良の溜まり場になった。用を足す時には、一階のトイレを使わねばならなかった。妊娠した教師は卑猥なジョークと共に腹部に蹴りを入れられ、注意した教師は殴られ鼓膜を破られ、水爆弾にトイレットペーパー、箒に塵取り、汚物挟みが、注意する教頭に投げつけられる。カツアゲ、煙草、シンナー。授業中も勝手に歩き回り、持ち込んだデッキから音楽が流れる。バットを振り回す。警察も来たし、新聞にも載った。

Hのいなくなった一組は特に荒れていた。窓ガラスを拳で次々と割る奴…私も同じ気持ちだった。

私は、荒れた校内が面白くて面白くてたまらなかった。Hがいないとこのザマだ。不良は、Hの言うことなら従ったのに。Hを追い出すなんて馬鹿な学校だ。しかし、その思いを外に出すことは決してなかった。

私は、Hと連絡をとっていた。手紙、電話。文化祭で一組の写真を撮って送ってくれないか、と言われた時、どれだけ嬉しかったことだろう。当日、シャッターをきりまくる私に同級生は「一体、誰がお目当て?」と訊いてきた。同級のろくでもないやつらに誰が興味なんかあるものか。私は、Hを深く深く愛していた。

睡眠時間は、毎日三、四時間だった。受験勉強を意識した時、学校の授業など無意味だった。内申にひびかないよう、教師にわからないよう、退屈な時間を仮眠してやり過ごした。学校が終わると全速力で走って帰り、間食、一〇分でも仮眠をとり、後は、家でも塾でも勉強をした。食べながら移動しながらも勉強した。私は、自分の記憶力を全開にした。天才でも秀才でもない私の覚え方は、繰り返し書いて覚える、だった。ボールペンの芯が一日一本なくなるペースで私は書いた。広告の裏を使って、右手の痛みを無視して、書いて書いて書きまくった。

Hを認めなかった中学全体への恨みは絶対に忘れなかった。みんな屑だ。人をからかい、いじめることを生きがいにする愚鈍な奴ら。礼儀正しい年賀状を教師全員へ出し、塾ではトップのクラスになった。

私は、滑り止めの私立二校に合格し、目標であったトップ校に合格した。

私をいじめていた奴らは、声もなかった。私を三年間苦しめ続けたサッカー部の奴らは、相変わらず集団で(信じられへん、嘘やろ)と憎しみを込めた目を瞠《みは》っていた。

馬鹿めらが。

卒業式で涙を流す同級生の中、私だけが満面の笑みをたたえていた。この地獄の世界からの卒業だ。Hは卒業式に文章を寄せていた。その高尚な文章は、他のくだらない教師たちの文が並ぶ中、唯一光り輝いていた。私には理解できた。そして思った。この文章を、Hの才能を理解できる奴が、この学校にいるのか？

三年一組の生徒は、卒業式の後、中学の外で、Hと楽しい時間を持っていた。私は、その中に入れないのが悲しかった。

私は、母親と妹とともに、Hの家に、直接、高校合格を報告に行った。高島屋で買った赤いガラスの灰皿を渡した。私は、同じく高島屋で買った緑色のシャープペンシルを胸ポケットに挿していた。Hは、帽子を取った私の頭をなでてくれた。私は、すぐ帽子をかぶって、温もりが逃げないようにした。やっと、求めていたHの温もりを手に入れたのだ。

Hの家に至る道順をしっかりと記憶した。今度はセーラー服姿を見せにこようと決意していた。

Hは後日、筆入れと、Hの小説が賞を取って掲載されている雑誌を贈ってくれた。私は、Hがただ者ではないと思った自分の勘が正しかったことを知った。TVプロデューサーになりそこねた学生運動のリーダーだった彼の小説は、抽象的で理解できなかった。それまで理解できない小説のなかった私は悔しかった。

私の次の目標は京大に定まった。Hの論文を認めた京大に合格する頃には、私はきっとHの小説を理解することができているだろう。三上博史そっくりの風貌とラジオのDJ並みの声を持つHの前で、自由にふるまえるようになるだろう。

Hが、私を可愛い大勢の生徒の一人としてしか見ていないことを考える余裕もないほど、惚れていた。自分だけが特別な存在だと信じて疑っていなかった。

私は卒業アルバムを破棄した。ごみ収集車に巻き込まれていく音を心地よく聞いた。実にくだらない中学三年間だった。


「私は、何と愚かで、畏れを知らず、生と死との厳粛な境界に対して不遜だったのだろう」

——江藤淳

第一章

吐かない過食

一九九五年。私は二十四歳。自分の食行動異常を意識し、図書館で摂食障害の書を手にとったのは、ドン底の瀕死状態を迎えていた二十三歳の終わりのことだった。

夜寝られないほどの冷え性、ひどい貧血、低血圧、季節と場所を選ばず起こる皮膚炎、特に原因がない強い頭痛、失明恐怖に襲われるほどの急激な視力低下、不眠、過眠。加えて神経性心臓痛、神経性微笑、五ヶ月も続く花粉症、下痢と便秘の繰り返し、頻繁に上下から出る異常なガス、十二指腸潰瘍。膀胱炎は癖になり、老人用おむつを要する神経性頻尿におちいった。無月経、頭髪脱毛、登校拒否、腰痛、肩こり、慢性咽頭炎、顔面神経痛麻痺、手足の痙攣などが次から次へと来訪、限《き》りなき病院はしごを重ねてきた。

そして、今は「吐かない過食」という客人が滞在中。

巷に氾濫する書物を少し読んだだけで、モラトリアム人間、離人症、躁鬱病、精神分裂病……病名がつくわつくわ。もうわけがわからない。

周囲は、個性的、ヘンな奴、頭のオカシイ奴、反省しない奴、わがまま、自己中心的、完全主義、甘ったれている、開き直り、傲慢、尊大、自意識過剰、気にしすぎ、独善的、精神主義者、潔癖、クソ真面目、頑固《かたくな》、冗談が通じない、感受性が強すぎる、刹那的、欲張り、矛盾だらけ、屁理屈、多重人格、遅い思春期、女特有のヒステリーなどと、言いたい放題言ったあげく、治せと諭す。どんなに自分をさらけだしても、ますます理解できないと言われ、結局は、超新人類、宇宙人、という称号を授与されるのだ。

二十四年間、親や世間の言う、一般という範疇に属したことは一瞬たりともない。永遠思春期、永遠迷子、永遠反抗期、永遠胎児のようだ。

私にとって、現実とは想像の材料とお金を調達する場であり、先入観も差別も義務も責任も慣習も道徳も論理も反省も偽善も建前も体裁も見栄も虚栄も羞恥も功名も征服も存在しない。

現実では、その場にふさわしい役割を強制的に演じる。自分の身を守るための拒否ができない。拒否より演じるほうを選んでしまう。だから「無」という素顔の自分を持ったまま、美しい言葉を使ったり、優雅な立ち居ふるまいをしたり、遊び人のように見せたり、白衣を着て研究者然としたりしてきた。年や職業に応じた世間の扱い方を、知識として理解するだけだった。一般の大人は、なぜはじめから拒否ができるのか、演じなくてすむのか、不思議でたまらない。

納得できさえすれば完璧に素直に従うのに、納得できないことには徹底的に反抗する私は、二十四歳年上の美人な母親からよく叩かれた。母親はきちんと謝るまで（まるで裁判のように）口をきいてくれなくなるので、私は「謝るだけよ」と自分に言いきかせて、心で舌を出しながらその場しのぎに謝り、ベッドのなかで親を呪った。そうやって、家庭は平和に機能していた。中学校時代の教師に対しても同じで、心のなかで怒りが煮えたぎっても、絶対服従、完璧なスマイル。それを保ち続けて、トップ高校進学にふさわしい内申を手に入れた。

意識の脆さなんて、わかりすぎるほどわかっている。睡眠時も、麻酔時も、つきつめていえば、この世に生を受けたことすら、自覚意識外のことだ。こだわることはないという意見も理解はできる。しかし、私がこだわらないということは、ナッシング、つまり人生をすべて投げることになってしまう。それがオール・オア・ナッシングではないと言われても、どういう状態なのかわからない。

摂食障害の書から得た嗜癖、依存という概念により、自己否定だけからは解放されたが、自殺願望その他の症状は相変わらずあり、自己肯定するようになったぶん、周囲からはますます非難される存在になってしまった。周囲（自分の身体も含む）に抵抗することに疲れきり、「私は普通を演じることのできる精神異常者なのか。それならば（演じることができないように）発狂する薬を飲みたい」と思うこともしばしばだ。

家にこもっていても、過食と過眠はひどくなり、体重は増え、身体はむくむいっぽうだったので、「こうなったら隔離政策だ」と奮起し、家から離れたところにある鍼灸整骨院で午前中だけ働きはじめて三ヶ月になる。

眠たくて眠たくてたまらないのを我慢して、午前中に起きて、立ち続ける状況を強制的に毎日続けると、眠たいままに一日中寝ていた時より、身体の調子ははるかに良い。昼間の太陽光、歩行による足の運動、手を動かすことは、脳に刺激を与え、理屈を越えて良いことなんだ、と実感する。

病気を隠して働き、苦しくてたまらない感覚は消えず、嫌いな現実、自分についてぐちゃぐちゃ考える自己分析には芯から疲れ、仕事を離れるとすぐ病気が顔を出す毎日だ。

しかし、以前と大きく違うのは、身体の奥で、凍てつくような寒さのなかに傷だらけになってしゃがみこんで泣いている、子供のままの心を強く感じること。その心が、だだっ子のように泣き叫ぶ時がわかる。その子と対話できるようになった。

まだまだ、自分が本当に望んでいるものが何なのかわからない。でも、わかってあげたい。このボロボロの子供を救ってあげられるのは、私一人しかいないことに気づいたから。

西洋医学も東洋医学も効果がないというのは、健康な肉体の病ではなく、ダウン症のような先天的な染色体異常なのかもしれないとも思う。でも、そんなことは、先の時代になってヒトの遺伝子地図が明らかになれば、依存症じゃない正常な人間が証明するだろう。観察するものはすればいい。批評は他人の仕事。私自身は、自我の塊から自己内在への脱皮を試してみる。過去は過去。苦しみは苦しみ（欲が巨大なのだから、苦しみは当然）。それ以上でも以下でもない。

病気になってよかったと思っても救われなかった。十字架を背負うという意味づけも駄目だった。森田療法も、フランクルの実存論もすべて一時的には効果があったが、根本的な解決にはならなかった。

相手がいるのに会話＝コミュニケーションができない。やり方がわからない。共感するか、カウンセラー化するか、自分を捧げる殉教者的な愛情を示すか、それができなければ無関心だ。

愛するものを生かすために、単なる依存人である自分という存在を殺すことを選び、自分の好きなものは（愛するものは）手元に置けない。非難することも、嫉妬することもできない。

睡眠薬を飲んだマリリン・モンロー、発狂したカミーユ・クローデルのようになる予感が、私を震撼させる。弱さが、私に選択させる力。

現実逃避エネルギーのものすごさ。

結婚し、世間を相手にできる才能と神経は、今までの私、今の私には、ない。でも、これからの私はできるのかもしれない。

心技体も無で、親元を離れることには当然失敗した。でも、ミヒャエル・エンデ『モモ』の道路掃除夫ベッポのように、一歩一歩今を歩んでいけば、何十年か経った時、有になっているかもしれない。

一人では円環から抜け出せない一〇〇パーセント自我の今の私は、自然に訪れるきっかけやヒントが与えられる時期を待っている。

現在の食形態は、仕事のある日は昼夜二回。基本のヨーグルトやチーズ、玄米、味噌汁、豆腐、魚などは普通の量で、過食の対象はパンとクッキー。胃腸用の漢方薬、西洋薬を常備し、たとえば今日の場合は、七種類の薬を二回飲んだ。毎日どれを飲もうかなーという感じ。もちろん危ない薬ではなく、医者からもらったものだが、普通の人はこの話を聞くだけで異議を唱える。やめさせようとする。なぜだ？　誰かが、私の薬のかわりになってくれるんだろうか？

過食を止めないかぎり、薬は全くムダなのだが、過食して細胞を痛めている不安が大きく、また家系に糖尿病の気があるので、過食不安解消のためにも薬は絶対必要。つまり薬依存なのだ。とにかく食物をいったん口にすると止まらないので、二食という規則を自分でつくって守るようにしている。だが、仕事のない日は三食になりがちだ。一食や断食は、意志や感情のコントロールが難しくなるので今はやらない。

胃はボロボロのようで、最近はむかつきや下痢や便秘やガスがひどく、「やばい」と思う毎日なのに、二回の過食はやめられない。もうやめようとも思っていない。

それよりも、依存症、自我の塊とわかって諦観し、自己嫌悪におちいらなくなってから、現状を保てているほうが喜びだ。なにせピーク時は、いろいろなお菓子やご飯や麺類、炭水化物ばかりをほとんど一日中食べて、寝て、夢に浸っていたのだから。現実世界はつくりものや描かれた絵のように感じていたのだ。


吐かない過食は、もちろんデブになる。高校時代から十キロ太って、五十七キロ。今や喜怒哀楽とは無縁で、外から見れば、クールなまでにふてぶてしい人間だ。周囲は「年をとるたびにブスになる」「昔に戻れ」と言うが、いちいち反応して傷ついていくのは、もうイヤだ。大量にあった過去の写真や日記は、自分で確認したあと、切り刻んで捨てた。精神を培《つちか》ってくれた書籍は売り払った。

食べないのは健康だ。上等なものをちょっぴりでいい（どんな分野でもそうだろう）。嘔吐は一度習慣になったらやめられないのが想像できるし、胃酸で歯がボロボロになるからやりたくない。理想は拒食オンリー。痩せられるし、断食の効用を学んだ私にとっては望むところだ。寒くて寒くて生えてくる産毛、飢えの反動で食べ続ける動物性、果てしなく入る胃を体験するのはある種感動ものだ。こんな体験、そうそうできるもんじゃない。適応しようとする生命体の力をまじまじと見ることができる。それを楽しむっきゃないのだ。

身長一六〇センチの私の理想体重は四十五〜四十八キロぐらい、その後はあくまで健康体を追い続けたい。強烈な健康体願望…狂ってるね。

過食をやる最大の理由は、私がバカだからだ。もっとも嫌いな周囲の干渉にいちいち抵抗する疲れに耐えられないから。ブタのように食べていたら、生命の危機に通じないように見えるので、とりあえず周囲は安心する。

相談しても、「過食なんて言っても、一日二食しか食べていないならいいんじゃない？」と言われるだけだ。

過食に対する知識もあり、糖尿病体質もわかっていながら過食をするデブだと自己嫌悪しても、それだけならとりあえず誰の迷惑にもならない。最期に回復不可能の病気というとりかえしのつかない結果が予測されても、それまでは平穏だ。

生野菜ジュースだけしっかり飲むことができたら満足という私の気持ちは、病弱者のわがまで、三食を団欒しながら食べる「健康な」家族に合わせられない私は自分勝手。それぞれが食べたいものを食べて満足するのは許されないこと。「私は身体が弱いから食べないの」と言えない。言うことがストレスになってしまうから。

結局、嫌いな自分をブタにするという吐かない過食を選んだ、周囲を拒否する力のない私は、大学時代には研究者になるべく栄養や機能性食品を学び、自分の身体を実験台にして、○○健康法なるものはすべて試し、結果、大学医学部の大学院研究生の椅子をいただいた。

全くバカバカしい。そうまでしても過食はひどくなるいっぽう。病気になる研究をしていたようなものだ。病人（＝実験素材）が医者や教師になれるわけがない。

そのようなバカな生活に戻ることはないが、知識は生かせる。たとえば、食事のメニューにユリ科の植物を加えるのだ。ネギ、ラッキョウ、水にさらさない生タマネギ半個のスライスなど。

ユリ科は、ビタミンB_1の吸収を助ける。特に生タマネギには血糖値上昇を抑える作用がある。精神安定、強壮作用もある。過食のあと涙をボロボロ流しながらタマネギを食べると、タマネギなしの過食より後味がいい。タマネギ＋薬によって安心感を得て、罪悪感や治療必要感を軽くするのだ。加えて、炭水化物の分解経路を促進するクエン酸を含む梅肉エキスを摂る。そのお陰かどうかわからないが、血液検査には全く異常が出ない。

私の歩んできた道は、とにかく全力疾走だった。「すさまじい」の一言。今も、やっぱり、「すさまじい」。そして、未来もおそらく「すさまじい」だろう。そして書き続けるだろう。

群れているものに対して嘔吐感を感じる。呼吸の仕方も、鼓動も脈拍も生理の周期も何もかもちがう人間が同じことをしなければならない。それが美を醸し出すこともあるが、普通時において、なぜ群れる？　群れる者が強いのか？　それとも弱いから群れるのか？

自分が有るから、群れることも、能面になることも、ロボット化することも可能なのだろうか。私は、自分が無だから、それらが不可能なのだろうか。物心ついた時から、団体行動が苦痛で苦痛でたまらない。

「感受性が強すぎる」と言うが、感受性って何なのか知ってるのか？　自分の手におえないものに勝手にラベリングするの、やめろよ。個性として片づけるの、やめろよ。

病院をたらいまわしにされる。社会的に異端とみなされるものに興味がなく、個性も社会にはじめから収まっている、そんな立派な親のもとで苦しみぬいている。世の中うまくできている。私は異端で当然。私だって、うまくやっていけたなら、うまくやる側にいただろう。

でも、私は、うまくやれない側にいるのだ。

私にとって「好きなもの」に依存している状態＝生きることだ。現実に一人でいても、寂しいと意識したことは一度もなく、コンサートへも一人で行き、旅も一人で行き、喫茶店へも一人で入る。一人の幸福。家族旅行すら私にとっては嫌悪の対象だ。一人は緊張感にとらわれるが、慣れれば気にならない。

現実逃避といわれようと、妄想といわれようと、依存は至福を味わえる。だからやめられない。私の依存対象は幾つかある。無私の依存時（空間には確かに二人がありながら、意識は相手一つしか存在しない状態）の安定感は、無（＝何者でもなく、何者にもなれない）が自分なのだとわかる幸福感に満たされる。その時私の顔に浮かぶ微笑たるや、幸福そのものだ。

幼児や動物を観察していると思うのだが、一般の人は生まれた時から一般人であり、そして、生まれた時から大人（もしくは老人）だったのではないだろうか。だから子供を経て大人になれる。『風と共に去りぬ』のスカーレットは、生まれた時からスカーレットだった。スカーレットがメラニーになることはできない。私も生まれた時から私だ。依存人ならば、依存人としての正しい生き方があるのならば、そういう生き方をしたいと思う。

嗜癖はそのまま私の人生であり、私はそれをふりかえった時、全く後悔がない。どの部分を取り出しても、そのままドラマ化できる。死にたいと瀬戸際まで思うが、勇気のない私は死ぬことができない。それに、現実のなかに存在する「カレ」（＝教師H）という対象に依存しているから、引き止められてしまう。生きて現実を知れば知るほど死ねなくなる。自分がやろうとしていることが単なる負け犬の死（逆に、私の好きな映画パトリス・ルコント監督『髪結いの亭主』のアンナ・ガリエナの死は、最高の死、至福、本当の成功の一例だ）であり、単なる面白い話題であり、周囲の迷惑であり、失敗した時は保険もきかず、借金やら前科やら疲労やらの悪夢がつのるだけというのがわかると、もう死ねない。

でも、いつ死んでもいいという誇りある生き方であることにかわりはない。死は人生ゲームの「あがり」。自殺する人はしたらいい。誰でも死ぬ時は死ぬんだよ！　葬式で空々しい涙流すなよ。本当は喜んで拍手しているだろ？　哀しくないだろ？（この段落に対する反論を、私は断じて認めない）

生き地獄の辛さを味わいながらも、人生はゲームのように面白い（楽しい、ではない！）と私は言い切る。宿命、運命、そして人間の欲、一寸先は闇を実感しているから。

「いいかげんに生きよう」を合言葉にして、決していいかげんには生きることのない人生。過食その他の依存を秘めたまま、平穏や安定の訪れない、死までの過程を生きていく。

泣き言は言わない。言う必要もない。社会のお荷物&落伍者&弱者ではあるけれど、精一杯生きているのだもの。

自己の一回性、自他は決して重ならないとわかっていても、いや、わかっているからこそ、他者がそばに居続けてくれることに喜びを感じ、希望と信頼と期待を持って、生き延びていけるのだ。


過食というのは、食べられない人間が食べないでいる苦しみとは異質だ。また、いつでも食べることのできる人間が忙しくて食べないでいる状態とは雲泥の差がある。

過食する人だけがわかる感覚。私だって、過食する以前は過食なんて単なる意志の弱いアホのすることだと、軽く考えていた。

私は、すでに一般とは違う次元に生きてしまっている。事件報道を論じる時でも、私は犯人の人格を、幼児期の境遇や生まれ持った個性に結びつけて弁護するが、たいていの人々は家族や社会の厄介者という視点で非難する。殺人、万引き、不倫、借金、遅刻などの善悪の区別は、私にもわかる。でも、私は、不可能ということ、人間の欲というものを知っている。身体で知っている。

非常に（これが常識を超えた巨大さである）〇〇したい（実際にできるかどうかはわからない。たいていできないことが多い）という短絡的欲望。ある対象を知覚した瞬間に、意志を超えた場でエネルギーがわき起こり行動してしまう。感情を自分で整理しておいても、いつ何によって引き起こされるかわからない、深淵に潜むとてつもない欲。視力を失って、欲望の対象物を知覚しない状況にしたいと願ってしまうほどの、この動物的な衝動の本質は何なのだろう。

これをわかってもらおうなんて他に強いても無理。無知だった以前の自分に語っているようなものだ。棲み分けて、今の自分を守っていかないと。

ダンスでも、オーケストラでも、スポーツでも、自立した技術を持つ一人一人の集まりだ。そこに魅力がある。私は、依存人として自立したい。

金絡みのいかがわしい宗教のように自閉するのではなく、現実社会で開放された自分のなかに棲まいたい。人類の歴史は長いんだ。私が歩もうとした道は、すでに誰かが歩いた道ばかりだと思う。私がその道を知らないだけだ。

ボロボロになっても、歯を食いしばって理想に向かうすさまじい意志＝本当の個性＝存在形態＝魅力とわかってくれた人が、今までの私を支えてくれていた。自我（内部の声）と病気（自閉）を支えてくれていた。これからの私は、開かれた自己に内在すること、自分の血液の流れのなかに回帰することを目指して生きる。

ビギナーズ・ミーティング

摂食障害者のミーティングに一度参加したが、過食も何もかも相変わらずの毎日。やっぱり必死。薬漬け。

摂食障害者の集まりは、世間と違う意味でシビアな場所。過食ということで甘えることはできない。普通の世界が健康で当然であるように、ここでは摂食障害で当然なのだ。「過食？ それがどうした」の世界だ。『過食クラブ』と言えるかもしれない。共通項は過食のみ。あとは、それぞれの背景から何もかもが違うのだ。それでも、仲間には違いない。

関わりたくない、放っておいてほしいのに、「正常な」環境と人々が私に関わってくる時、眠っている病気が一気に目ざめる。激怒と憎悪と怨嗟の渦中で、痙攣しながら一生懸命考える。私の身体が傷つき、犯罪に向かう円環をぬけだすにはどうしたらいいか、泣きながら、どうしようか、どうしたらいいのかを考える。我田引水でも何でもいい。私を支えてくれる妄想のカレにすがり、「仲間」と喋りたいと思いながら、ミーティングの話を思い出しながら、今までを繰り返さないために、ひたすら、耐える。

周囲は勝手に心配する。世界の果てまで執念深く追いかける。狂った私は、強制的につごうのいいように更生させられる。「親が子を思う」あまりのすさまじさに、私は疲れ果て、事情をよく知らない周囲の他人たちは、親の純情にほだされて私を裏切っていく結果になる。「血」は、死後も、私のそばに霊となって四六時中いて、監視を続けるだろう。殺したい、死んでほしいと願う。夢のなかでも繰り返される願い。現実も悪夢、夢も悪夢で苦しすぎる。私は、親殺しという、この世でもっとも重いと決められている犯罪を犯す予感から逃げられない。だれも原因を見ようとはしない。結果を確認する作業を機械的に繰り返し、一人の人間を追い詰めていることには気づかない。

小学校時代から暗記している般若心経を何度唱えているだろう。

親は「その時その時が一生懸命で、昔のことは忘れた」というが、私はバカ素直すぎた。親の言うとおりに「する」ということを選択してしまった。

周囲は「拒否しなかったお前が悪い」「親を受け入れたお前が悪い」というが、果たして、そうだろうか。

私の幼稚園年少組在籍時（四歳）のカードの「将来の夢」欄は、こんなふうになっている。

『パパのひしょになりたい』

そして、私が小学校六年生の夏休みに書き、今も様々な感情が絡んで捨てられない原稿用紙が一枚。

『今日から夏休みだ。学校へ行くのは、プールだけだから、勉強の時間は多い。だが、今まで何にもしていなかったのだから、頑張ろうと思っている。成績にも「努力不足」と書いてあった。だから二学期には、頑張りを見せようと思う。苦しいこともあるかもしれない。だけど後には、いいことがある。苦しみをのりこえ、のりこえそして、目標にたっした時のよろこびを思うと、どんな苦しみでも、のりこえられると思う。その気持ちさえあれば、絶対に。中学受験合格を目標にして、どんな苦しみがあっても、がまんしよう。そして、後の後に役立つように努力しようと思う。人生はだれのでもない。「自分の人生」なのだから』

なんなんだこれは。愛する子供にこんなことを書かせるような教育をして、それで満足する人間がいるのだ。ぞっとする。

洗脳とは違う。拒否できない子供の姿が浮き彫りになっていることに鈍感な人々。(なんで、こんなことを子供当人に言わせるんだ?)彼らの一貫性は、世間が正統だと思っている道を歩まなければならない、ということのみ。いわゆる「常識のある子に育ってほしいんです」ってやつだ。

あのね、私だって、一般以上に正道を歩きたかった。そして、一生懸命努力したよ。今まで、様々な神話を残してきてやっただろ。でも、親の敷くレールは、もう歩けねえんだよ。「私」にならせてくれ。ちくしょう!

「調子はいいのか?」「元気か?」「ちゃんと自分の義務を果たさなあかんぞ」と確認する。すべての行動を逐一チェックし、自分たちの気に入らないものは問い質す。休まる時もなければ、休まる会話もない。形式があるのみ。二十四年間そうだ。私が、過去の様々な犯罪を反省し、殊勝に「頑張っているよ」と答えることを、家人に代表される世間は要求する。自立以前の赤ん坊の如く素直であることを強いる。なぜ、こうなってしまったのか、という原因を追求することは断じてありえない。

昔からそうだ。彼らは、ありのままの私を愛してくれたことはなく、常に彼らの望む姿の私、かけた金かけた教育にふさわしい私を愛した。

「父親、母親、妹としての義務を果たしているだろう。だから、お前も、子として、長女として、姉としての義務を果たせ」と強いる。どこが義務を果たしてるんだ? 自分の解決できなかった問題を、次世代に背負わせているだけじゃないか。うまく逃げているのは、そっちじゃないかよ。

私に理詰めにされると、「みんな、うまく次世代に引き継ぐんだよ。お前だけが問題と取り組んで、周囲に迷惑をかけるな、神のように偉そうな顔するな」と言う人々。

ばかやろう!! うまく次世代に引き継ぐことができたなら、とっくに次世代に引き継いでいるよ。誰が、こんなしんどいこと好んでやるかってんだ。周囲に叩かれまくって、ズタボロになって…そうやって問題に取り組むことしかできないから、仕方なく取り組んでいるんだ。それが、私の義務になっているんだよ。義務は苦しい。苦しすぎる。

感謝も愛も私のなかにあるわけがない。地球なんて、滅べばいいじゃん。

母親がいてもいなくても平気だった。待て、といわれたら果てしなく待っていた。信じているから待つことができるのではなく、一人がこのうえなく嬉しかった。一人の時間は、私の至福だ。

幼い頃から家人がでかけて一人になると、私はルンルン気分で、まず身体が踊りだす。「何しよっかなぁ」もう楽しくて楽しくてたまらない。じっとしていられなくて家中を走り回る。歩きながら砂糖を食べたり、歌ったり、楽器を弾いたり、友達に電話したり、禁じられている本を読んだり、禁じられているテレビ番組を見た。

人見知りとは無縁で過ごしてきた。人見知りを知らない私は、二十三年間、誰にでも話しかけ、関わろうとしてきた。結果は、大きな傷と恐怖を得ただけだった。

私は、みんなが幼児期にすませた「人見知り」を今、やっているのだと思う。小学校時代ずっと、おもらしやら妙な癖がいっぱいあった。今、人に言えないような癖は去り、かわりに過食と痙攣にとりつかれている。

親をやっている人種を信用できない。親になり、子供を持っている（社会の正統の基本を手に入れている）奴に何がわかる？　虐待できる立場、安全圏でのうのうと生きながら、虐待される者を納得させることができるはずもないだろう。

人生を自分のイデオロギーの犠牲第一号にしている人間として、強烈な自己愛（矜持）だけで生きている。「子供の反抗期」とは、私に言わせれば「人間の自立期」である。「生徒の不登校」は、あくまでも「正常な人間の登校拒否」。私は誇りある登校拒否をした。それが、いつのまにか「不登校」に統一されている状況は、いったい何なんだ。

こんな私に「親になったらわかる」「学校で働けばわかるよ」という大人様。そうです、大人になったら、大人の立場を守るために子供を虐待せねばならない。いちいち相手に共感していたら、やっていられないもんね。だから、私は永遠に子供でいます。大人になって子供を虐待するくらいなら、虐待されたまま、破滅してやる。

「お前は人間だ。神ではない」「自己愛のために自分勝手な道を歩んでいるだけ」と言われるが、そうじゃない。自分勝手なのは、おまえらだ。家族に連帯を強いる勝手さに気づかないのか。連帯は、強いられてするもんじゃない。何が心の時代、家族の時代だ。反吐が出る！

もう自分を偽りはしない。かつて、演じる私に告白してくる男たちがいた。私は反射的に「私のどこが好きなの？」と応えた。私はあくまでも仮面を完璧に演じ、内部こそが真の自分であったから、告白してきた男たちを軽蔑した。見事に仮面にふさわしい男たちだった。笑いが止まらないほど類は友を呼ぶものだ。だが、そんな矛盾を見抜き、真の私に通じるヒントをくれ、私の自己愛精神を愛してくれたと思える男《ひと》が一人だけいた。それが、私を十二年間支えている現実だ。

自分を愛したいから、真の私を愛してくれる人と出会いたいから、こういう苦しい生き方を貫き通す。たとえ自閉の殻の厚みを増すだけに終わるとしても。矜持以外のもの（容姿など）は、やっぱり一切愛せない。

食べるという生命維持行為を憎む。一人で部屋にこもり動物のように食べる面倒な行為もそうだ。好き嫌いも残すことも許されず、箸の持ち方、お椀の持ち方、食物の噛み方から厳しく注意を受けてきた。人と食事をする行為は今も昔も恐怖だ。緊張のあまり食物の味も風味もない。口に入れて、音がしないように押し込んで、胃を充たして終わり。生きるため、満腹感を味わうための義務行為。

もう一つ、私が忌み嫌うものに、子宮にまつわる行為がある。女を支配する生理の周期。高校時代は、ずっと子宮摘出を本気で考えていた。子宮があるから、生理痛で転げ回らねばならない。レイプと望まぬ妊娠にいつも怯えなければならない。

性の前で、果てしなく動物になっていくこの身体！

誰もが私の親以上の愛情はどこにも存在しないという。親って偉大だね。イデオロギーが違っても、血という名のもとに、どんどんお金くれるんだもん。それも、とってもいじわるなやり方なんだ。それで私はグレたのだ。

私が変になったのは、私の精神に十二年間棲み続けている（現実にはめったに会えない）カレが洗脳したのだと親は思っている。全然違う。私が好きでカレにしがみついているだけだ。

客観視すれば、悪いのはすべて私だ。世間的に見れば、実家で物質的に最低限の贅沢をさせてもらいながら、社会制度にことごとく反発し、他人に迷惑をかけまくるただのわがまま病だ。犯罪に走る不道徳な恥知らずな女だ。

同じ親のもとに育ちながら、妹御は正常で、私だけが異常だから、悪いのはすべて私なのだ。父母妹様。お気楽な、そして不幸な次男次女様たち。あんたがたに、親の期待を受け、まっさきに実験台にされた長女の気持ちがわかるかってんだ。

「人のことを考えろ」という口癖のあんたがた、私の気持ちになる想像力すらないくせに。理解も共感もないくせに、愛せるか！　あんたらが理解しないのに、なぜ私があんたらを理解しなきゃならないんだよ。

私が教員免許を持っているということで、親は教員になることも相変わらず強く勧めてくるが、ちょっと指導教員に逆らっただけで成績が落ちるような世界に興味も未練もないさ。くだらない。定時制や臨時教員には興味があるけれど。

私にとってふさわしくないものばかり知覚させようとする家庭のなかで、真の自己が腐っていき、私には、知覚の対象を探す力はなくなった。成長の芽はすべて摘み取り、見当外れの世話をする人々。例えれば、私は赤い花を咲かせる植物。でも赤い花の咲かせ方がわからなくて四苦八苦している。なのに、周りは白い花を咲かせようと躍起になっている。家人といる時、私は、自分でも殴りつけたくなるほど、ふてぶてしく嫌な人格となる。カレの言葉だけが、私の赤い花を成長させてくれる。人は、好きなもののなかでしか成長できない。まして、私のような好き嫌いの激しい人間は、何をかいわんや、だ。

私は病院が大好きだ。病院では、私のしんどさが数値となって他人にも見える。証明される。血圧四〇~八〇。それ以外の数々の異常。薬では対処できない異常。

整骨院の仕事では小さなミスと遅刻と居眠りがつきまとう。クビになるのを覚悟する毎日。「効率よく」を求められると、痙攣と動悸が始まり、思考が白くなる。午後に時間をかければ必ず私はやりとげるだろうが、それは許されない。午前中時間内にこなさなければならない。仕事ができない。そして結婚もできない。独りになった時、私はどうやって生きていけばいいのだろう。これが、私の病気の本因だ。結婚をみつめていられる女の子はまだ幸せだ。いい奥さん、いいお母さんに自分はなれると思えるのだから。そんな希望は私にはない。結婚すれば確実に発狂する。

ほとんど毎日何事かが起こっているため、今や平穏な一日の夕方になると「平穏すぎて怖い」と思ってしまう。凶事が日常になり、幸せが信じられない。うまくいっても、その何倍もの不幸を考えてしまう。期待が裏切られて傷つくことに耐えられないから、最初から期待しないのだ。なんて希望のない人生。

普通になるというのは、修養してできるのではなく、極めて感覚的なものだと思う。歩いたり、自転車に乗るのと同じく、コツがあるのだろう。それをつかめば絶対忘れない、軌道に乗るコツが。私はいまだ解けない問題の前で悩んでいる。そのコツは一生つかめないかもしれないが、私はやってみる。死ななかった人間にはいい暇つぶしだろう。

ドライ・ドランク

海に行く。

波打ち際の、塩辛い水をたっぷり含んだ砂を裸足でつかみ、どこまでも歩き続ける。


生まれ変わるとしたら、何になりたい？

トリ。

クマノミ。

肉食のカマキリでも、トンボでもいい。ハート型の葉をもつカツラの樹でもいい。受難の花トケイソウでもいい。

なぜ、こんなに惹きつけられるのだろう。

なぜ、こんなに心が和むのだろう。

なぜ、みんな関わってくるの？

なぜ、ぼ～っと生きてはいけないの？

自閉した脅威的な野犬になりたい。飼犬でも、家出犬でも、放浪犬でもなく、狼と同様の強い野犬に。今の私は、息も絶え絶えの弱りきった野犬だ。疎《うと》まれ抹殺される野犬。


「夢は求めるところにはないのだ」と誰かが言った。

ふと、出遭う。

ふと、気づく。

ふと、辿り着く。

出遭おうとか、気づこうとか、辿り着こうとか思った瞬間から地獄がはじまる…そう思っていた先日、一篇の詩に出遭った。吉野弘『奈々子に』である。


私は思う。

吉野家は、どんな家庭なのだろう。長女は、そして次女は、どんな女性に育ったのだろう。

言葉や活字で表現することはたやすい。だが、実践と行動が至難なのだ。

私は、会話のある家庭を知らない。依存人間しか知らない。

強者の権力が弱者を無視する階層構造しか知らない。実際のモデルを知らないから、感性（肉体）が求め訴えているのに、どうしても家庭を否定する円環を抜けられない。

親が社会的に立派な肩書きを持っている家庭ほど、子供は精神的虐待を受けているように思う。実業家、医者、保健士、教師、僧侶…自分の肩書きを証明するために、自分の子供を血祭りにあげる。自分の子供は、自分のモノなのだ。子供自身のものではないのだ。家庭とは、そんな親にとって世間体を保つ牢屋にすぎない。そして虐待された子供は大人になって、今度は虐待する側になる。

毎日自分と葛藤するだけでも疲れ切っているのに、家族との戦いが重なって、精根尽きる。親の力が、家が、血が、あまりにも強大すぎる。親の執念のものすごさに、反抗することにも逃げることにも失敗し、精神的な自慰という最期の砦にこもるのだ。それも、一体いつまで持つか、時間の問題だ。吐かない過食が、どうしてもやめられない。吐き気を抑えるために、胃薬の量を増やしながら、飢えた動物のように食物を詰め込む。

胃の経絡が頻繁に痛むようになり、胃の経絡が通る右手中指つけ根にガングリオンが出現し、手相の健康線と月丘の境に赤い陥点《かんてん》が出現した。体調の悪化は、もう意志では食い止められない。

笑ってしまうのは、親が子供の苦しみに気づいていないこと。私が、四面楚歌まで追い詰められているのにパニックの訴え方がわからない不器用者だからだ。自分の部屋で、独りで声を押し殺して静かに泣き、静かに痙攣し、静かに過食し続ける。ここまで自分を護れないなんて、もう笑いが止まらない。ハハハハハハハハ。

親に反抗することが絶対に赦されない家。親の求める行為をこなした時だけ、親のプライドを充たした時だけ、認めてもらえる。

親の口癖は「親の言うことをきいて、ちゃんと守ったら、いい子になれます」だった。そうですね。「いい子」にはなれますね、確かに。けれど「いい大人」には永久になれませんね。

子供に自由はない。子供は親に服従するまで解放してもらえない。口ごたえをすると、叩かれ、家から閉め出される。母親の手に負えない時は父親に訴える（見事な連携プレイだ。この家に離婚はありえない）。母親からの訴えを聞いた父親は、普通の顔で子供を尋問する。叩く価値（！）があるかどうかを調べるために。そして、子供が母親に対しての不満を述べはじめたが最後、すさまじい体罰が展開されるのだ。バカな子供は、親に理解してもらいたいからこりずに正直な気持ちを述べ続け、親は「間違っている子供を矯正するために」殴り続ける。大人と子供の、男と女の力の差は最初から見えている。子供はエネルギーを使い果たし、声が出なくなり、身体も動けなくなる。親は静かになった子を懇々と諭す。動けず床にへたばっている子供を見下ろして「やっと納得したな」と満足する。正常で賢明な妹は、ここまで反抗しないので、叩かれることはめったになかった。

まだ続く。「これからはいい子になります」と文書や口頭で誓わされる。親は子供を裁く存在なのだ。親は子供に何をしてもいいのだ。

「過去を赦してやる。今からは生まれ変わればいい」

一体何様なんだ？　私は、一人しかいないいんだよ。親の判断で一つの人生を切り刻むなよ。

私は自分の時間に存在している。非難されるような過去も私にとっては、成長の大事な時間なんだ。忘れることはできない。過去を赦すだと？　赦してなんて、誰も頼んじゃいない。ほっとけよ。「私の人生」の楽しみを奪っていくなよ。

叩かれること、家から閉め出されること自体は恐怖ではなかった。私が謝るのは、暗闇が怖いからであり、また謝るまで親が口をきいてくれないことが不便だったからである。

私は、小学生以前、異常に暗闇を恐れていた。小さな明かりをつけたままでないと眠れなかった。

電気のついていない部屋も怖かった。怯える私に、怯えない三つ下の妹がいつも一緒にいてくれた。いてくれたのは親ではなかった。忙しい親は、子供とつき合う暇はなかったのだ。妹の存在が無条件にありがたかった（どうして妹は暗闇を怖がらなかったのか。妹は、見事に私と正反対なのだ）。

だから、昼間家から閉め出された時は、夜までに謝った。謝る時はいつも背中で指を組んだ。「たんま」いま謝ったのは全部嘘だよ。バカ親。

だが、夜に閉め出された時は、なすすべもなく夜の恐怖におののき、親を呪って物置で寝るしかなかった。

家の中の暖かい光の外に、私はいた。団欒《だんらん》の笑い声が耳を打ち、夕餉《ゆうげ》のいい匂いが空腹を刺した。でも、偽善を装ってそれらのなかに留まる辛さより、私は夜の恐怖を選んだ。個人の本質は、絶対に抑えることはできない。

さて、親に謝っても、それで終わりではない。次に、親に反抗した罰が待っていた。罰には様々なものがあった。皿洗い、トイレ掃除、庭掃除、草取り、洗濯物の片づけ、など。幸いどの作業も嫌なものではなかった。そんななか唯一嫌だったのが、夜のマラソンだった。

マラソンは、ありがたい親心の罰だそうだ。体力増強になるから、感謝すべき性質の作業だという（そう、罰はすべて「将来の私のため」なのだ）。少ない時で二五〇メートル、多い時で五キロのマラソンは、ちびで痩せていた私には大変だった。

それでも、昼間に、『不思議の国のアリス』のように、自分が異国に迷い込んでいると空想に耽《ふけ》りながら走ると、長い距離も苦痛ではなかった。そのうえ近所の人々に受けがよかった。まさか罰とは思わぬ人々は、「えらいねえ」と誉めてくれた。学校でのマラソンは一位だったし、水泳や体操教室には、小学校一年から疑問なく通っていたから、運動神経もできていた。昼のマラソンは嫌ではなかった。

だが、夜のマラソンは嫌だった。闇には、痴漢に襲われるとかいう以上の恐怖感があった。夜のマラソンを命じられると、家の近くの電柱備えつけの煌々とした蛍光灯の下を、輪を描いて走った。そして、頃合をみはからい、息を切らして家に戻る。何食わぬ顔で「（決められたコースを）走ってきたよ」と母親に報告する。

嘘は、自分の身を護るために不可欠だった。

恐怖感というのは、消えるまで待たなければならないのだろうか。恐怖感を癒すには、他人の保護が必要になるのだろうか。大人と言われる年齢になっても恐怖がある場合、どうしたらいいのか。


「餓鬼」（子供のことをこんなふうに書くなんて、精神的に見て面白いと思う）は、大人から見ればおかしなほどに恐怖を抱えている。

具体的に書こう。

中学一年。浜辺で海水浴をしていると、蛸が海から飛び出してきた。沖へ返そうということになって、同い年のいとこの男性とゴムボートで深みに移動した。いとこは、蛸を海へ返したとたん、自分だけ浜へ泳いで行ってしまった。私は、蛸と蒼く広い海原に残された。ゴムボートの上で恐怖に泣くしかなかった。あの時の孤独と恐怖は絶対に忘れない。親や親戚たちは海岸で笑うばかりで、助けに来てもくれなかった、あの絶望的な場面《シーン》。今でも、海の蒼さも潮風の香りもすべてが脳裏に焼きついているぐらい。

高校一年。ゴキブリが私の座っている椅子に近づいた時、私は全身がすくんで動けなかった。

家族はさっさと逃げて、私だけが椅子に取り残された。ゴキブリは椅子をあがってこようとしたが、逃げることのできない私は、恐怖が最高潮に達し、どうしたらいいかわからず、痙攣しながら椅子の上で泣くしかなかった（腰が抜けた状態に近かった）。母親と妹は「なに泣いてんのよ、早く逃げや」といって、笑っていた。またもや絶望…。

高校一年の秋。幼い頃から人懐っこい犬と遊び、犬を見ると触っていた私は、見知らぬ家のミニコリーを自分から近寄って撫で、右手薬指を噛まれた。三針縫う傷だった。幸運にも手はちぎれなかった。しかし、私にとって噛まれたのは、手ではなく心であった。心は深い傷を負った。その時以来、犬恐怖にとりつかれてしまった。私は、ミミズでもニワトリでも友達意識で触れるが、犬を見ただけですくんでしまうようになった。

この手記を読む大多数の人間は、恐怖を前にして、すくみ、泣き出す私の姿を笑って楽しんでみたいと思うはずだ。

社会には、助けの求め方に暗黙の了解があるらしい。私は、手のかからない、しっかりした静かな子供として評価されてきた。だが違う。助けの求め方がわからないのだ。普段は世間のお決まりの法則を必死に模倣し、器用にこなしているように見えるが、感情だけは模倣しようがない。周囲は、日頃冷静な私がパニックになる様子を、手をたたいて喜ぶのだった。

恐怖感に囚われている時には、こんな手記を書くことは危険だった。だが、もはやあまりにも笑い者にされ、恐怖のなかで、孤独に泣き、玩ばれることに耐えられず「犬に噛み殺されようとどうでもいいや」と自分の人生を投げることを覚えてしまった私に、恐怖は屁でもない。私は、生きながら死ぬこと＝絶望感という最終武器を手に入れた。生体の防御機構は凄い。今やどんなことにも動じない。ゴキブリだろうが、犬だろうが、何が来ても感情は死人のごとく醒めきっている。嗤え、嗤え！

絶望感しかない私は、阪神大震災の時も、震度五で家具類が倒れてくる中で、笑いながら寝ていた。自分でも驚くほど無感覚だった。

「すべては宿命さ。がたがた怯えてどうするの？」

台風で雷が光っても「ほら、きたきた、面白い、面白い」

交通事故を起こしても「死ぬ良い機会だったのに、惜しくも助かっちまった」

人が死ねば「いいなあ」

他人に徐々に傷つけられ半殺しのまま生きるより、自分で一気に殺して死人になったほうが、痛みを感じる時間が短くてすむ。そう思う。

常識はずれの言動のためにか、とにかくいじめられ、孤立する私を、美しい人気者の男女がいつも庇ってくれた。バカな私は彼らを信用し、好きになり、感謝した。ところがそれは、彼らが優越感に浸るための、自己正当化の親切だった。

顔をあわせれば「はやく結婚しろ」と仰る親。彼らは、歳さえくれば結婚できるものだと信じているのだ。世の中、歳さえくれば自立できるのだ。正常な、強い、完璧な成功道まっしぐらの、要領のいい賢い人に、どうやってその間違いを訴えたらいいのか？　話し合いで解決するなら、戦争など存在しない。

歳は、息をしてりゃ、勝手にくう。肉体は勝手にでかくなる。なのに親が子供よりなぜ偉いんだ？　単に、たくさん息して、人生に慣れてきて、たまたま運よく生き残っている人間じゃないか。親は、子供の世界から出た人間なだけじゃないのか。親は忘れ去った子供の世界から学び、子供は通ったことのない大人の世界から学ぶんじゃないのか。親と子供は確かに違う次元にいるけど、それは支配するされるの世界じゃないはずだ。

だが、形式利益主義の大人は、子供を物体扱い。当然だ。大人が子供から得るものは、世間体を除いたら精神以外にないものね。精神なんて、金にはならない。

私は、ジョーク（ユーモア・ウイット）を言うことが全くできない。ジョーク機能が脳から欠落しているといったらわかるだろうか。〇～十八歳までの間、がんじがらめに育てられた後遺症かしらん。

それでも、ジョークを理解し、笑い、そこに幸福を見ることはできる。血族は、私をジョークの通じないお堅い奴と言う。真面目なつまらん奴。「笑え」「甘えろ」と強制する。バカか！　おまえらにふさわしくなっているだけだ。おまえらの前で、笑えるか！　おまえらに対しては、愛情も寂しさも感じない。

わずらわしい、うっとうしいだけ。

自閉の私を「全く正常だ」と認めてくれ、私にジョークを投げかけてくれ、私の精神となってくれている人々の前では、私なりにおずおずと、全身で甘え、最高の笑みを自然に浮かべることができる。

子供のように扱われると子供になる。大人として扱われると、大人になるんだ。

私が笑顔を垣間見せた時に、とんでくる注意の言葉。嬉しそうに食べものに手をのばした子供時代、彼らの言葉は、まず「肘をつくな」「箸の持ち方が違う」「茶碗を持て」「よく噛め」。苦痛。苦痛。苦痛。あきれたことに、いまだにそうなのだ。笑顔が浮かぶはずがない。なぜチェックする？　なぜおまえらは人間の笑顔を喜べないのだ？　なぜおまえらは、自分の飢えを見つめないんだ？

他人を怒ることなく、黙々と実践している人々には、私は学びたいという欲求を全開にして対峙する。血族は「おまえは、怒ると機嫌を悪くするから、注意もできん。おまえのためにと思って注意してやっているのに」「親の言うこときかんと苦労するよ」と、脅す。ばかやろう！

おまえらから学ぶことはなんにもねえんだよ！

男になりたいと思ったことはない。女でよかったと思う。唯一、セックスという点において男はいいと思う。望まぬ妊娠に怯えなくてすむ。私は、自分が男として生まれても、今と同じ生き方をしていると思うから。私が男だったら、この社会では救いようがない。

「漫画を読むな、見るな」
「赤い服は着るな、男に目をつけられる」
「オリエンタル系の香水はつけるな。お香も焚くな。仏（死者）のものだ」
「煙草を吸うな」（ガラムメンソールの箱のデザインと匂いが好きで大人っぽくて、持ち歩いていたのであって、実際吸っていたわけではない、という説明さえ聞く耳のある親ではない）うるさい！　それは、おまえらが決めることではない。私が、自分の欲求と相談して、自分で決めることだ。

疑問形ではなく、絶対禁止形の言葉が幼い頃からの私を洗脳している。「いけないことはいけないこと。屁理屈言うな！」の一喝。漫画を読むこと、アニメを見ること、歌謡番組を見ること、煙草を吸うことなどに、なぜ、すさまじい罪悪感を覚えなきゃならないんだ？　怯えながらやらなきゃならないんだ？（人間の欲求って、ものすごい。罪悪感がどんなに巨大でも、やりたいことはやるのだ。人間の意志を超越している）。

親こそが、真に自己中心の勝手な人間だ。子供個人への関心も愛情もない。子供は人間ではなく物体扱い。「自分より低い価値のあいつが自由にふるまうなんて許せない」の自分勝手な心境。所有欲や嫉妬は、自分より価値が低いものに対して生ずる。

もし、本当に相手を愛していたら、相手の本質を見たいと思うだろう。自由にふるまい、世界を拡大していくことを応援し、共に喜ぶことができるのに。

「おはよう」「ただいま」「お父様お母様おやすみなさい」など、挨拶《あいさつ》は絶対だ。しないこと、拒絶することは絶対赦されない。私が不満の気持ちをあらわすために黙っているのに「礼儀とけじめだ！」とのたまう。

私は生理前になると、ＰＭＳにより日頃の鬱憤をぶちまけやすくなる。が、それすらもとりあってもらえない。「生理前だからって当り散らすな」「わかっているんだったら当り散らすな、迷惑だ」。違うのに。生理前の肉体の正直な力を借りて、自分の意志をあらわしているだけなのに。

絶望…。

私が大学を目指してバカな点取り勉強に命を賭けていた頃、親は私の行動をすべて黙認した。

学歴&ブランド至上主義。赤スカートも東大か京大へ行ってさえいれば、はいていいんだそうだ。親を非難する反抗もしていいんだそうだ。人間を一体何だと思ってるんだ、こいつらは。怒りで手の震えが止まらない。

幼稚園からネイティヴに英会話を習いに行き、結局身についたのは数個の単語のみ。ピアノは六年以上バイエルの繰り返しばかり。塾や予備校にかけた無駄金は莫大な額になる（親は大学時代に一人暮らしさせたことだけを後悔し、その金を無駄金と呼ぶが）。物質的には、望んだものほとんどすべてを与えてもらった。今の過食と変わらない。食べものだけは豊富にある。でも、飢渇《きかつ》はますます激しくなる。

社会は金で成る。生まれてくるという行為にも、この世では費用がかかる。赤ん坊に金が払えるか？　人間は血でできてんだよ！　金でできてんじゃねえんだよ！　私は血が欲しいんだ。金過剰で窒息してるんだ！

私は、精神虐待の見事な見本。

どうせ生きながら死ぬんだからなにしても同じ、の狂った女。

さあ、親は慌てる。

「ちょっと目を離した隙に、変になった私たちの可愛い娘。いったい誰に洗脳されたんだ？　目を離したことが悪かった。これからは目を離さないでおくよ。だから、素直な昔に戻っておくれ」

バカかってんだっ！　これは、おまえらの完璧教育を受け続けた結果だ！　結婚だ？　子供だ？　学校だ？　どうやったら、そんな正当な大人になれるんですか？

時代の禁忌《タブー》に触れる私に、いじめと抑圧と指導が行なわれる。なぜ、と疑問を持つことは容《ゆる》されない。いけないこととは何なのだ？

結婚していれば、それだけで社会的に正当で安全な人間であり、そのうえ賢い子供がいれば血統書がついているに等しいのだ。

「家族のために生きる」なんて言葉を耳にするとしらけてしまう。

自分以外のもののために頑張る、と公言するなんて依存そのもの。トレンディドラマで「オレには護らなきゃならない家族がいるんだ。護るものがない一匹狼のおまえは、オレには絶対勝てないんだ」という台詞があったりなんかすると、家族のなかで生きる視聴者はとってもいい気持ちになるんだ。笑っちゃうね。家族という護らなきゃならないものがなけりゃ生きていけない、弱さ丸出しじゃないか。護るものは「自分」だ。誰も護ってくれなんて頼んでいやしない。一人ひとりの人間は自分が食っていけるぐらいは強いんだ。護らなきゃいけない義務を、自分を奮い立たせるために勝手に利用しているんだよ。一匹狼はね、そんなバカなおまえに真面目になるのがかわいそうで、身を引くんだよ。会話・保護のある家族を護る力と、会話・保護のない家族を見捨てる力には、同じ強さがあるのだから。

今までの怒りの一部分を断片的に取り出してみた。具体的な言葉が少ないので、私の感情は他人には誤解されやすい。だが、私の中では矛盾も否定もない。生きる人間の義務は「自分を肯定すること」だと思う。「自分を肯定すること」と「自分を愛すること」は異なった概念だと思っている。

ケセラセラ

化粧にかぶれた厚化粧の女が、病院にかけこんだ。

「先生、治してください！　これじゃあ、みっともなくて、表を歩けやしません」

「化粧が原因だ。化粧を止めなさい」

「そんな…みんな化粧しているのに、私だけすっぴんで歩くなんて…そんな不作法で恥ずかしいことできやしません」

医者は黙って塗り薬を処方した。

女は薬をすりこんだが、一向によくならなかった。ますますひどくなるばかり。医者にくってかかった。

「医者なら治してよ！　もっといい薬があるんでしょ。お金ならいくらでも出すから治して…」

医者は、女の言葉を遮り、大声で怒鳴った。

「病気になったのが自分なら、治すのも自分だ。医者は手伝うだけだ。治りたかったら化粧するな！　化粧するなら私には治せない。どこか金で治せる病院があると思うなら、地の果てまで探しさまよえばいい！」

過食しているかぎり、身体は不調の坂を転げ落ち続ける。身体の不調は、過食をやめなければ治らない…過食は…過食の根本原因を見つめなければ治らない。根本原因はわかっている。生きるということだ。つまり、死ななければ過食は治らないのだ。

過食をして、胃腸の薬をどんなに飲んだって金の無駄。

ガス腹じゃあ、恋もできない。病胃からの口臭でキスさえ怖い。

怯えて怯えて怯えて…人間としても、女としても哀しすぎる！

なぜ、こんなに怯えなきゃならないの？

摂食障害は胃を傷めていく。胃切除手術患者の手記を読むと、摂食障害者の身体症状と酷似している。胃が弱ると全身にどういう症状が出るか確認できる。摂食障害者の下痢や便秘は、確実に胃の衰弱が原因だ。胃から腸、そして体液へ移行する電解質の均衡の崩れが引き起こす。だから、下剤なんかじゃなんにも意味がないのだ。過食を止めない限り。

摂食障害の知識のない医者たちにモルモット扱いされるのに嫌気がさし、病院通いをやめて、百草丸大瓶を薬局で購入した。一ヶ月に一瓶を空にするペースで乱用している。これで治るなんて思っちゃいないよ。過食後の不安を解消するために使うんだ。めちゃくちゃな行為だと知りながら止められない。特に、生理一週間前はひどい。しんどくて、ねむたくて、だるくて、イライラして、過食し、薬を放り込む。三〜四キロくらいすぐ太ってしまう。ペチャパイ、ドラム缶体形だけでもうんざりなのに、吐き気や胃部不快感が加わり、胃を全摘したいと願ってしまう。胃や子宮など私には完全に無用なのだ。

休日（仕事のない日）の前日に過食と夜更かしがひどくなる。とにかく、丸一日フリーにできるというのが、たまらなく嬉しくて踊りたくなったり、歌いたくなったり、本を読んだり、クラシックギターを弾いたり、ワープロに向かっているうちに、夜が明ける。仕事から帰ってきて、家に誰もいない時ってのは、もう最高に嬉しい。誰もいない空間に一人きり状態は、安らぐことこの上ない。

社会は、食事をコミュニケーション成立の道具とする。仕事場では食事が強要され、拒否すれば「マイペースな奴」になる。コンパで食に怯える気持ちは、家に帰ってからの過食を誘引する。

私にかまわないでくれ！

電車とか公園のベンチで、他に空間がいっぱいあるのに、わざわざ私の近くにくる人間は、どうしようもなく憎らしい。

シュガーレスの飴をなめたりガムを噛んだり、煙草をくわえて、空虚感をまぎらわせる。赤ちゃん用の粉ミルクを飲む。これは十九歳の時やっていた、ミルクダイエットからあみだした方法だ。抗アレルギーの月見草油を含むものを一～二スティック、朝食がわりにする。湯に溶かして、赤ちゃんの気分で飲む。ＡＣ（アダルト・チルドレン）、精神退行人間にはぴったりのメニューだ。最初の頃は、粉ミルクの匂いだけでも吐き気をもよおしていたが、今や美味しくてたまらない。

薬局に粉ミルクを買いに行くと、（ムネがないから）おっぱいが出ない若いお母さんだと思われて、薬屋さんがとっても親切にしてくれる。ベビーフードや粉ミルクの試供品をくれたりとか。二十四歳の私（私の母は、この歳で私を産んだのだ）。見た目は全くノーマルな私が赤ちゃんを抱いていたら、ホント若奥さんの絵になるな。お母さんて、女の最大の特権。お母さんになる能力も、仕事する能力もない独り身の女の存在意義ってゼロなんだ。

生産せず、派手な消費のみの生活。

ベルジュバンスのパーマをかけて、過食と痙攣と悩みで疲れ果てた病体を癒す（身体にいいパーマがあるなんて、断食の効用と同様に誰も信じないが）。

シュタイナー治療教育の本を読む。見事な理論。この世の中に必要なのは、親への教育ではないか。税金を納める義務と同じく、親は、心理学と哲学を学ぶ義務があるんじゃないか？

オーソペディーシューズをはく。小さい頃からひどい汗っかきと偏平足で苦しんでいる。なぜこんな足に産まれてきたのだろうか。手足は汗で年中びしょびしょ。それなのに他のところは夏でもめったに汗をかかない。自律神経がおかしいのだろう。手の皮のむけた汗だらけの手の私は、握手することさえ汚いと言われた。足の裏も蒸れて臭う。病院で細菌検査し、水虫のようなうつる病気はないと証明して貰ったのに。

字を書く時は紙が濡れないよう、下敷きを当てて書く。編みものは、ちょっと編んだら毛糸がびしょびしょ。ギターの弦はすぐ錆びて、弾きづらいことこのうえない。

偏平足。プールサイドを歩く時は、ベタ足の足跡がみんなにからかわれるので、濡れているところを選んで歩くか、足を傾けて歩かなければならなかった。当人が最も苦しいのに、なぜ、苦しくない人々はからかうの？　正直に苦しみを告白したら最後、弱味を握った彼らのいじめはエスカレートするのだ！

オーソペディシューズをはく前は二〜三キロの歩行で足首が疼いた。だからといってオーソペディシューズは高価すぎて、子供には買えない。私だって、整骨院の最初の給料を貰うまで手が出なかったんだもの。市民病院の整形外科でつくった足底板は、全く使いものにならないお粗末な代物だった。整形外科は、オーソペディシューズを取り入れるべきだ。

大飯食いのブスのデブのバカ女。潜んでいる盗癖や買いもの依存症も、自制がゆるんだ隙にふっとあらわれてしまう。私が家庭内暴力をふるう対象である母親は、私の訴えを、やっと本気にしてくれはじめたようだ。私が、単なる意志が弱いバカな人間ではなく、精神病で犯罪と隣り合わせに生きていることがわかりはじめたようだ。家の頂点に君臨する父親は、相変わらず確認とチェックをする。これ以上、何を頑張れというの？

社会は、病人にはまだ、同情的な差別的な寛容や哀れみを示すが、淫売、犯罪人には容赦ない。セックスとひきかえに男に保護を求める淫乱症。社会の平和を乱すイロケタンポポ。

こんな私を、どうやったら愛せるというの！　何をしでかすかわからない自分というものが恐ろしい。


三月から苦しんでいた花粉症（ハルガヤ・カモガヤ━イネ科の植物）期間がやっと過ぎ去って七月下旬。麻黄附子細辛湯《まおうぶしさいしんとう》（トリカブト配合だっていうと、みんな私が麻薬をやってるみたいに驚くから面白い）は、あまり効果がなかった。風邪には効くんだけれど。

三月からの五ヶ月間、生き地獄の極み。過食に拍車がかかる。道端の雑草に苦しめられて情けない。目がかゆくてかゆくて、取り出してタワシでごしごしこすりたい。くしゃみ、鼻水。喉が痛んで眠れない。恥ずかしい思いをしてつけるマスクなんて気休めだし、マスクをする私を周囲は避ける。親しげに話していて、私が一歩近づくと、相手が一歩離れたり、電車で真横に座ろうと思っても、相手がなんとか距離をおいて座ろうとする態度に、どれだけ傷ついてきただろう。そして、これからもどれだけ傷ついていかなければならないのだろう。

冬の寒さ、雨天の気圧の変化すら過食への引き金となる。過食で、私はかろうじて生を保っている。なんてしんどいの。ぎりぎりに生きているから、普通の人には我慢できることでも私には我慢できない。慢性厄介者だ。

団体で遠出するのが怖い。頭痛に襲われ、倦《だる》くなり、足の疲れで歩けなくなる。気力だと言われても限界なんだ。きちんと装うことしかできないから、本当の自分のギリギリ感覚を理解してもらえない。

どうしてこんなに苦しまなきゃならないのか。

無意識のうちに、カッターナイフで左手首をスッスッスッスッ…としている自分がいる。これも過食と同じく、心落ち着く癖の一つになってしまった。

発狂したい。精神病院に収容されたい。でも、そんな贅沢ができる金がどこにあるというのだ。私を治す価値などあるのだろうか。精神病院より、刑務所か修道院のほうがお似合い…そんな厳しい場所でやっていけるはずもないのに。


眠りたい、生きているより眠りたい。惰眠を貪りたい。

発作的に涙腺がゆるんで声を殺して泣いてしまう。そして、すさまじい怒りがわき上がる。なぜ、みんなこんなにお父さんお母さん思いなのだ？　お父さんお母さんは生きていい、私が生きるのは申し訳ないことなの？（全くそのとおりで、怒りのやり場がない）私は、なぜ産まれてきたんだ？

かつての嫌な記憶が蘇ってきた。私は、小さい頃から口を半開きにしていて、母親はそれが気に入らず、「口を閉めなさい、バカのように見える」と、矯正のためのセロハンテープを私の唇のまわりに貼っていた。また、姿勢が悪いので（軽度脊椎側湾症）竹の長いものさしを背中に入れていた。まるで案山子《かかし》だ。私は、そうすることを「喜んで」していたのだ。親の言うことはすべて正しい。親は子供の幸せと健康のために命じるのだ。どうして反発できよう。今の私は写真の時だけ見事に口を閉じ、姿勢も良い。人工的な美。ちっとも自然じゃない。あとの時間は猫背で、口も半開き。本質は何も変わっていないのだ。

幼《ちい》さい時に、いったん刻まれてしまった辛い記憶はどうしたらいいのだろうか。記憶によって病が維持される。病が結果的に変革の種子となることがわかっていても、今の苦しみは耐えがたい。好んでやっているんじゃないもの。それ以外のことができないからやっているんだもの。旧套墨守《きゅうとうぼくしゅ》に固執できたら、滞在できたら、どんなに楽だろう。

私は、きっと、とても、親を愛している。だから、親を憎悪する権利がある。

東京のミーティングに行った時、みんなノーマルの外見で（自分もそうだけど）、「えっ、この人たち、ホントに摂食障害なの？」と思ってしまった。全国にこんなに同じ思考をしてる人間がいるなんて、なんだか嘘みたい。

勉強中毒《アディクト》、生きている以上やり続けるだろう。何かに逐《お》われているかのように、焦り続けるだろう。急き立てられるように発達し続け、疲れ続けるだろう。それで夭折したなら（そんなことは決してありえないが）本望なのだろう。

もともと低血圧で眼圧も低いから（四〇～八〇位。血圧をあげる薬を飲むと、オメメパッチリ、視力があがる）、眼が疲れてどうしようもないのに、目覚めたらすぐ活字に浸る。充血がとれず、視力は落ち続けて、失明の恐怖に怯えつつ本を読む。私はバカだ。知識なんて本当はどうでもいい。勉強なんて大嫌いだ。勉強アディクト人間は知識があって賢く見えるけど、ホントは勉強嫌いのオオバカモンだ。

自分の感情など考えず、利益を考えて、一つの学問に系統立ててエネルギーを使えば、世の中の普通の人と同じく、楽に生きられるだろう。

本心は、何もせずにのらりくらりとノーテンキに人生送りたいのだ。ボーっと愛するものたちだけを眺めていたい。本当の自分は「無」で、何もできないのがわかっているからこそ、立ち止まるのが怖い。全力疾走しかできない。

神経バロメーターがあれば、危険信号の赤ランプが常に点っているだろう。回復したくてももはや手遅れなのかもしれない。だれか助けて！　この疲労の沈殿を取り除いてよ！

私が自分自身にやっていることは私刑《リンチ》に等しい。どうして、世間の人みたいに利害をからめた人間関係をやることができないのだろう。自分を護るための、かけひきができないのだろう。

肉体と精神を痛めて痛めて…これって、れっきとした一つの犯罪（自虐罪）だよなあ。

素直そのものっていうのは厄介極まりない。自分の持つ宿命に正直で、持って生まれてきたもの以外に何にも偏れない。

宿命は変えることができないが、運命は自分でつくるものだという。

この公式はたいていの人に当てはまるだろう。

しかし、先天的《アプリオリ》にある魂のままに、全力疾走の人生を走っている者は、ただ宿命のまま天国と地獄の両極を行き来するだけだ。これは不治の病。現実の私自身が傍観者でしかない。他人はコミュニケーションの相手ではなく、私の鏡となってもらうためにある。

私のなかに内包されているものって、いったい何？　私の前世はどんなひどいことをしたんだろう。呪われてるとしか思えない。私の背負っている業《カルマ》は、なんなの？　そんなものはあるの？

肉体は、宿命の動きに翻弄されて悲鳴をあげ、こうありたいと願う精神（常識判断）は役に立たない。世間に合わせようとしてきた結果は、病気や事故が訪れるだけだった。

ついさっきまで「生き続けていたい」と思っていたのが、一転して自殺願望や滅亡思考のなかにどっぷり浸ってしまう。犯罪の影に怯えて時間を過ごし、神経は張りつめきっている。発狂しないのが不思議なくらい。私など、早く死んだほうが厄介は起こらないのだ。誰かに安らかに殺されたい！　取り返しのつかないことが起こらないうちに。

死ぬ勇気など持ち合わせてもいないくせに、死にたいと願う気持ちだけ肥大し続ける。でも、この苦しみを、自殺してまた来世に持ち越してしまったらやりきれない。こんなしんどいことは、生き地獄は、今生で終わりにしたい。そういう考え方がとりあえず私を生かしている。前世も来世も信じているわけじゃないけど、こういう説明だと当座の私の生きている理由になる。

つつがなく生きている人は、私の行動を矛盾だらけだと言う。当然だよ。私は、自分の好悪のみによって見事に統一されているのだ。

八月

今、過食―胃薬―便秘―痔―湿疹などの肌荒れ―下剤―過食の円環に、安定的にはまっている。どうしようもない。五十五キロ前後で揺れていた針を、今夏で五十キロまで持ってきた。あと五キロは痩せたい。四十五キロのところで針を揺らしたい。高校時代に見慣れていた私が戻ってくることに、たまらない喜びを感じる。と言いながら、今日は久々に大過食した。夜中を過ぎても、炭水化物系統を玉葱を添えて、猫背で貪り食う。ぞっとする光景。まるで、ホラー映画で人肉を喰ってる宇宙人のよう。なんでこんなに入るのだろう。食パンの塊がドンドン減ってゆく。胃が泣いている。ごめんね。どんなに満腹になっても、空虚さが一向におさまらないのよ。

過食理由は明確なのだ。日頃の苦労というベースの上に、明日から四日間、整骨院から盆休みをもらったから。四×二十四時間が自由に使える愉悦（宝くじで一億円当たったに等しい制御できない嬉しさ）と、その一方、家庭で呪わしい親と顔を突き合わせ、相手の勝手で発せられた言葉に礼儀と尊敬を示して応え、家族行動と団欒には同席し、出掛ける時は行き先を報告しなければならないという義務の煩わしさ。それが過食を誘引する。

すべては、学生時代なら「勉強しているから」の一言で免除されていた。学歴社会の常識を見事に生きておられる、正統な人々である両親。

要するに今、両親は、勉強という名目で甘やかしてしまった一匹のわがまま娘を矯正すべく、夫婦団結して尽力する御覚悟をなさっているようだ。四年間も一人暮らしをさせてしまったことを悔い（私にとっては天国のような生活だった）、自分たちの「正しい生活」を見本として提供してくださるわけだ。私が何をしたいかを問うことは一生ありえない。なぜなら、私のなすこと、考えることは、すべて誤りだからだ。

バカか！　私が生きている以上、いや、死んでも、おまえらとは平行線だ！　まあ、せいぜい頑張って無駄な努力をしてくれ。

この家を出ていくべきはむろん私なのだが、しかし今、めくらめっぽうに行動しても、また事件を起こして（私は、昨年六月末に流産している）、親の御指導人生に生き甲斐を与えてしまうのが関の山だ。とりあえず、じっとがまんの子を装うしか術はない。自殺願望が私の伴侶。とりあえず過食しながら耐える。

私は、世の中の九九パーセントの人間とコミュニケーション不可能だろう。

世の中とは、

＊支配（上下関係）、所有物意識、つまり「義務」が生きる基本である。
＊やわらかいソファのうえで「胡坐《あぐら》をかいて」生活できる。
＊パーソナルな憩う時間《とき》を制限することに、何の疑問も感じない。
＊要領がいい。
＊句点に満足できる。
＊曖昧さの匂いを切り捨てられる。
＊夜の意義を否定できる。

自己の矛盾に居座って他人に干渉し、不器用さの本質に目をつぶり、人生という流れに句読点をつけずに句点をつける。枠内に大多数として安定して存在することで、身元証明《アイデンティティ》を形成するという、圧倒的マジョリティがやっている生き方が、私にはどうやってもできない。

私の身元証明は、摂食障害を含む「固有のキャラクター」である。


「生きること、それ自体が価値なのです」キリスト教関係の一文。

だれもがそうなのだ。この世では誰もが真摯に生きている。なにも自分を卑下する必要はない。

だが、私は今、疲労しすぎている。器用な演技も限界で、粗とボロがすぐ出てしまう。しん

ど い…どうでもいい…運命だ…なるようにしかならない。このような運命を放棄する思考は、本当に駄目だとわかっているのだけれど——。

疲労は、現実の何よりも優先する。しんどいのだ！　ダリインダヨ！　世の中なんて、どうでもいいんだ…とにかく、眠りたい。ぼーっとしていたい。

十二指腸潰瘍、肩こり、動悸、痙攣、難聴がひどくなると、鍼灸をしてもらう。頭の天柱から足の三陰交まで、何本もの鍼が身体に刺さり、灸の煙がたちのぼる時間、自失している。羊が毛を刈られている時のように、魂が惚《ほう》けている。頭真っ白の快感。

大学時代の実験を思い出す。内分泌実験。固定台に仰向けに縛られ、頸部にカニューレ（ナイロンの細い導管）を挿入し、採血されるイエウサギのことを思う。解剖のため、首切断を待つニワトリのことを。

私は、麻酔なしの手術の執刀医であり、看護婦であり、患者。

普通、手術は全身麻酔がかかっているうちに知能指数の高い医者が行なうものだ。

だが、医者が信頼できない、嫌いだとすればどうする？　死を待つか、自分で手術を行なうしかあるまい。

私は、自分自身の解剖を欲してしまった。

「欲する」とは、地獄への階段を一歩踏み出すということだ。囚人は、決して情報を仕入れない、という。彼らは、自らの欲望の大きさを熟知しているのだ。一旦望んでしまったが最後、手に入れずにはおれない、強大な恐るべき欲望を。

オペ。まず、表皮を剥皮する。薄い筋肉の不随反射運動に目を見張る。そして、内臓…激しい痛みとおびただしい出血。膿と悪性腫瘍。予期せぬ病巣に、私は、呆然と立ちすくむ。だが、もはや引き返せない。開始されてしまった以上、やり遂げねばならない。たとえ半ばで息絶えようとも。しかし…なぜ、その手術をするのだね？　ああ、メビウスの輪…。

職場においても、当然のことながらいじめの対象。

私は、永遠に和を乱す者なのだ。私の人生はいじめの歴史。家庭や学校は、社会の構成単位であり、縮図である。そこでうまくいかないものは、どこへいってもうまくはいかない。そんなことは百も承知だ。

私の場合「いじめられることは屁でもない」から、始末が悪い。

「ナルシズム的、攻撃的な本能表現は、系統発生的にみて、あらゆる侵害的体験によって強化される」

いじめる奴とは、私に言わせりゃバカだ。バカが、いくらぎゃあぎゃあ喚いても、軽蔑の対象でしかない。私は、平凡および群生礼賛という、個性・独創性を認めない人々に尋常ならざる敵意を持つ。神の与えたもうた才能が環境に虐げられているさま、自由な魂が管理されるさまは醜悪だ。私は、傲言を吐いているのではない。知識人がルサンチマンを抱え、肩書きで凡人社会を支配していることも肯定する。学歴崇拝ではない。個性絶対主義なのである。

社会から見たら、私こそがバカだということはわかっている。魂を遡行《そこう》する私は、得体の知れぬ異質な生きもの。血族に言わせれば、恥ずかしげもなく内情を喋り、自分が損になることをするバカなのだ。「生きなきゃならないから打算も偽善も欺瞞《ぎまん》も必要」という人々は、「打算がない思考があるから生きている」という私を理解できない。私が打算をする、ということは、死ぬ（生ける屍になる）に等しいことを、彼らは全く理解できない。

バカは死んでも治らない。魂そのものがバカだからだ。バカのまま転生し続ける。この世の中に不要なものはなく…という考え方は、一元論に立脚する世間には通用しない。善悪の二元論なら、まだ棲み分けだとか、相対主義、個人主義に止揚する可能性があるが、世間には善と普通のみが支配する一元論が蔓延《はびこ》っている。「不要物質」でしかない不幸という地位。世界《ここ》には、疎外しかありえないのだ。どんな異物も見過ごされることはない。

ジョージ・オーウェル『1984年』の言葉を借りて、まとめとしよう。棲み分け理論＝「真の恒久平和は、恒久戦争と同じだ」＝戦争は平和である。

「あんたは、そこまで堕落するような人間やないはず」、と親。

普通に生きることができないのと同じく、どん底へ堕落したくてもできない。どこまでもギリギリの位相（ニッチ）が私の場。

水をぎりぎりにたたえたガラスのコップがある。今にも零《こぼ》れそうな水。コップの縁の水は、表面張力が作用していて「耐えている」。私は、コップの縁の水か。しかしコップ内の水は循環する。縁の水は常に同じ水ではなく、循環している。私は縁の水から解放されうるのか。

人間は無機物ではなく有機物だ。たとえ水の性質を所有していても、水ではない。

周囲は、普通に生きるのも堕落するのも当人の意志次第だと思っている。彼らは、自分の能力の中心で賢く生きている。境界線に近寄ったことも、境界を出たこともない。いわばコップの中央に安定する水。

「あんた、自分でヘンな漢方薬を飲んで、頭おかしくなったんや」、と親。

医者の出す薬は正しいのか？　飛躍した具体例を挙げれば、ステロイドの害に目をつぶるのが正しいのか？

「だって、みんな、そうやって、普通に生きているやん」、と親。

そうだ。大半は、自己防衛的愚鈍の中で普通に生きる。常識をうのみにできる（そして、後には何も残らない）。私にはできない。常識をこなせる人種には、決して、決して、決して、決して、わかるまい。

逃げでも言い訳でもなく、真実を叫んでいるだけ。方便と呼ぶなら呼ぶがいい。わかる人にはわかる。


家宝の花瓶を模写する幼い私がいる。麦藁帽子、向日葵、徳利、家…私は模写能力に長けていた。しかし、不注意で花瓶を割る。親の強烈な怒り。豪奢な家に住まい、高価な家具類を傷めないよう、神経を尖らせる…全く馬鹿げている！　物質のために精神が抑圧される状況に、私は命を賭して抵抗する。すさまじい精神主義。


なぜ、私の心臓は動いているのか…死ぬのが怖いからだ。

何によって、生きているのか…殉教思考があるからだ（心臓が動くということと、生きるということは、異なった概念である。心臓が動いているだけなら、生きた死人と同じだ）。

殉教思考――利益、自己を無にし、好きという感情オンリーで驀進《まいしん》する。現在《いま》思考。未来のない自由思考。だが、世界（現実）において、このような義務を負わぬ虚構思考は、永久に認められないのだ。

私には、その人単品の魅力がまるまま見え、その魅力が私の魂《ソウル》と共鳴するという独特の雰囲気を有する人たちがいる。彼らが本質的に自由になると本人唯一の魅力が輝きを増して、私は嬉しくてたまらなくなる。

実際逢わなくても、そして、一期一会の縁であっても、彼らの魅力を忘れることは絶対ない。そして、その魅力につながる風景、音、声、香り、動作、そういうものを、一般現実からふっと拾いあげることが、私を生かす。彼らは、私の現在《いま》を形づくる原風景なのだ。過去にこだわるのでも、囚われているのでもない。魂の研磨の必要条件なのだ。

しかし…すべての事象は両刃の剣。殉教思考で生きるものは、殉教思考に斃《たお》れる。

一過性の吃音《きつおん》。ＴＰＯを選ばず発症する指先の痙攣。嫌味な笑い、こめかみの痛み。そして過食。天候・気温の変化というささいなストレスさえ、過食に拍車をかける。天気にいちいち左右されてどうするんだ、という内なる揶揄《やゆ》を聞きながら、動物的に食物を口に運ぶ。食道や胃が拡張限界を超えている。内臓の拒絶の叫びを自覚しつつ、ほとんど咀嚼《そしゃく》することなしに次から次へと「入れる」。

過食時間はトイレ時間に等しい。排泄行為は、日本では、他人に見せるものではない。過食も人に見せるものではない。部屋に籠もり、カスを散らかしながらがつがつと喰らう。少量では満たされない。少量にすれば不安が高まり、何事も手につかなくなる。まるで檻の中の飢えたライオンのようにイラつく。大量の食物を入れ、飛び散ったカスを茫然自失して見つめ、夢から醒めたように、慌てて胃薬と下剤を口に放り込むという、一連の行為が儀式として滞りなく進まねばならない。

人と食事して満腹になっても、部屋に戻ってから必ず過食をする。食事時間は空腹を満たす時間、過食は飢餓を満たす時間。

行為のツケは、胃痛、肌荒れ、突如として暴れだす手の湿疹（未消化食物のアレルギー反応）、そして痔となる。

痔。許容量を超えた食物の残骸を排出する苦しみ。健康な細胞がゆっくりと裂けてゆくあの独特の感覚。白いペーパーにべったりとつく鮮血。便器内に滴る赤い液体。生理時の赤黒い血とは違う、軽薄な美しい赤。

涙は出ない。乾ききっている。

自分を俯瞰《ふかん》することで見える新しい風景。去来する生命意識。

その風景を眺める行為は許されるのだろうか…。それは神の視点であって、私ごとき愚人がしてはならないことなのだろうか。

心理テスト。「知覚速度と空間把握力がすぐれている」

自閉症、盲人、脳障害と重なる特徴だ。

瞬時に自己防衛感覚を掴み、自分の好悪を一瞬にして見分ける力を持つ。輝きと暗黒を即座に判断する――あなたの印象は、あなた個人において絶対真なり。ただし他人においては絶対誤りなり、ということを自覚し、したがって自己感情を自制すべし。

シュタイナー曰《いわ》く「苦しみぬいている魂は、その分霊界にむかって開かれているのだ」

ボルヘス曰く「霊的認識をもつ者にとっては、可視の宇宙は幻影か（より正確にいえば）誤《ご》謬《びゅう》である」…本当だろうか。

先月、なんとも妙な体験をした。かなしばり、というのか。これだけ現実から浮いていれば霊も取りつきやすいだろうし、恨まれるおぼえも大いにある。

睡眠障害を抱える私は、リアルな夢の世界をも生きている。ユングの思考に近いのかもしれない。だが「個」に集約される理論は、社会においては実に危険だ。

瞬間瞬間、生まれ変わる。真姿とは、常に流動的な美。細胞はもちろんのこと、思考・魂の変容。エネルギーの位相は上下し、次元も変化する。それに気づくか否かなのだ。新しく知ることなど何もない。感性の流れに耳をすますだけで、すべてが解決するんじゃないのか。澱《よど》みに耐えられない。実践し続けることにしか興味がない。澱みは腐敗だ。常に激しく流れ続けること、こんこんと湧き続けること。

安定をディフェンスとし、ハッピーエンドを目指す世間においては決して認められない性《さが》だ。

もう、過食症その他の犯罪的症状を抹殺しようと躍起になって生きることはない。摂食障害者の会のメンバーとなり、毎月投稿することは、私に必要なカタルシス。黒い羊は、白い羊の群生のなかでは安らげない。癒しの涙を流すには、仲間が必要だ。

不良少女白書

ＮＡＢＡ〈日本アノレキシア（拒食症）・ブリミア（過食症）協会〉のメンバーとなり、月～土の午前、契約社員として鍼灸整骨院で働き、午後は、可能なことを義務的にして、どんな行動も肯定し、罪悪感を棄て、欲求にできるだけ素直に従う生活を心掛けて半年が過ぎた。

精神科医Ｓドクターのミラクルクエスチョン「奇跡が起こったらやろうと思っていることをやりなさい。そうすれば奇跡は起こります」は本当だった。過食は相変わらずだが、肉体も神経も精神も痛むことなく、ただ無心に呼吸し、目覚め、眠る——久しく忘れていた感覚。半年でここまで変化するとは、驚愕モノだ。

午前中の拘束が非常に苦しいことに変わりはない。

「お金のためよ」「身体のために、午前中起きなくてはならないから」と言いきかせて時間をやりすごす。死んでいる。怠《だる》く、眠く、「午後は家で寝よう」と考えたりしているのに、仕事が終わり整骨院の扉を出た瞬間、午前中とは異次元の世界に飛翔する。眉間の皺が消え去り、表情は活き活きと輝き、足が飛びはね、もう楽しくて楽しくて仕方がない。

これを、金持ち病、甘ちゃんのわがまま病、プライド病、仮病というのか？

周囲からこんなに尽くしてもらい、心配してもらい、愛してもらっていながら、自分の思いどおりにならないことが一つでもあると、癇癪をおこし、嫌味をいうお嬢様根性！　お手上げか？

わきまえず、身のほど知らずに成長しようとして痛い思いをしたら、世間知らずの箱入り娘も世の中の厳しさがようよう骨身に染みたろう、ってか？

そういう見方も、また真実には違いない。

けれど誠に残念ながら、病に居座ることが回復の緒《いとぐち》だったのだ。私は、永久に究極の自分勝手である。メインテーマは常に、自己実現。

「一番大切なことは、何がしたいのかを自分が知ってることなんだよ」
――『ムーミン谷の夏まつり』スナフキンの言葉より

「いかにささやかなものであれ、己の役目をはっきり見つめ得た時、我々ははじめて幸福になる」――サン・テグジュペリ『人間の土地』

私の好きな緑色。色盲なら赤と知覚する色。

緑色は、スペクトルの緑の波長を反射する。つまり、緑は緑でないがゆえに緑なのだ。緑は、緑において無知である。

自分の本性を知った時、自分（苦悩）から脱却する。私は、それぞれの個人の才能を認め、それにふさわしい敬意を払う。鏡のように。

大きく清澄な、良質の鏡と出逢いたい。

虚妄《きょもう》のオアシスを求めてさまようのは悲惨だ。痛々しい。それこそ、意志でもって止めねばならない行動だ。

私は、もう決して、「できないこと」に取り組みはしない。頑張る、努力するなどという生き方は金輪際ごめんだ。将来のことなど考えない。期待もしない。夢も持たない。その時にやりたいこと、できることを淡々とやる。それが、私の「子育て」だ。

「勉強しすぎで死ぬことはない」と言って受験勉強を鼓舞したお母様。「勉強のしすぎで死んだ」人間が一匹、ここにおりますですよ。

様々な習いごとのために貴重なお金を払って、見事に何一つモノにしなかった私が、今は、親の言うところの四大卒に相応《ふさわ》しくない給料で、頑張る（継続する頑張り以上の無理をする）ことなくできる技術や知識に着手している。

好きなできることをする。

そこには、平凡平穏平安平和能面忍耐支配恐怖すべてがごちゃごちゃに存在する。親の言う常識を身につけるべく、装うことに励んでいた日々などとは比べものにならない程、確実に自分の血肉になっているようだ。これが、いわゆる中庸――普通の幸せの手触り、というものなのだろう。

だが、この回復を私は信じられない。いや、信じない。信じてたまるものか。奈落はいつも傍らで口を開けている。「不幸は、目に見えないところで確実に育っている」のだ。過去の犯罪(流産)は決して消えやしない。ツケは必ずやってくる。自分でばら撒いた種、無意識にこぼしてきたたくさんの種は、きっとどこかで成長を続けているに違いない。

こんなふうに思う私は、もはや表の世界では生きられないし、生きたいとも思わない。私は、免疫が完成するほど強靭ではなかった。絡まり、よじれたあげく、破壊したのだ。病の後遺症ではなく、私は病そのものになりきってしまった。何かを永遠に喪ってしまった。

一歩踏み外せば、じっと白い天井を見つめて仰臥していた寝たきり「常態」の、昏々と眠っていた時に逆戻りすることを、私は知っている。

しかし「私は知っている」――と呟いても、周囲から帰ってくる反応は「たかが二十四歳の小娘が、何をバカなことをほざいとる」「一人で感傷に浸るな」「いつまで血迷っとるんや」「戯《たわ》言《ごと》を吐くのもいいかげんにせえ」。

無理もない。生き馬の目を抜く社会で、いかにしたたかに生きるかを知っていることが、彼らの「知っている」ということなんだから。

私が、三途《さんず》の川で十五歳からさまよい、漂流し、賽の河原でくずおれ、のたうちまわっている内部世界への旅など全く価値がなく、嫌なこと、苦しいことは忘れなさい、棄《す》てなさいと言う。アイデンティティの危機を経験したことがないか、常識内で早期終了した人々とは共通点が皆無で、会話のしようがない。彼らと会話しようと思えば、同じTV番組（ホームドラマやスポーツ）を見て、毒にも薬にもならないうわべだけの常識的な言葉を、年長者の機嫌を損ねないように遠慮がちに吐かねばならない。「笑って謙遜女」してさえいれば、存在を認めてもらえる。

マネーの運用法や税金対策とか、株、土地、グローバルな視野、スローガン、そして、対世間が私の成長環境であった。私にそっち方面の素質があれば、完璧な社会人となれただろう。だが私には、素質がない。彼らの信用・愛情・誠意・奉仕などという概念は、見事に私のものとは異質である。口に出せば、全く同じ言葉だというのに。

登校拒否は出社拒否に形を変えた。

突然に拒否しはじめる心と身体を叱咤し、足を一歩一歩運ぶしかない。「行きたくないよ〜」と泣き叫ぶだだっ子をなだめすかしながら。

「お金のためよ」「いやだよぉ」「外見が大人だからよ」「やだよー」「行くことがあなたの義務なのよ」「やだ、やだっ」「ねぇお願いだから、ぐずらないで…」

私というお母さんと私という子供が、頭のなかで完全に分離した状態。表情は歪みに歪んで発狂寸前。ほんとは道端にしゃがみこんで、エーン、エーンと泣きたいのだ。

手のかからない子供であった私。ききわけがよく、ぐずったり、泣き叫んだりしたことのなかった私。物心ついた時から、訴えることよりも耐えることを選択していた。孤立無援を最初から感じていたのかもしれない。

私の身体は、魂は、真の自己実現を知っているのであろう。愚かな私を、自閉、引きこもり、無限地獄の旅へと誘い、正しい道を教えてくれようとしているのだろう（しかし、なんとむごい旅程だ）。

高校一年から苦しみ続けて、来年ではや十年が過ぎようとしている。「人間、なんでも十年やれば、その才能が存在するのだ」というから、この苦しみは暫定的・過渡的なものではないだろう。私は、永久に内部世界を遍歴するのだろう。苦しみ続けるのだろう。

しんどすぎるね…手を伸ばした先にあるもの、それは『完全自殺マニュアル』。失踪し、誰にも遺体を曝《さら》すことなく、消えたいという欲求。

断崖。波飛沫。帰りたいのは、海。

過去の長さと
未来の長さとは

同じなんだ
死んでごらん
よくわかる。

——淵上毛銭の詩『死算』より

原初から母乳を飲んですら下痢をしていた私は、常に終末にさらされていた。私は遺伝を呪った。「この遺伝子を私の代で絶やしてやる」と誓って、思春期を送った。

痛みへの恐怖が、死への不安、生きることへの不安を呼び、強烈な時間感覚(幻想)との葛藤へと繋がった。並以上の強烈な魂と意志と動力を備えながら、脆弱な肉体に常に阻まれる。なんて口惜しいのだ。この乖離《かいり》は悔しすぎる。

私の会話は、言葉の核爆弾を剛速球として投げているに等しい。今までは、自覚も自制もなく投げまくっていた。

病人は、その存在する環境においての支配者であり、独裁者だ。病は免疫のない者に感染し、抵抗力を持たぬ者を死に至らしめる。周囲の者は服従せざるをえない。病人がいくら救援を求めるシグナルを出しても、それはノイズとして受け取られる。独裁者は嫌われ、憎まれるのだ。

独裁者は冷酷だ。そして退屈を知らない。自分を護るためには、他人のことなど考えてはいけない。なぜなら、独裁者はあくまでも独りっきりであり、他人には決して理解できない存在だからだ。独りで苦しみぬき、自分自身の救済者にならねばならない。処方箋を自らの手で書かねばならない。

私は、肉体の動き（不文律）に則った。観念を捨てて行動に移した。それが、私の義務であったと思う。

自己実現とは、この世で役に立つなどという合理主義とは違う。自分固有の義務を果たすことだ。自分の義務を果たした時、そこにあるのはきっと「幸福」なのだろう。とすれば、私は今、幸福なのだ。今までの事柄、ボロボロになってしまった身体は現実には不幸と呼ばれる。依存症も摂食障害も依然として存在する。自殺願望（願望というより、不屈の自殺精神なのかもしれない）も執拗にまとわりついている。いかんともしがたい倦怠も。だがきっと、私は常に、現在《いま》において、幸福なのだ。自分固有の義務を果たすことによる本質的な幸福を味わっているのだ。「まやかし」的な現実の平穏社会では、風紀を乱し、秩序を混乱させる人間だと評価されたとしても。

「世の常識・良識に合わさなければならない症候群」をやっていた時代の禍事《まがこと》は、確実に去りつつあるのだと信じるしかない。宿命に流されていない、運命を確実に歩んでいるのだと信じるしかない。

「私はここに存在する。ほかに私の在りようはない」

苦しみを味わうという意味において私は「選ばれた者」。

私の行為は、歴史という結果的観点から見た時、必ず、歴史推転の巨大な力となる。私は、現在《いま》だけでなく、未来にも参加している貴重な存在だ。

何事かなす時、昔も今も犠牲《いけにえ》の羊は必要なのだ。犠牲の羊が殺されるか、解放されるかは、誰にもわからない。

世の中で快適に生きるには、群生や相応の未熟さが必要だ。しかし、本当はそうではない。神が決めた未熟さだけが、必要なものなのだ。

傷は「創」とも書く。傷は創造の源か？　傷が諸事のはじまりであり、そのために傷は必要とされるのか。傷を原風景とする時、それはトラウマでなくなる。進行形の美となる。

傷跡が愛しいと思えるようになった時が本物なのか。

わからない。わからない。おそらく生きている限り、疑問符にまとわりつかれるのであろう。

逆説で成立する事象。義務が負えない（義務を完璧に負うことができる）。やりたいことしかできない（やりたくないことを完遂することができる）。自分に忠実すぎる（自分に嘘をつきすぎる）。愛しすぎる（無関心すぎる）。自意識がありすぎる（他人への関心がありすぎる）。苦痛を感じる（苦痛がない）。恐怖を感じる（恐怖を感じない）。

様々な魂の域を、ゆらぎをもって漂う、リアリティーのある存在。世間の埒外《らちがい》に、そういうものが確かに存在する。

「早熟な子供はかえって子供っぽい大人になる傾向がある」

人は、私を様々に評価する。早熟だ、晩熟だ…どれも外れている。私は最初から完成し、熟し、独立していたと思う。それを教育（私に言わせれば「狂育」だが）しようとするから変なことになるのだ。

家族思いの私は、ずっとマザコンと言われていた。あまりにも見当外れで弁解する気にもなれなかった。バカバカしくて笑ってしまい、本当のことを説明する気にもなれなかった（私はれっきとしたファザコンである）。だが、マザコンと見えるのは当然だった。大学生になっても、機会があれば学校行事や同好会活動に母を誘い、母と共に出席したのだから。

これは、マザコンとは根本的に異なる。私は記憶のある限り、他意に従ったことのない人間だ。母の過去を成長過程で聞き知り、母が味わえなかった経験をさせてもらっている私と、幸せを分かち合ってほしい、という思いから、母を誘っているだけだ。小学校時代から、誕生日などの特別な日にはパーティを企画し、ささやかなプレゼントづくりに精魂込めてきた。

自分を生きるために徹底的に両親に反抗するが、社会的に誠実に生きている、立派な社会人としての両親、経済力と権威ある父、完全な良妻だった賢い母には、最高の敬意を払って完全に服従してきた。現在もそれは認めているし、敬意を払う。彼らのようには絶対になれない自分こそが死ぬべきだということは、百も承知だ。
日々老境に近づく親。私の逸脱行動によって愕然とする家族・血族たち。まるで家系の怨念全部が私に集積したようだ。私のような狂った魂がこの家系に存在したという彼らの運命が憐れだ。私は間引かれて当然、勘当・除籍されて当然、殺されて当然のバカな存在だ。この家系には全く相応しくない。昔なら、自害や切腹を命ずることもできたろうに。

「もしある子供が救いがたいとわかったら、十二歳の時に、見苦しくないように、そして静かに首をはねてやるべきだ。その子が成熟して結婚し、また同じような子をつくったりしないために」——アメリカのユーモア作家、ドン・マルクィスの言

この二十四年間、結婚に憧れたり、カップルを見て羨ましがったり、妬《ねた》んだりしたことがない。その構図は、私の求めるものとはまるで違う。私の幸せではない。家、血、遺伝、義務＝結婚は、私にとって、新たな地獄の幕開けではないか。妻となり、子供を産まねば石女《うまずめ》、障害児を産めば嫁が悪いと責められ、学歴社会の競争に子供を送り込む——安らぎの欠片《かけら》もない。結婚のメリットはただ一つ、世間から正常な一人前の大人とみなされるパスポートであるということだ。「既婚者です」「○○の妻です」という言葉は、堅固なシェルター内にいるに等しい。愛や真実より、恥の意識と計算が欠かせない世界。

「いい人と出会わないかしら」「いい人紹介してよ」そういう悩みでなく、私の場合「どうしたら結婚したいと思えるようになるのかしら」である。自分の片割れのような魂とは、出遭う時に出遭うものだという信念が強大なのだ。今生で出遭わなければ来世で出遭うと思っているから、いい人を探すことはしない。なぜ私ってこう、ズレてるのかしら。

人々のつくりつけた笑顔、団欒が、一歩真実を知ったとたんどれだけ豹変し、容赦がないか。人間が、どこまで異端的人間を迫害するか。人間の、動物以上の悪魔性、恐ろしさの極致を見て、希望など持てるか？　今、日本人の意識は戦時中とちっとも変わっていない。異端者や反逆者を非国民・アカと呼び、烙印を押し、迫害する、群れて行なう行為は、どんなことも肯定する。肯定側、迫害側で生きるのは楽だ。警察官・監視員…なぜ、人間が人間を取り締まるのか。虎の衣を借りることが、楽で安全だからだ。「オレたちは法律に従っているんだぜ」という意識。もちろん、世の平穏を維持するためにいるのだ。わかっている。異端は平穏を乱す。殺しましょう、殺しましょう。それこそが平和への第一歩。それがいい日本人だ。

いじめられた者の生き方やいかに？

①いじめられた者たちオンリーで、群れて裏通りでひっそりと生きる。
②いじめる側に移行する。

「やつらの仲間になることさ、そうすりゃ、余計な悶々ともおさらばさ」

ニワトリの突付き順のように弱いものイジメをすることが救いへの道か？

幼い頃に見た、決して忘れられない衝撃的なテレビドラマ。サラ金で借金した女は、金が返せず、身体その他をさんざん要求された挙げ句、小指を切り取られる寸前で警察に助けられる。放心状態の女。数年後、派手な洋服に身をつつみ、金を取り立てる側に彼女はいた。その時の彼女の表情。何かを失い、何かを掴んだ人間。「生き続けるための表情」だった。

裁く側へ移行し無情に演じることは、その覚悟さえすれば、私は誰よりも完璧にやれるだろう。それが私には恐ろしい。

ここまで反骨精神を貫いて、私は何をしたいのか。

キリマンジャロ山の頂近くで凍りついた黒豹よ。コンクリートで干涸びたミミズたちよ。おまえたちは、何処へ行きたかったのだ？　何を求めていたのだ？


重松清『見張り塔からずっと』に収められた短編『カラス』を読んだ。そこに現実があってぞっとした。私はなぜ、こんなに一般からズレているのだろう。

なぜ人は噂をするのか。なぜ自分のことを話すことを避けるのか。隠すのか。

自分に自信がないわけじゃないだろ。なぜみんな自分の鑑識眼で行動しないのだ？　私は、噂でどんな悪評を耳にしようと、自分の印象にしたがって行動する。噂は卑怯極まりない。噂は一つの判断材料。それだけの問題。

ある人物をどう見るかは一人ひとり異なるはずだ。人毎に、年齢毎に、接し方も受け取り方も異なるはずだ。

すべての噂は私で止まってしまう。噂・陰口・嫉《ねた》みの仲間に入れと言われるのは、盗みたくないものを盗めと強要されるに等しい。私にはどうしてもできない。デリカシーやトラウマ云々の問題ではない。人の噂すると後味が悪いだけだ。


人が多ければ多いほど、独自の行動を欲してしまう。「ええかっこしい」「みせびらかし」といわれてきたがそれは誤解だ。他人の存在は、自分が固有の存在だという想いを強化し、私を安定させるのだ。他人がいるところでこそ、私は、ゆったりと自分になってゆく。人々のなかで読書に没頭する行為は至福だ。その結果、マイペースな奴、ふてぶてしい奴と評される。


「昭和四十六年三月八日生まれの男女、集合せよ！」

こんな広告を全国にばらまきたい。

宿命&運命の確認をしたいという好奇心。二十三歳の時に、一人だけ出会ったことがある。環境が全く違うのに、共通項があるという事実が面白かった。自分と同じ時間だけ生きた人物と面と向かい合うと、実に不思議な気分になる。

それと、もう一つ。私は、三月生まれに問題児が多いと思う。一つの学年で、四月生まれと比べて一年も成長が遅れているから、いじめられやすいのだ。制度とは、常に不公平なものだ。

第二章

産婦人科女医・Kドクターへの手紙

八月二十七日にセックスして（月経開始から六日目で、まだ生理中だった）、次の日から様子がおかしくて（だるくて、むかついて、睡眠障害がおこり、拒食、腸の調子が不安定になった）、妊娠予感におびえまくってもだえ苦しんで、ＮＡＢＡに毎日毎晩電話をかけた挙句、三十一日にカレ（＝教師Ｈ）を呼び出した。

カレは「ありえない」ときっぱり言い、「夏バテだろ」と切り捨てる。

ひどいよね…。精神病の私の状態を知っていながら、去年の流産も知りながら、私の愛を聞いていながら、そんなに「生で」若い子とやりたいの？　ひどい。膣外射精で納得する類の女じゃないよ私は。どうしてコンドーム使ってくれないの？　私は、こんな人に十二年間も、そして今も命かけてるんだ…。

日本の法律によると、一緒にラブホテルに入ったのだから、合意の上だということになるそうだ。いいえ、私にとっては合意ではなかった。しかし、AC（アダルト・チルドレン）の私は、一言、バカな女！　ですまされるらしい。九月二日午前に、NABAの仲間に助けを求める手紙を出したが、午後になって死ぬ意志が固まってしまった。図書館には自殺の本がいっぱいあって、首吊り自殺を決行する覚悟をしたら、「この生き地獄にさよならできるんだ」って、笑みが浮かんだ。とっても楽になれた。

高校二年の冬、飛び下り自殺を覚悟した時は、カレを想うことで瀬戸際でとどまったけど、今回はカレが原因だから止めるものは何もない。

九月三日、セックスからちょうど一週間。体温高くて、カロリーとってないのに暑い。妊娠確実のよう。乳房が硬くなってきている。手の静脈が浮き出た。お腹が痛くなって下痢を二回した。むかつきもある。だらだらと寝たり起きたりしながら身辺整理をする。職場や学校に届けてから自殺しようと思っていたのに、はやくも流産の兆候かしら？　早すぎるよ。去年は、一ヶ月半くらいは、だるい身体をひきずって仕事を続けたのに。まだ遺書（カレとの関係を綴る予定）も、身辺整理もすんでいないのに。これ以上、平穏で一生懸命堅実に暮らしている両親と妹の命を縮めたくない。バレるのは許されない。身体だけが一刻一刻変わっていく。この女の地獄を、「やり逃げ」する男は知らんのだ。出産より地獄だぞ。もう、どうしたらいいかわからなくなってきた。今、私を助けてくれる人は誰もいない。日曜日の夜に病院には行けない。どうしたらいい？

大阪みなみの婦人相談所に電話した。男の相談員が出て、最初は言葉が出なかった。男になんてわかるもんか、と思ったから。でも、その人に話すしか術がなかった。話したら、なんと「苦しかったんだね」と共感してもらえて（それがもう、上辺だけのマニュアルどおりの言葉でもかまわなかった）、私はすごく泣いた。泣いたら、はじめて苦しみがちょっと楽になった。ワープロを打つ元気が出た。びっくりするほど汚い言葉が潜んでいて、物心ついた時からずっと友達だった、素直な言葉が湧き出てきた。三日振りにお風呂に入る気力がでた。裸になったら、腸骨などの骨格が出ていた。体重計に乗ったら、四八・五キロ…この一週間で一・五キロ痩せたんだ。嬉しいなあ。

私は、ものすごくしっかりしているように見えて、知能もあるらしいけど、まるっきりお子様なんだと思う。全然大人じゃない。精神病なんだ、って、やっと自覚できた。専門のお医者さんや同じ仲間に守ってもらわないと駄目だ。親はわかってくれるかなぁ。ちゃんと普通の格好をして、勉強はできるけど、精神の病気なんだってことわかってくれるかなぁ。私一人じゃ、もう訴えられないよ。痙攣と心身症と摂食障害と盗癖を抱えて、ごまかしながら生きて、そのうちまた妊娠流産を繰り返すんだってこと、ちゃんとした「ふり」はできるけど、親のように本当のちゃんとした人じゃない。

それから、男の人との関係で避妊っていうのが、どうしてもわからない。拒否できない。病気なのかなと思う。ちゃんとした人は、私のことをアホだって言うけれど。ちゃんとした人がこういうことをしたら、アホなのだろうけれど、でも私は、生きている以上これを繰り返すと思うから、生き続けるなら、精神科のお医者さんに診てもらわないといけないんじゃないかと、やっと思った。東京に移住して、ＮＡＢＡの近くで暮らした方がいい気がする。それか、死んだ方がいい気がする。

もう生きるのには疲れた。このまま、ずっと、生き地獄は続くんじゃないだろうか。

やっぱり死んだほうがいいんじゃないか、という思いが消えない。どうしたらいいのだろう。

七月二十日のＮＡＢＡ新聞に「再びはじめなさい」とあったけど、私は、もうダメだ。この字をどんなに見つめても。


九月四日。三日に婦人相談所で教えてもらったＡＰＣＣ（思春期妊娠危機センター）に行って、ソーシャルワーカーのＭさんと二時間弱喋った。この時Ｍさんが「カレはあなたのことを好きなのよ」と言ってくれなかったら、私は、カレとの関係に絶望したまま死んでいたろう。もしくは源氏物語の六条の御息所《みやすんどころ》（源氏を愛するあまり生霊になって女をとり殺した女性）のように、生霊となって跳梁《ちょうりょう》することになったかもしれない。

カレとの不倫関係を肯定してくれる大人に、私は初めて出会った。信じられなかった。嬉しかった。そして、彼女が私の自殺に反対しないことが、私はとてもありがたかった。それまで、お腹の子供と一緒に首吊り自殺をすることしか思っていなかった私が、APCCから帰って「もし流産しないのであれば、子供を産もう。それが社会的・道徳的に許されないことで、経済的・身体的な理由から私自身が養育できず、私が出産で死んで、たとえ子供が孤児になるとしても、産もう」という思考にまでなれたのだ。まるで、あの有名な小説『緋文字』(医者の妻ヘスタが牧師との不義の子を産む話)だわ。夜は、相変わらず拒食だったが、お腹を労《いた》わりながら、安らかに眠れた。不倫の子＝中絶という図式しか知らなかった私は、他にも選択肢があることを知った。

九月五日、午後のことを思って、仕事は楽しく終えた(医療のお仕事は、私の癒しとなってくれていてとても助かるが、だるい身体をひきずって働くことは、やはりしんどい)。

不安だった。もし妊娠していたら、受精直後にもだえ苦しんで流産しかけたわけだから、受精卵の環境は劣悪だったわけだ。セックスの時も、カレはタバコとアルコールを飲んでいたし、私は疲労の極みにあったし、ああ、ひどい受精卵に違いない。かわいそうな子。

APCCから紹介された産婦人科の病院までは遠かった。同じ大阪とはいえ、半端な距離ではない。でも私は引力に従って、必死に行った。

待合室で、私は、たくさんの正当な妊婦たちの中にいても、誇らしかった。笑顔だった。去年は中絶という言葉ばかりを口走って（だって、医者って全然こっちの話を聞いてくれないんだもの）、男医者には軽蔑され、待合室では隅の方で俯いていて、しかも「妊娠おめでとうございます」なんて看護婦に言われて散々だったが、今回の私の妊娠は、状況は悲惨だけれどなんら恥じるところがない。私が必死で生きた人生そのものなのだから。でも、行為の結果、苦しむのは女なんだ。男はこの苦しみを絶対知ることはないのだ。

Kドクターと話した。「地獄が終わったんだ、終わったんだ」って、すごく実感した。今まで、ドクターショッピングしてきたけれど、共感もなく、話も同じ位置でできなくて、いつもつらくて、我慢して、薬をもらうだけだった。Kドクターが、開口一番、「これは、しんどかったねぇ」と言ってくれた時は、泣けてきてどうしようもなかった。前日、Mさんの前で取り乱して泣いてしまっていたから、落ち着いてはいたけれど。

今回の仮想妊娠（流産）は、ある転機だったのだろう。

カレとセックスする二日前、ひいたおみくじが大吉で「わがおもふ港も近くなりにけり」とあったのが当たったのかも。

去年の流産後、京都祇園の金比羅宮にいって、よく効くと有名な悪縁切と縁結のお守りをいただいて、肌身離さず持っていた。私にとっては、悪縁とは親で、縁結とはカレとの関係にまつわるものなのだった。私は、神を深く信じている。

九月六日。カレも含めて、今までの人間関係からはミルクがもらえない。共感がない。頑張って、装って、耐えなきゃならない。本当に一人っきりだ。

私の身体、そして精神も、今まで発狂しないでよく頑張ったよ。もういいよね。楽をしてもいいよね。

去年の地獄で、友人が投げつけたセリフ。

「あんたほどの問題児はめったにおらんわ。私らにすがるのやめてよ、いい迷惑や。そのために公共の機関があるやろ！」

ひどい言葉だった。けれど、生き地獄に終止符を打つヒントにはなった。

もう一人では何もできない。

一人でやれるだけのことは全部やったよ。両親、血族、友人、全部にアタックした。駄目だった。絶望だった。得たものは、めちゃめちゃになった友人関係のみだった。

特に両親とは、これ以上一言たりとも話したくない。すさまじい痙攣に見舞われるだけだから。彼らは、私にとっては他人以上に他人だ。私にボールを投げ続ける。私は、彼らからボールを受け取りたくもないし、受け取る力もなく、ボロボロこぼしている。受け取って投げ返したが最後、猛烈な反撃がはじまる。楽しくキャッチボールすることはありえない。

Ｋドクターがはっきりと「子供の虐待」という言葉を使った時、とても哀しい表現だが、私は嬉しかった。飢えを持った親が子供にしてしまう行為なのだ。子供当人はどうしようもないよ。

彼らは私にとって「常識辞典」だ。人間ではない。

具体的にわかりやすく書こう。

例えば、〈赤信号〉という項目を引いたとする。


〈赤信号〉

絶対渡ってはならないもの（ただし、状況に応じては渡ってもよい）

赤信号でも渡って、車にひかれた大人…バカ
赤信号でも渡りたいという衝動…ありえない
赤信号でも渡ろうとする子…しっかり手をつないでおくこと
赤信号でも渡った子…厳罰に処す
（赤信号で車が来ていても、周囲が無事に渡っている状況において）
渡らないで青信号を待つ子…バカ

哀しい。血がつながっていて、したたるような恩恵がわかるだけに哀しい。彼らは、全く正当なのだもの。文句のつけようがないよ。

私のなすべきことは、彼らを棄てることなんだ。

東京へ行くまでに、また地獄が展開するんだろうなぁ。乗り切れるかなぁ。もうわからないよ。

今回の仮想妊娠&流産で、性といじめが私のトラウマとなっていることが、はっきりとわかってしまった。

恐ろしい。怖い。私、今まで抹殺してきた記憶がいっぱいあるよ。でも、脳細胞のひきだしには、全部ストックされてるんだ。催眠術で出てくるんだろうか。去年の流産の件だって、私のなかでは一応忘れて、過去になったつもりだったけど、こんなに深く膿の溜まった傷になってしまっていたなんて…精神レイプといじめで腐りきった土壌を掘り起こすのは怖い。辛すぎて、言葉はもちろん、活字にすらできないもん。泣けてくるもん(子供のような言葉遣いになっていくのはなぜ?)。

とすると、カレの問題も、これは、深すぎるトラウマなんだわ。

十二歳で出会った瞬間から愛して、その時からカレには家庭があって、二人目の子供が産まれたところで、私はそういうカレの世界すべてを愛してきた。垣間見るだけで幸せだった。ただじっと見つめることで自分を満足させた。諦めと共に成長した。一枚だけ手元にあるカレの写真を、高校の時は机上に、浪人の時は鞄の中に、大学の時は本棚に置いていた。眠って、夢でカレと逢っていた。

カレを想ったまま、大学時代にちょっと好きになった男たちと、つきあってみた。短いのは一週間、長いのは四年。ふったり、ふられたり（私は、遊び人すら完璧に演じることができた。化粧や着飾ることが嫌いではないからだ。大学祭のディスコクイーンになったこともある。遊び人風に変化した私を見て、外見で人を判断する人々がとまどう様子は笑えた）。私を愛する男たちは、カレを愛する私を愛さねばならない。普通の男には、そんなこと無理よね。だから、私の周囲には、ろくでもない奴ばっかりが集まってくる。

私は、カレの発する言葉を信じることはない。カレに期待することはない。カレはみんなに必要とされる人。私だけがすがることを、私自身が決して許さないのだ。

カレは、自分を愛するがゆえに他を愛す正常な大人。徹底的な個人主義者で依存人ではない。私のような病人との共感、アダルト・チルドレンへの理解はありえない。

ただ、カレがどうあろうとも、私が生きるにはカレが必要なんだ。カレにすがっている時だけ、私の生きる意味が証明される。私のオアシス、私の命そのもの。

カレが私を性愛の対象としか見れないなら、私は「それだけの女」なんだ。それでいい。カレの見識は、カレにおいて正しいのだから。私が好きだからって、カレがそれに応える義務はない。私が勝手に命を賭けてしまっているのだもの。

夢また夢のことだけど、もしも子供ができたら、中絶するなんて考えられない。たとえカレが遊びでもだ。私は、カレと結婚するなんて考えたことはないし、きっとこれからも考えないが、子供がお腹にいる時、そして幼児の間は同棲して欲しいなぁ（夢ではすでに同棲していたりする）。私はこれだけ精神が病んでいるから、子供を産むこと、育てることに一〇〇パーセント自信がないもの。せめて側にいて、護って欲しい（夢ではいつも側にいて、しっかりと護ってくれるんだ）。そうじゃないと、私は発狂して、何をやらかすかわかんない。

カレの子供なら、たとえ障害児でも葬りたくない。出産で私が死ぬとしても産みたい。それだけカレの遺伝子は価値がある。私の遺伝子なんて価値の片鱗すらないが、カレと一緒になった遺伝子なら意味がある。生きる意味がある。愛する意味がある。カレの子ならば、犯罪者になろうが、殺人鬼になろうが、私に刃物を向けようが、乞食になろうが、私は愛せる。

産婦人科の診察台は、恐怖になってしまった。あれが怖くない女が存在することが不思議でたまらない。

流産の記憶。周囲すべて敵の状況で、見知らぬ病院で、麻酔の針が左手に差し込まれ、「一・二・三・四…」で、記憶を全くなくした四時間。でもこの恐怖も、カレとの子を産むなら耐えることができるだろう。

カレ以外の男との受精卵なんて、子宮にあるだけでも汚らわしい。去年の流産の時がそうだった。二ヶ月間、生理日と危険日期間以外は、就寝前、就寝中、起床前と、毎晩毎晩三回、コンドームなしでセックスして（なんてひどい生活！）相手の男に徹底的に尽くした。感情はもう死んでいた。

どうせセックスしながら思うのはカレのことなんだ。私が男に走るようになったのは、セックスだけして私を島へ送り出したカレに絶望的になっていたから。カレに抱かれた嬉しさと「遊びなんだ」という絶望が等価だった。私はカレなしには生きられないくせに、カレの気持ちが全然読めない。その状況が絶望的だった。だから私は、自分で心の傷に手をつっこんで、ひっかきまわし、鮮血を滴らせてやったのだ。

島で一人破瓜の痛みに耐えながら、働きはじめて出会った、相性の良い、カレ（四十五歳）より五つも年上の男。その人はカレとは違って、現実に私の傍にいつもいてくれた。護ってくれた。私はそれにすがった。そして、その保護の代償として、死人に等しい身体を提供したのだ。妊娠したとわかった時、私は苛酷な労働に身を投じた。動きに動いて、子宮を痛めつけた。

「ごめんね、私はお母さんなのに、あなたを全く愛してあげられない。ごめんね。ごめんね」

そう受精卵に謝りながら。そして、激しく長い太腿の痛みとともに、暗い汲み取り式便所で出ていってくれた赤い塊。その子は今もしっかりと、両手で、私の片足にしがみついている。

紛れもなく私の子だ。愛してあげられない母親から、素直に出ていってくれた子。愛しい子。

大学三年の終わりに、鎌倉の長谷観音の地蔵堂に行った。何百体とならぶ小さな水子地蔵たちに、その後二回逢いに出かけるのだが、私は水子を供養なんぞしない。手放すものか。私の水子は、私が生きている以上私と共に生きる。足にしがみつく子供が何人になろうと、私は一緒に生きたい。

流産の処置後、一人で病院を出た私は、すぐ道を走りはじめた。よく動かぬ足と、痛む腹部にかまわずに走りまくった。この身体をめちゃめちゃにすべく。そのツケはひどかった。後に昏々と眠りに入ってしまった。

九月三日に自殺を考えて、首を吊る紐を用意して予行練習をした時でも、カレの子を身籠ったまま一緒に死ぬのが嬉しかった。笑顔だった。カレ以外の子なら中絶して、きちんと私と分離してから自殺する。


九月七日。ワーカホリックの父は、七月に胆石の手術をした。

一週間の入院中でさえ、私の心は冷え切っていて、見舞いにも行けなかった。笑顔と言葉さえ、もはやとりつくろえない。今は体調を崩しているため、私の隣室で、一晩中呻きながら寝ている。それを聞く私の感情はもう死んでいるにもかかわらず、まだ罪悪感に責められる。どうしたらいいのかわからない。

母は、父の鼾《いびき》と歯軋りで難聴になって、一緒に寝ることができなくなり、違う部屋で寝ている。母も、去年の私の異常な行動でめっきり老け、体調を崩した。三十代の美しさは完璧に消え、ただの中年太りの哀れな女になった。これが子供に人生を賭けた女の末路か。

妹は、去年の地獄の私を見て、すっかり距離をおいている。「お姉ちゃんは変わった。私のお姉ちゃんじゃない」哀しい。妹は、私に近づくこと、話をすることも避けている。妹には、心身症や登校拒否、摂食障害は全くない。彼女は、人見知りも反抗期も正常にすませてきた。妹は、正しい甘え方ができているんだと思う。

同じことをしても私が怒られるので、母にくってかかると「あんたと妹は違う。あの子はなぐったらあかん子なんや、性格が違うんや」と言われ、私は妹が憎かった。父や母が殴らないぶん、私が殴ったり、蹴ったりした。親はそれを黙認した。私は、妹の姉というより、第二の母であった。でもそれは家庭内での話で、外部の人間が妹をいじめることを私は許さなかった。妹もそれに対して感謝してくれていると私は思い込んでいた。

私は、父・母・妹に対して愛がある。だからこそ、共感の全くありえないこの家族関係に絶望してしまうのだ。自殺を決めた時も、東京へ行くことを決めた今も、「どうしてこういう関係なのだ」と思って、血を分けた者として哀しくなる。涙が溢れる。それを歯を食いしばって堪える。三人の間には団欒がある。私には疎外感しかない。私の思い込みだって言われるけど、違う。違う。違う！　助けてください。私には、口で訴えるだけの力がない。私の今までの二十四年の人生と、限界の身体と精神を、ワープロで綴って、ドクターにゆだねるしかない。まだ発狂しておらず、痙攣のコントロールが可能なうちに。

今日は、低気圧のせいで曇天。天気は私の精神状態に大きく作用する。午前の仕事を必死で終え、午後は「食べなきゃ力が出ない」と思って、無理やり食べて、気分が悪くなって薬を飲んで寝た。しんどい。そして、夕方からワープロにしがみついた。しんどくとも、この地獄ももうすぐ終わるのだ。東京へ行くという行動をこなす力が、私のなかに残っているのか。またあの母親のかいがいしい行動がはじまるのだ（もし私が視力を失ったら、あの人は、そんな私にかいがいしく尽くすのだ、ああ、もう、ぞっとする！）。私はあの人たちと、ドクターを挟んでしか話したくない。もう三対一では話せない。私を東京にきちんと落ち着かせることを、私をここまで虐待した親に要求する。

母と妹は、四国へ一泊旅行だ。母は二十四年間してきたように、徹夜で家を掃除し、留守の間の料理を作って出発した。こいつは病気だ。私がどれだけ憎悪しているか。発狂しかけているか。あの女のやることは、私の記憶を掻き回す。あの女は一〇〇パーセント完璧なのだ。それが私を窒息させる。常識の頂点！「頭を使いなさい」というあの女の口癖。完璧な良母！

私に言わせたら、完璧な愚母だ！栄養たっぷりの大きな弁当（自分は残りものや端きれしか口にしない）を毎日早朝からつくって、持たされた時代。やめてくれ、やめてくれ。今の私が外食をどんなに楽しんでいるか！しかしあの女にはわからない。食事に関することは書ききれない。あの女の視線。足音。止めてくれ！　殺したい。殺したいよ。死んでくれよ。お願いだから。

「まりあちゃん、起きなさい～」「まりあちゃん、もう寝たの？」「おふとんかぶりなさい、風邪ひくよ」「ご飯食べなさい」「まりあちゃん」「まりあちゃん」「まりあちゃん～」

活字化できません！　この悲惨さが！

実際にあの女に会ったところで、あの女は他人に尻尾をつかませはしない。

「お母さんのどこが悪いの？」と言い続けるあの女に、お前のしていることは、虐待なんだと言ってやってください。言ってもわからないでしょうが。

あいつが、そうっと私の部屋のドアを開ける。きちんとしているかどうか確かめる。私が大学時代一人暮らしをした時、一人残され、部屋でぼーっとしている母、私の名ばかり口走る母がいて、そんな母に反抗する私に、父と妹は、強い怒りをおぼえるわけなんです。

「どうして、こんなにしてもらっているのに反抗するんだ」と。

あいつは、自分はどうでもよくて、でも子供のことはきちんとするのだ。自分のことをきちんとしてさえくれればいいのに。親なんて種族がなぜ存在するんだ。害にしかならねえや！　私の最大の敵は、親業やってるやつらだ。親が愚痴っていても、同情する余地なんかこれっぽっちもない。

私は自分で、一人でやる。ここが父や妹との大きな違い。彼らは「楽だから」と、母にやってもらうことを楽しんでいる。私は違う。私は楽しめない。

家で、一人きりが限りなく嬉しい。Kドクターと話してから、地獄が終わるのだという解放感から、うきうきして、身体が踊りだすのが意思の力で止められず、何かやらかしそうで怖い。嬉しくて足は飛び跳ね、誰彼なしに笑いかけて、話しかけたい。私は本当に窒息寸前だった。それを、今まで一人きりで越えて来た。誰もいない家が、こんなに安らぎ、一人っきりがこんなに嬉しいなんて。虐待され、不自由だった証だ。二十四年間の窒息、虐待。永久に変わらない家族構図。

この地獄から脱出できるんだ。終わるんだ。


性のトラウマの原点——これを私は忘れることに成功してしまった。催眠術で思い出せるのかしら？

小学校時代まで、コンドームが両親の枕元に散らばっていて、私は物心ついた時から「なんなんだろう、これ」と、包装紙の上からくちゃくちゃ触っていた（封を切ろうとは思いもつかなかった）。私の自慰の記憶は、すごく幼い頃、二歳ぐらいにはもうあったように思う。友達と性の遊びに耽り、大人のエロ本の過激な描写が見たくて見たくて、友人の家や路上や店で漁り、一日に何回も小児自慰をしていた時もあった。

中学生になって、乳房がなかなか大きくならなくて、月経もなくて、私は、今までしていたことが身体に悪かったのだと思い込んで、自慰の衝動を封印した。

私は、大学四年まで、自分が小学時代にやっていたことが、自慰によるオーガズムだったとは知らなかった。私の下半身、性感は異常なのだと、ずっと思い込んでいた。学校の性教育なんて全く役に立たない。

親が性を楽しむ時、母親の声に、いつも私は気が狂いそうになり、寝られなくて、ふとんを頭から被って耐えていた。母親が父の前で見せる「女」の態度を、私は心底嫌悪した。

高校二年の夏、父の着替え場を整頓しようとしたら、写真がバラバラ出てきて、それは両親が若い頃のセックス写真だった。それを見た時、私は激しい吐き気と動悸に襲われ、立っていられなくて、でも、七年間、誰にも言えなかった。他にも、父のベッド脇から白人女性のセックスの雑誌を見つけたり…掃除するためだけに行く場所で、なぜこんなショックを味わうことになるのか。

映画『告発の行方』で、レイプシーンが流れた時、ひどい吐き気に襲われて見ていられなかった。

大学四年、隣の部屋の学生の部屋では、毎晩激しいセックスが行なわれていて、その声を聞くことも地獄だった。

従兄、義叔父、親から受けた数々の性的虐待、ナイフを持ち歩くほどの男性恐怖症、カレの思いやりの欠片《かけら》もないセックス、そして流産。

高校二年の時、父の母（結核を患っていた）が同居するかしないかで母ともめていて、母は「同居しないというのが結婚条件だった」と言いはったので、父は毎朝、判を捺した離婚届を玄関に放り投げて出勤し、残った母親は玄関でそれを見つめて、私たち子供に向かって、「お母さん、あんたらのために頑張る。だから、あんたらも勉強を頑張るのよ」と言った。この言葉は母の常套句だったが、この時、私は父親をむちゃくちゃに憎悪した。だけど今は、父親以上に母親を殺してやりたいくらいに憎悪している。この要領の良い、ずるい、卑怯な女を。

この母親を世間の誰もが、良妻賢母として賛美する。常識の頂点に君臨する完璧な女性だ。この人に常識、器用さで勝てる人はいないだろう。ドクターだけが、私という犠牲者を見抜き、この二十四年のパラドクス状況を掴んでくれたのだ。

私は、自分の名を最低だと思っている。あの人たちに呼ばれるのもぞっとする。あの人たちがつけた名前に用はない。墓にも興味はない。

私にとって、あの人たちは、世間体を保つ存在、金袋だ。だから、今死んでもらったら困る。それだけのことだ。東京に行ったら戸籍を分けて、独立籍にしたい。

会社家庭！　私は、父親という社長のもとで働くＯＬにすぎない。父親が、私にどんな教育を展開したか、いまだにしているかは、社員教育そのものと考えてもらったらぴったりだ。契約社員として働いていて痛感する。私はＯＬ扱いされているだけなのだ。彼らの頭には、面子と世間体とプライドしかない。ひどい話だ。子供は鏡。あいつらに本当の愛がないから、私も愛が持てない。

子供は敏感だ。親の全てを感性で見抜く。しかし親から、この親地獄から誰が救ってくれるというのだ。小学校時代のように叩かれて、「助けて！　お母さんが叩くよ！」と叫んだところで、周囲は静寂だ。

忘れもしない高校二年の八月三十日。三十一日に模試を控えていた私は、食中毒で夜中過ぎから苦しみはじめ、朝になっても吐き続け、母に救急車を呼ぶよう頼んだ。母は電話したものの、「道まで歩きなさい」と言ったのだった。「近所に見られるから」と。見世物になるような行為は許されないのだ。

運ばれた病院でも私は吐き続け、苦しんだ（たぶん、心理的に悶《もだ》えていたのだろう）。いつまでも仮ベッドで吐く私に、看護婦たちの囁きが聞こえてきた。

「あの子、いつまでいるの？」

心の涙が溢れたが、顔から涙は一滴たりとも流れなかった。これが一般的な世の中だ。この地獄はいたしかたない。連鎖地獄だから。父の父との関係、母の母との関係から続いているから。去年の流産の時、こんなことがどろどろでてきた。でも、彼らは裁判官のように冷静で泣かない。自分の力ある地位を肯定しているから泣かない。私が泣いて、共感して欲しいって全身全霊で訴えたのに。自分のトラウマを見つめてって訴えたのに、全然通じなかった。

彼らは自分を絶対に否定しないのだ。振り返らない。振り返ったら、生きていけないことを本能的に知っているのだろう。

私はバカだった。被害者が加害者に泣いて訴えたって、通じるはずがないんだ。

私が弱くなり、だらしなくなった（と彼らは考えている）のは、すべてカレが洗脳したからだと思っている。バカだ。カレこそが私の命を支えているというのに。

去年の流産の時にエイズ検査を強要され、父が私を殴り、私は傍にあったギターで父に殴りかかり、母が「あんた、あんなに良い子だったのに、どうしちゃったの！」と言いながら、父と一緒になって私を押さえつけた時（母は、私との関係でいざという時には、いつも私を見捨てて父と妹の側につく）、私は血走った眼で（ナイフ！）と思った。でも、護身用に（男に襲われた時のために）いつも持っているナイフが見当たらず、化粧用カミソリしかなかった。それでもよかった。カミソリであいつらを刺そうとした。その時に、カレが私を救ったのだ。「カレが悲しむ」その思考が、いつものように私を抑えた（本当は、カレは私のためにこれっぽっちも悲しみやしないのに）。

親…死んでくれ。困るのは金銭的な面でだけだ。

カレ…死んだら、私はどうやって生きていけばいいのだ。現実にカレからの援助は一切なくとも、カレが死ぬことは私を殺す。カレを奪われたら私は、禁断症状なんて生易しいものではすまない。即、死だ。

私の存在は、カレの家庭をも地獄へつき落とす。私は謝るしかない。

精神病というラベリングでカレとの関係が肯定されるなら、もう一生精神病でもかまわない。

「病気の私が生きるためにはカレが必要なんです」

私が病気だということを、カレの関係者に認めてもらうしかない。カレとの関係が私の生きるよすがである以上、周囲から肯定してもらわなきゃいけないのではないだろうか。離婚とかっていうのではない（カレとの結婚はこっちからごめんだ）。子供が産まれて、認知するとか、しないとかの問題じゃない。私がカレにすがって生きていること、そうしなきゃ生きていけない病気（誰か、病名つけてよ！）なのだということを、両方の家庭に公認にしてもらわないといけない。

こんなこと、ムシのいい話だと世間は言うだろうな。芸能雑誌のスキャンダルみたい。だけど、違う。

私は、カレからも深い傷しかもらえなかった。カレも、私の慢性的な自殺状態、感情の死をわからなかった人だ。

カレとどうこうなりたいと思っているんじゃない。カレとの現実関係には、諦めしかない。

ただ、この命を賭けている状態が永久に変わりないということ。カレなしには生きられず、親ありでは生きられないということ。

私は限界であり、今までの傷を癒すために、ミルクをもらうために、仲間の傍に行きたい。安全な場所に行きたい。仲間に守ってもらいたいのだ。男や人生に脅えるのはもう嫌だ。これ以上傷を深くしたら駄目なんだ。やられっぱなしで無防備じゃ駄目だ。もう一人じゃ駄目だ。親やカレと現実に別れても、一人で自殺しないで生きていける方向に行かなきゃ駄目なんだ。

ボロボロになった弱い鳥は、やっと仲間のところに行けるんだ。

ドクターへ。「弱い鳥は、翔びたい」のです。

他人の中で一人になるのは怖いけど、この血族地獄を捨てたい。私は家の力には屈しない。親を棄てる行為は、私の人生に波乱を幾つも用意するだろうが、生き地獄を脱出できるかどうか、私は挑戦する。

血と視力と生命力を、賭けて削って、腱鞘炎になる手前までワープロにしがみついて、本当によかった。身体の反逆に従い、運命を自分で切り開いた。様々な中毒《アディクト》に感謝する。特に、私を救ってくれた勉強アディクト。

これからも、洗いざらいＮＡＢＡ新聞に書き続ける。私の人生は性的なことも含めてすべて誇りだ。恥ずべきことは何一つない。一般社会では、記憶から消せと言われるだろうが…。

九月八日。すごくしんどい。ドクター、私たぶん、自分が考えている以上に末期症状なんだと思う。もう手遅れなのかもしれない。早く東京に行って、入院したほうがいいのかもしれない。

今まで、神様から与えていただいた、強靭な「まれなる気力」だけで生き延びてきたようなものだ。自分では自分の心の傷の状態がわからないが、現実浮遊感（感情が死んでいるような感じ）と身体の慢性疲労が、傷の深い証拠だろう。

学生時代、慢性頭痛と睡眠障害で、一人で横たわっていた時間からは脱出したものの、やっぱりしんどい。このしんどさを、どうやったら伝えられるのか。しんどさを測るバロメーターがあれば、危険値をとっくに突破しているだろう。一般人は「頑張れ」「気力だ」「身体を鍛えろ」と残酷な助言をするが、違う！　私は病気なんだ、頑張っちゃいけないんだ、なぜわかってもらえないんだ。何度も言うが、この世は地獄そのものだ。

東京に移住すること。東京は見知らぬ土地で、先行きの不安に襲われるけど、「棚上げ理論なんだ」（悩んでもどうにもならないことは一時棚上げして、今はするべきことだけをする）と呟いている。

親の行動にドキドキするのは、もうイヤだ！　あの人たちと本当に別れたい。私が病院に入院しても、臨終の時でも、逢いたいのはカレ。傍にいてもらいたいのはカレ。あの人たちの老いさらばえてゆく姿を見て、「私のせいなのだ」と自罰するのはもうイヤだ。

仕事から帰宅して、無理やり食べだしたら止まらなくて、また過食になってしまった。薬を飲んだ。下痢をした。頭の中で、ドクターに聞いてもらいたい話が次から次へと渦巻いて、どうしようもない。

カレのことばかり考える。

親は、カレに見捨てられないように私はわざと弱くなったのだ、という。え？　私は、カレの気をひくために弱いふり、ぐれたふりをするような、そんな器用なことができるような人間というわけ？　あんたらはそういうことをするんだろうが、私は違う。違うっていうのに。今まで勉強アディクトと、気力で病気をごまかしてきただけだ。一般を演じてきただけだ。真の私は病気なんだ。なぜわかってくれない？

私は、カレアディクトという精神病を抱えた教え子で、カレは教師として情けをかけてくれている（それとも男として単に狂った女に興味があるだけかもしれないが、そんなことはどうだっていい）。そういうふうに説明すれば、周囲は納得するのか？　私は、憐れまれ蔑まれている女にすぎないのだ、と言えば、周囲の面目は立つのか。

魂の世界では、カレと私のような関係をカルマ的ソウルメイト（過去世からの因縁を持ち越して、いまだ未解決になっている問題を清算しようとしている関係。未熟で傷つけ合うことが多い）と言うそうだ。十二の時に出会ったその時から、カレは私の日常的な義務である。私はカレを憧憬し、自らの生命そのものとして、自我として、充填して生きている。カレに相応《ふさわ》しくありたい…そうして十年の歳月が流れた。カレを縫い込んでしまった私は、肉体がオンナへと近づくにつれ、嘆息や疲労を表出するようになってしまった。

カレに抱擁されたその時、私は自分が壮絶な孤独の時間に棲息していることを知った。カレ、そして私の独自性、一回性が、イリュージョンの核である。私は好むと好まざるとにかかわらず、一般世間とは隔絶せざるをえない。

自覚した私は、焦燥と不安に駆られて逃避を試みた。ある時は異国への脱出を目論んで辞書を繰り、ある時は先人の恩恵にあずかろうと古書にしがみついた。しかしそんな努力は徒労でしかないのであった。カレなき場においては、備わったＩＱは活動しない。地球人類の外見をしていながら、周囲とコンタクトが取れない私。地球上の時事は、不可解な異星のできごとでしかないという絶望を、瞬間ごとにかみしめながら生き延びる。カレを手放せない。

宇宙的な才能から発せられる輝きの奇特さ。若く卓抜した解放因子ゆえの極度の鈍感さによって、私がずたずたに切り裂かれても、私はカレを振り返る。カレの蔵する可能性は私の可能性。疑問で、不可解であるカレは私の原風景。

私は、カレ特有のデフォルメを食べ、カレの創造の断片を抱きしめる。正位置で振動するカレを見つめる。カレのテリトリーの周辺をさまよう。哀しみが支配する。カレは、単純で複雑で、具体で抽象で、絶対で相対で、新鮮で熟成し、自転し公転する。時間と空間。動と静。直線と曲線。カレを前にして、私のキャパシティは無限となる。すべての感覚、行動、意識、哲学、信仰が開花する。至福のなかで、たじろぎを、恐怖を忘れる。世界は薔薇色となる。

カレの煌めく品位。不屈の忠実性。そしてカレの背後に横たわる深々とした闇。魔の美学。カレは空虚に滞在し、夢を反芻し、常に過程だ。ピリオドなきコンマの生。ハードボイルドとロマンチック・リアリズムが渾然一体となったカレの顔。心に染み入るファンキーボイスで脚色された静かな饒舌は、虚実云々以前に、カレにおいて絶対真なのだ。

精悍な肉体。私は十二の時からカレに欲情し続けている。したがって私は思春期を持たない。カレが瞳に映ったあの時から、私の目はカレから離れない。カレの精髄《エッセンス》の滴りに濡れている。私において意味がある、というプルキニエ現象(周囲の明るさによって、目に最もよく見える色調が変化する現象)の陥穽で酔い潰れている。カレの颯爽とした歩の運び。カレのオリジナルなセンス。カレの筆致。カレの感性の香り。矛盾という名の調和と均衡。一貫して際立った決定的な存在。さきがけたる異彩。カレにまつわる諸々の事象だけが、私の全細胞の糧たりうる。

私は「神」を畏敬し、「神」が人間に与えた能力に平伏する。神と人間はコミュニケーション不可能であり、私は神々の愛情のやりとりを垣間見るだけだ。カレの愛情の方向と、愛とはなんたるかを否応なく学んだ。ゼウスとヘラと奴隷少女のトライアングルが、私の微笑の源泉となり、同時に黄泉《よみ》の国の住民権をも発効した。ゆえに、私は人間界においては強大な存在である。私を殺すことは誰にもできない。

彼岸で心臓の鼓動を保つ私からカレを取り上げてしまえば、なんのことはない、私は砂上の楼閣、胎児以前の存在なのだが。

私はカレと出逢ってしまった。忘れようとしても、まるでバーチャルリアリティの如くに、色褪せることなく立ち上がる記憶のページ。風化どころか、鮮やかさを増し続ける。カレと私がある目的地へと向かっているからだ。私たちの軌跡は、轍《わだち》は、偶然であり、必然である。漂泊に見えるが、実際は確固たる定住なのである。

星の成長になぞらえうる内部意識の脱皮は、本能の単位でカレと逢うことによって、凄まじく加速度を増し、天国と地獄の様相がますます鮮やかに浮き彫りにされる。カレは行動によって、現実を容赦なく私の首筋に突きつける。カレはどのようにして仕上がっていったのだろう。満身創痍の私に、堕ちることを断じて許さない。苛酷な再生を促す。帰納と演繹、分析と統合、男と女、動物性と人間性、そして人格。カレを緒《いとぐち》として、私はそんな概念の狭間に浮遊する。そして、相変わらず自罰を選択する。発作的な自己破壊行動を、乙女としての気取り屋《スノッブ》な享楽的欲求として処理する。とても矛盾したアクションに見えるであろう。頭と肉の分裂。転移という末期。だが、カレ以外の男はカレの比較対象ではない。カレは常に別格なのだ。わかりきっているではないか。

こうして「女」という世界が展開する。目を瞑《つむ》ることが許されない。私は呼吸困難に陥り、男の股間をすりガラス越しに見つめている。

私は、高次の思考へ移行する。終止符を打つことはない。免疫を獲得し、進化し、起死回生をなしとげる。私の才能とはカレだ。カレに感応するために生まれてきた。カレから発するオーラを全身で受け、その反照の行末を確認することに全エネルギーを費やす。カレという「意味の変化する麻薬」が私の蘇生力であり、賦活剤であり、私の存在を肯定するのだ。

私はひっそりと呟く…私は、カレを眺めていたいの…私は、カレに殉ずる女。カレの愛人。カレを想いながらギターとピアノにすがって、血反吐《へど》と疼痛と共存しながら、悪夢とバッドトリップの渦中で唄をつむぐ。これらはすべて、カレを喪失する恐怖と比較すればなんでもないのだ。

私は反逆する選択をした。自分を愛するために。魂と身体の欲求に従って、私は原始的に求め続ける。親和力に逆らって衰弱するより、情の揺らぎに従って壊死しよう。眠りにより生きる私は、覚醒剤を処方されて現実と対応していく。多数の人々にとって普通の段階は、私にとっては、生死を賭けて挑む事柄だ。並以上の動力と並以下の機械のギャップに喘ぎ、もがき苦しみながら、破滅へと驀進《まいしん》する。永別の覚悟を従えて、悲惨な構築をまっとうする。いったん敗北した私は、いずれ勝つのだ。この妄執を自らの手で断ち切ってみせる。私はカレの子供を孕むことは断じてありえない。そして、カレ以外の赤ちゃんもありえない。私は、カレをずっと変わらずに激しく愛し続け、激しく憎み続ける。決して終焉はない。解放はない。カレのために涙を流すことはない。カレの死を報せられることはない。カレの葬儀に参列することもない。カレの骸《むくろ》を抱くこともない。カレの墓標の前でたたずみ、カレの死を弔うこともない。私は、カレと刺し違えている時間を保持する。

私の不倫は、アディクションである。私は病気。アディクターである。
ここで、私の嗜癖対象の益と害をまとめてみる。

＊勉強・本・知識アディクト
　知的好奇心が充たされる／視力を失う
＊「カレ」アディクト
　安らぐ、生命そのもの／現実に（特に性で）深い傷を受ける
＊食アディクト
　みたされるものは「?・」（どんなに食べ続けても満腹感がない）／消化器官を傷める
＊医薬アディクト
　アディクションで傷めた身体の回復／副作用の危険

四つ全部が、生きるためには絶対捨てられない「麻薬」だ。だが、過剰になると、私自身が傷つくことになる。なぜなら、アディクションは幻想で、矛盾そのものだから。だから東京へ行って、摂取量の制限をしなければならない。

親を捨てて宗教に走る若者に等しいかな。

深呼吸の必要

過食をした。御飯の後もの足りず、フランスパンに手をつけたら止まらなくなった。一本たいらげ、薬を放り込む。せっかく回復に向かっていた胃は、また悪くなった。

百貨店地下で山積みの食料の間を漂っても、自分の食べたいものがわからない。食べるという行為は、誰もいないところ（自分の部屋、トイレの中、無人の野山など）でしかできない。

玉葱なしで三回過食をしたら、久々に猛烈な下痢に見舞われた。

激痛で身体の力が抜け、便器の上に二つ折りになったまま動けない。ヤバいぜ…八年前、食中毒のため救急車で運ばれた時のような生命危機を直覚。嘔吐感がこみあげる。あまりの痛みに、呻きながら髪の毛を掻きむしり、トイレの壁に爪を立てるが、手に力が入らない。だめなのかもしれない——走馬灯のように、今までのことが脳裏に浮かぶ。死との対面にはもう慣れている。素晴らしく安らかな心。今までのように「神様、過食はしません」「私の何が悪いのですか」という祈りはない。「さっきの過食は、私に必要だったものなぁ。その結果が死だとしても仕方がない」。

階下では家人がＴＶを見て、私の異常を知らずに団欒している。二十四年間、彼らは遠かった。時間が経って、足が動くようになる。痛む内臓を抱えてトイレから這い出、震える手で玉葱を齧《かじ》り、そのまま朝まで意識を失う。翌日、目醒め、思考せずに出勤。休もうというインナーボイスを無視してバスに乗る。胃の経絡が痛んで息をすることすら辛いというのに、仕事をしている私。仕事が終わってまた過食。ひどい話だ。


父親の抑圧的な口調にむかついて発狂。

「私は、おまえとコミュニケーションがしたいんだ。なのに、なぜそんなに抑圧するんだ！」

父親の頭には、家人が罪を犯すことを恐れる気持ちしかない。

彼らへの暴力衝動を必死で抑え、クッションを振り回し、髪の毛を振り乱して叫ぶ。

二十四年間、私はいったい何をやっているのだろう。

私が自分に「病」というラベリングをしたことで、やっと彼らへの面罵だけは可能になった。

それでも彼らは、病人の戯言《ざれごと》と聞き流すのみ。彼らは自分を見つめることがない。自分を完全肯定なさっておられる。悪いのはすべて「病気である」私なのだ。

彼らに期待するのは徒労でしかない。戦法を変えねば。そうじゃないと、自立した時には私の命が絶えているわ。自分が滅びちゃ何にもならない。私は、この粗削りの怒りを、鈍色に光る鋭利なナイフの形にひっそりと研ぎ続け、いつか必ずあいつらへ致命傷を与えてやる…と、腕の痺れと喉の痛みを抱きながら考える。

大量の蛋白質を一気に摂取する（クルミなどのナッツ類、シーチキン、チーズなどを口に流し入れる）と、利尿剤を使わなくてもどんどん尿が出る。翌日、臓器の痛みと疲労を感じても、無視して過食を続ける。

薬を何種類常用しているのか、もう数えていない。

私は考えることをやめた。体重計にも乗らない。

その時の衝動に従うだけ。

私は恐れていた。カレを失うことを。

…否。違う。

「真の問題」に直面することを、私は何よりも恐れていた。

「カレをこんなに苦悩させるなら逢わないほうがいい」

「カレが苦悶するなら私が苦悶したほうがいい」

「カレを責めるくらいなら私が死んだほうがましだ」

非生産的な思考パターン。
これは――死。

私は、無。虚構を生きる。

自分が何者か知らなかった無以下の年月――不幸な前奏曲は、今、終わった。

私には反駁《はんばく》が可能だ。


一つの生命体は、理論的には「ひとり」で生きることができるはず。他者の介助を要する身体障害者でさえ、精神の核があれば「ひとり」が可能だ。

核形成できないほど、私にとっては、家庭、そして社会は苛酷であった。

表層の平穏を保つために、真情から眼を背け、誤魔化し続ける「いたわり」なるものが絶対の力を有する環境。

軟弱・脆弱《ぜいじゃく》・虚弱・薄弱なのではない。私は、臆病という内因性の病（思考パターンの病）に罹《かか》ることを自ら選択した。

成長した環境は外因だ。今の症状、過食や自閉は内外因の結果である。過食「症」、自閉「症」、神経「症」、依存「症」というではないか。「正」しい中身が、「疒《やまいだれ》」をかぶっちまったのだ。

外因は変えられない。ならば、内因の「臆病」を「いじくれば」よいのだ。病は、手遅れでない限り、適切な手術により必ず治癒するだろう。
パラノイア——親やカレとの分離不安、人、男、女、視線などへの恐怖は、すべて表層の結果的症状だったのだ。自分を恐怖に呪縛されたヒロインに仕立てあげ、白馬の王子様の救出を待ち望んでいた。症状がエスカレートしていくわけだ。

肉体（五感）、意志、生命エネルギー（性、欲）、感情（喜怒哀楽）、魂、思考（知性）、自我が、ばらばらでリンクしていない。
ちくしょう、のっぺらぼうか、カオスならまだいい。コウピング・メカニズムにより分断、解体、整頓、自閉してしまった生命体を前に途方にくれちまう。
どうすんだよ、こんな厄介な代物。

自分が、無知ゆえの救世主シンドロームという不治の病に侵されていることを自覚せず、道徳を楯に無意味な叱責を行ない、頑張れとカウンセラー化する人々。何事につけ、したり顔で講釈するかれらの熱心さは、結局は不安自己の肯定行動である。かれらのズレた熱情に比例して私は冷めていく。日本は有責主義で、大人ならば責任をとるのが常識だが、冗談じゃない。逃避して何が悪い？　直面するのが死なら逃避して当然だろう。どんな動物だって、危険な状態になると逃げるんだ。私の話＝あるがまま＝単純極まりないものに、いちいち驚くなよ、白々しい。

自己を見つめ、自己実現している人間なら他者を認知する。「怒」でなく「恕」であるはずだ。

死にもの狂いで、生き延びるための自己否定パターンを展開し、死にたいという欲求にしがみつかねばならない悲劇の生。本来なら、生きたいと欲することが生命体にとって至楽だというのに。


眠っている嬰児《えいじ》をゆり起こす者はいない。眠りは嬰児にとって必要な安息と成長の時間。そして——嬰児が目醒め、泣きはじめたら、誰も嬰児の口を塞ぐことはできない。

私たちの病は非常にプリミティブなもので、生命と直結している。理性や人間性じゃない。動物性につながる本能の病なのだ。信じるべきは、直視すべきは自分、自分の鼓動なのだ。

自己韜晦《とうかい》、自己欺瞞、自己非難、自己査定の放棄が、回復の第一歩。

世界中の人間が私を見捨てたとしても、私が私を見捨てることはできない（でも見捨てたいよ…）。苦しみの実態は私自身が熟知する。私の生の承認スタンプは、私が自分で押すしかない。私だけが押す権利を持つ。他の誰にも押す権利はない。

膏肓《こうこう》に入った病を異なる視点から見つめる作業。まるで他の星へ移住したように世界が違って見える。気づきによって、存在する場がどんどんシフトする。二十四年間、本当にこの星で暮らしていたのかと思えるほどの新たな視座。人々の喋る言葉・内容がはじめて耳にするようなものなのだ。

苦しい。自分の精神分析家《サイコアナリスト》になることの苦しみは半端じゃない。これなら、過食で遊んでいた時、死神《デス》の首刈り鎌を凝視していた時のほうがマシだった…。

でも、もう私は逃げることはないだろう。逃げない発達段階に辿り着いたから。

自縄自縛のネガティブパターン、妄想解釈は変えたいが、オリジナルな虚構世界（自分の意のままになるユートピア。王国ではない）は失いたくない。私は、豪華キャスト勢揃いの虚構絵巻が好きなんだ。フラストレーションのありえない次元を愛しているんだ。

特に、カレという存在。

心がカレのもとへ奔《はし》るのをやめたくはない。やめられない。

そうなのだ。私は現実との同調《シンクロ》を望まない。エネルギーを異次元で消費したいのだ。ばらばらの内部をリンクしないと…と口にするだけで、手が痺れ、足が震えるほど、現実で生きることを望んでいない。

記憶の断片《フラグメント》を、一つひとつポジティブにとらえなおす、負を正にひきあげる作業をはじめた。

私の虚構世界を、たとえ仲間・理解者であろうと、現実に生きている他者に説明することは業苦的だ。現実に生きていれば、喋ったり、怒ったり、泣いたりすることで癒されるのかもしれないが、私は癒されない。生命《いのち》を土足で踏みにじられるような感覚になる。私の虚構世界が……あああ…という感じなのだ。

一生、死ぬまで、カレの場所は私の中に存在する。カレの一挙一動から目が離せない。垣間見ている喜び。カレの口から零《こぼ》れる一言一句を、宝のようにストックする貴重な時間。ぐずる私にとって、カレはペロペロキャンディーをさしだしてくれる人。私は泣き止み、キャンディーを機嫌よく嘗める。キャンディーがなくなる。泣く。貰う。笑う。嘗める。なくなる。泣く。貰う…十二年間変わらない。カレと逢い、別れている時間はカレの余韻で生き延びる。いつだってカレは私の魂だ。

カレの眼差しが私に注がれている時の歓び。安堵感。カレを想うだけで精神がほころぶ。カレの抱懐するすべてが魅力をたたえる。カレのイントネーション、カレの筆致、カレの才能、カレの微笑、カレの温もり、カレの感覚、カレの感性、カレの造形世界。シガレットに火を点け、紫煙を燻《くゆ》らすカレ。コーヒーを喫むカレ。颯爽と歩を運ぶカレ…大好きなカレ。

私は、虚構の枠で、カレとともに成長することしかできなかった。私の生きる世界には、カレというエッセンスが必要だった。カレをヒーローとし、神とし、崇拝する。カレを愛する私だけを私は愛することができた。カレに相応しい女が、私の愛せる私だった。カレなしの世界は、無味乾燥、無彩色で、凍てついている。カレがダブってみえることが、私の現実の条件なのだ。なんと苦しいのだろう。自分のつくりあげた虚像は至高の自由だが、恐ろしい孤独だ。そして、現実ではない。自立にとってはなんと呪わしいことだ。カレから一生分のペロペロキャンディを貰うことは不可能で、カレが欠損したら代用品がない。それこそ何千・何万もの現実の仲間をもってしてても埋めることはできない。つまりカレが死ねば（現実から消えれば）、私は、それと同時に死ぬのだ。

わからない――これは欲望の原型《プロトタイプ》。必然的な理由のある不明瞭さ。滂沱《ぼうだ》と流れる涙、深奥のもやもや、削ぎ落としてもこびりつくものは、いったい何だろう。

自分の気持ちがイエスかノーかわかっていて、それを即座に適切な形で表現できれば問題はない。私には、寂しさという感情が存在したことがない。イエスかノーかがわからない。今までは、ニコニコ仮面はつけねばならぬものであり、ハイとロウを全速力で往復して、傷を深めるしかなかった。中間色がなかった。過食も笑顔も、様々なゆがみの発達段階を丁寧に歩み、習慣の域に達してしまった。

忘我状態《トランス》。現実ではない空間にひきとめられる命。

習慣に安住する人々が直面しえない異次元を私はさまよう。「そっか、私は異次元モードなんだ」と気づき、自己肯定してもらう逃げ場を確保した時点で、強烈な頭痛、痙攣、鬱などの症状が去ってゆく。しんどさやだるさが消えていく。今まで歩んできた道を逆向きに辿りなおしている。殺され歪み縺《もつ》れ膿みただれていたエネルギーの蘇生。この生命エネルギー！　今まで、発狂も死にもせず、あがきつづけて心身症を呈していた柔構造の精神は、なんと偉大ではないか。過食も鬱も痙攣も、今やとてもいとおしい。ありがとう…きみたちがいるから、私は生き残っているのだ。

必要な人と呼吸的にコミュニケイトすることで、依存の輪から外れることが可能。

人は人から生まれ、人の社会で生きる。

人人人人人人人人人人人人人人人人人人…美しい。

金も含めて、物質はなんの解決にもならない。物質は無機体だ。生命は有機体だ。自分の消化・同化能力にみあった仲間を摂り続けなければならない。

人間の行動はすべてエネルギーだ。エネルギーがどんな方向に向かうかは、すべて必然性がある。原因がある。関心を持つ理由は必ず存在する。その因果関係を発掘できる者は自分だけなのだ。そして、たとえそれらをすべて探り得たとしても、所詮この宇宙の一部でしかない。だが、確実に宇宙を構成する一部の真実なのだ。

くそう、自殺などするものか。狂人になろうと、乞丐《かたい》となろうと、生きてやる。私一匹死んだなら、私の二十四年間の苦しみは永遠に消え去り、迷宮入《おくら》りなのだ。ちくしょう。そうはさせるかよ。平家物語の平知盛は「いまは自害せん」と言ったが、私はやだね。「見るべき程のことは見つ、いまは分析せん」だ。私は、知識と自己分析が好きなんだ。

父親と、母親と、義兄と、従兄と、そしてカレと私の分析を、私はこれからの全生命を賭けて、徹底的にやりとげてやる。私は勝手に彼らを慕い、尊敬し、愛し、保護し、命をゆだねてきた。彼らはそれに応えねばならない義務を負う立場にいたのに、果たさなかった。彼らは親であり、兄であり、教師である、というだけで、すでに犯罪者・加害者となり得る、という原則を知らない。私は被害者だった。その証拠に、彼らは、輪廻転生でまた自分に生まれたいと言う。私は鳥やトンボに生まれたい。彼らは、社会の歯車の一つとして見事に機能しているのに、私はといえば、心身症と生き地獄。この現実が、誰が誰を蹂躙したかを明らかに物語っている。人はアリや花を無意識に踏みにじって歩く。踏みにじられた不運なアリや花は、ただそこにいた、それだけのこと。このアリや花の怒りは、アリや花だけが処理可能なのだ。

人は、楽なことをして生きる。善悪に従って生きるのではない。その人にとって楽なこと（罪を感じない行為）をしている時は、偽善者ではない。悪口を言い、噂することがその人にとって楽ならば噂する。いじめることがその人にとって楽ならば、いじめに依存する。戦争の殺戮《さつりく》がその人にとって楽なら、殺しに依存する。楽な人はそれでいい。問題は苦しんでいる者だ。

苦しんでいる者だけが、社会と歴史を本当に命をかけて変える権利を持つ、輝かしい存在なのだ。


「汝に意欲なくとも能力あれば意欲せよ。汝にはできる。能力なきに意欲するのは愚かなり」

――ダ・ビンチ

自傷&自損を埋葬しよう。記憶を生かすために。なぜなら、記憶こそが不橈《ふどう》の生命力であり、最高の権威であるからだ。尊厳ある全記憶、それこそが生きるために必要なのだ。

異常だと認識できないほど日常的だった生活。いじめ、虐待、怯え、怨み、怒り、苦しみ。「○○が欲しい」と言えなくて、必死でパラドクス語で訴えても無視されて、一人ぼっちでいつも見捨てられていた。

過去は形を変えて、現在も同じ状態であり続けた。過去のヘドロの堆積になすすべもない時、現在もやがてそうなるであろうという危惧から、未来を信じることも希望を持つこともできず、現在を生きることが不可能であった。

NABAを知って八ヶ月目にして、私は、自分の苦しみが、次元の違いによる齟齬《そご》から生じたものと知った。私の手記は瞬間用法限定の中間報告である。このナルシスの世界は、私の永遠の棲処《すみか》なのかもしれないが、私は、私の人生のパイオニアとして、自身の発達段階を、生命力を信じ、前進する。

私は、「私」を救う旅に出る。過去を異なる視点から立ち返ってみることは、過去への懐古ではない。追憶ではない。未知（＝未来）の世界へ踏み込むことだ。過去の可変性、未来の過塗性と向き合うことだ。心の中の「あの子」の逃げ場、親友、カウンセラー、教師になれるのは私だけだ。従うべき模倣すべきモデルはない。あの時間とあの体験は私固有のものだから。どうやったら、あの時のお神輿《みこし》を楽に担げるのか、それを知る旅（武器を調達する旅）に出る。しんどく長い旅になるだろう。なんの保証もない旅程。そして終着駅もない。私は自由になりたい。桎梏《しっこく》を外したい。私を洗脳している親の呪縛から逃れたい。勝敗は不明だが、私は戦い続ける。真の不羈《ふき》を手にするまで、生きて、戦い続ける。

旅の連れは、相変わらず苦痛と不幸だ。過食も離人性（脳幹の四十八個の神経核が疲労しきっているに違いない）も自殺願望も、まだなんにも変わっちゃいない。今は不条理の幸福を触覚しただけで、つかみとる術を持たない。

けれど、いつか…！


「思考は自由ではなく、真実の奴隷である。自由は思考に属するのではなく、意欲に属する」

――スペインの建築家アントニオ・ガウディの手帳より

人生まれて学ばざれば
生まれざるに同じ
学んで道を知らざれば
学ばざるに同じ
知って行なわざれば
知らざるに同じ
——貝原益軒

相変わらずのOUT OF ORDERだ。寒気が過食を支える。

親の視線と言葉で虐待される毎日。だが、どんどん自由になっている。

自分の欲望は第一優先。

欲しいものをその場で買ってあげる。食べたいと感じた瞬間、食べたいものを食べてあげる。

肉体には目をつぶる。肉体ゆえの禁止事項を完全放棄したら、なんと解放されたことだろう。

自分の感覚に従う。

まず、やってみる。うまくいかなければ手放すか、どうすればうまくいくかの作戦開始。「実験」である。これはトータルなもの、統合、生命への道だ。

私は、自分の内部で戦争を行なっていた。自分で築いた要塞に、機関銃で激しい砲撃を浴びせる自分。自分の手で地雷を敷き、恐怖にかられて歩いていた。この自分対自分の争いの結果は、当然、廃墟（＝不毛）だ。

ドライ・ドランク＝ナチュラル・ハイ＝ドラッグ・ハイ。

ちょっとした社交辞令に真剣に応対し、怒る。この酔っ払い特有のデフォルメは笑えてしまう。正常な人とは相容れないはずだ。酔っ払いに対しては、正常な人はまともにつきあわないよ。辛いはずだよね、酔っ払い状態しかありえないっていうのは。

痩せ衰えた姿に人は死への恐怖と苦痛を見て、畏怖して近寄らない。でぶでぶと太った姿に逸脱と節制を忘れた快楽を見て、嘲笑と軽蔑を投げつける。秘密という魅力のない「露骨」というものは嫌われるのだ。大衆の気紛れに翻弄されるのは、もうよろしかろう。

結局、人間関係にわずらわされるというのは、自立していないのだ。自立とは、ただ、経済的に自分の糊口をしのぐことではない。真の自立とは、まず自尊する世界に身を置くことなのだ。

どんなに愛しても、話しても、自分以外の人間のことは何も知りえない。他者の口からこぼれた言葉は、自分の認知によって取り込まれる。自分の認知による他者＝自分のつくり出した幻想。

たえず内部に充溢する激昂。怒気が人間の皮を被っている。攻撃性――私には人をおびやかすものしかない。優しさがない。

私は、海底で溺れている。まず自力で水面へ浮かび上がらねばならない。溺れる者の藁にもすがるエネルギーはすさまじく、へたに近づこうものなら、海に引きずりこまれてお陀仏だ。たまたまそこに居合せても、自分の力に自信ある者でさえ、やたらに近寄れない。救助に向かい、救命ブイを投げる。人間にできるのは、船に引き上げてからのケアだ。人間に助けてもらえるのは、溺れているものが、「自分は溺れている。やたらに暴れれば相手も引きずりこむから、冷静になろう」と認識してからだ。

他人は何者でもない。自分の敵・味方・ファン・親友・母・父・神・壁・ハードル全てが自分なのだ。「自分の」という装飾語がつきうるものだけが、いつでも創造可能な事象なのだ。

今の社会では、自分の病理性、エネルギーの歪みに気づかず、「自立しない」という病の運搬人《キャリアー》が、もつれ、ねじれ、飛び火し、転移して、おかしくなっている。生物の共喰いだ。そして私たち摂食障害人は「自分喰い」をやっている。これを世紀末っていうのかしらね。

ネグレクト

産婦人科Ｋドクターとハグをした。私は瞬時に縮み、胎児化した。と同時にものすごい「怯え」を感じ、性へスリップしそうになった。怯え――心が去ると書く。心はいったい、どこへ去るのか。性などの本能、虚構などの異次元へか。

これだ！

私は、母子カプセルを全く喜んでいない。ひたすら怯え、恐怖している！

母親は安堵ではなく、怖いものだ。母親は私を躾け、社会常識の頂点へと矯正する存在だ。

親が喜ぶであろう行動＝子の行動。

母や妹の好きなものを他から盗みたくなる呪われた衝動。

私が理科系の業界において、もっとも苦しんできた洗脳状態を書く。

一度以上の失敗が許されず、バカ呼ばわりされた家庭。だから、実験や仕事にすぐに取り掛かれない。周囲の同級生のやり方を横目で盗み見ながら、びくびく取り掛かる。

失敗した時は、反射的に母を見る。失敗した事象ではなく「あ、失敗した。怒られる、殴られる」＝母を見る。そして、母が手を振り上げ、ビンタしようとするのと同時に、私は自分をかばう「受け」の姿勢をとる。

私はもう心の限界を超えて、一人っきりで苦しみぬいた。新しいことのたびに怯えなきゃならないなんて――心で泣き叫んでいた。失敗するかもしれないよ、どうしたらいいの！　って絶叫していた。

そうだ、私はあの女（実母）により、正常な発達段階を上がろうとする力を殺されたのだ。外見から全くわからない苦しみ――心は、コウピングメカニズムをとった。それをはっきりと自分で認識できたのは、大学四年の初夏ぐらいだったと思う。あまり苦しくて、はっきりとは憶えていない。

塾のアルバイトに行くために車を運転していたら、自転車がとびだしてきて事故になった。この時すでに心は死んでいた。私があまりに平然としているものだから、自転車の方が悪かったにもかかわらず話がもつれた。でも、何もかも私にとってはまるで他人事だった。

その秋に八年振りにカレと逢って、顔面神経痛（ベル麻痺）、寝たきり（十六時間以上の睡眠）、離人症、痙攣…今年の大震災でも、「ああ、地震だ」とただ寝ているだけの私になってしまった。ドライブで事故りそうになっても「あ、人を轢きそうになった」と、言葉が頭を走って消えるだけ。心の硬化。職場で花瓶を割っても「あ、割れた」だけ。頭真っ白のまま、のろのろと淡々と後始末をする。もしこの時、誰かが「さっさと片づけろ」と言おうものなら、私は全身怒りの塊になり「てめえが片づけろ！」と咬みつくのだ。私の行動に踏み込む者、注意する者を刃物で刺し殺したいほどの怒りにとらわれる。

完璧に結果の見える決まりきったパターンか、他人の全く介在しないオリジナルな世界しか私にはない。「好き」という感情を起点にし、一から私がつくりあげ、誰からも怒られず、叱られない虚構の世界。私は、虚構を捨てたくない。

私は、私の力で生き返る手術を行なう。

思い出したのだが、カレは、私を抱く時、セックスとは関係ない時のハグで「よし、よし」と、まるで父が子をあやすような言葉を言ってくれる時がある。その言葉に、私は混乱していた。

どんどん思い出す。お人形遊びをする時、人形を赤ちゃんに見立てて、おっぱいをやろうとするのだけれど、やがて私は人形をレイプせずにはいられなかった。なぜ？

私にとって母―子関係は、レイプだったのかもしれない。母に甘えた覚えは見事に一度もない。物心ついた時から「お母さんは嫌いだ」と言って憚らなかった。一方、父のことは大好きだった。仕事で疲れきった父は、家で怒らなかったから（だから、母との連携で私を殴る時は、むちゃくちゃに哀しかった）。

なんと悲惨な関係。

父に、遊んでえ、と甘えたら、鍛えるという形に持ち込まれた。遊びじゃないのだ。そのうえ、私を会社のＯＬ扱いし、性的にも「親」の立場を乱用して滅茶苦茶に接した。私は見事に混乱したのだ。

　父の会社の本を見たらわかる。あの人は、ただのエベレスト常識人ではない。普通の会社の重役ではない。会社のスローガンなどが、家のトイレや洗面所の四方の壁に（天井までも！）はりめぐらされ、私は、それを見て、歌って成長した。ユニークな会社としてマスコミからちやほやされ、実績をあげるあの人の死にもの狂いの肯定人生が、会社管理には合理的でも、生きた命を徹底的に殺すんだ！

　大人の世界における父の位置には、私は敬意を表《ひょう》す。

だが、親―子という視点では、私は決してあいつを許さない。あいつが生きること＝私を殺すことだ。

　この手記（私の命）は、私のあいつらへの宣戦布告だ。

今までは、自分の理論がどんなに正しいと思っても、身体が悪化するばかりで何も言えなかった。でも、いろいろな人と知り合って、ぼろぞうきんの身体を手放した今、私は絶対の自信を持って闘う。子供である私だけが、あいつらを糾弾する権利を持つのだから。私の闘いだ。誰もこの闘いを肩がわりできない。

　といっても、あの人たちと同じ空間で生活し、過食は相変わらず、自傷パターンを抱えたままの危うい生活。あいつらは金だけはくれる。表面では優しい言葉を吐く。私の中に棲みついた「黒いこびと」が囁く。「おまえは親不孝ものだ」「そんなことをやったら、地獄へ堕ちるぞ」

「親に反抗したら、障害児が産まれるぞ」と、親。やっぱり生き地獄。カレとの関係も社会的に危険極まりなく、いつなんどき、どんなことが起こるかわからない。

私はこの世界に命を賭ける覚悟なので、自らのスケープゴートの宿命を甘受する。

対等。それは最大限の自己実現をめざして生きる者の間にのみ成立する関係だ。自分の外にあるものは、自分の鏡。

私は、ずっと、心底自分はバカだと思ってきた。

今、他人・履歴は鏡、という視点から立ち返ると、私につきあってくれた先輩・教師・教授の評価、そして、カレが私を愛人《ラ・マン》として遇してくれることは、私のエネルギーの強さを示しているのではないだろうか。

いや、虚構に逃避する生き方を選択するほど、弱いエネルギーしかないのだ。きっと、現実で生きていかれないほど本性は脆弱《ぜいじゃく》だろうなとも思う。それを、精神科医ＭドクターやＷＣＯのＡカウンセラーに言ったら、違うと言われた。

発達段階を登れなかったのは親のせいで、私は強いんだと言う。

そうなのかな。なるほど、両親ともに世間の権化で、遺伝的には強いはずだし、私は、知性の最高位に君臨する人々になんの劣等感もない。嫉妬をまるで感じない。畏怖&尊敬するが、コンプレックスはまるでない。一緒にいるのが、会話をするのが楽しくて仕方がない。これが強いエネルギーを持つ証拠？　高校時代、早稲田の文学部の先輩と文通してもらい、京大の医学部の先輩をお姉様と慕わせてもらい、経済・法学部の先輩をお兄さんとなつかせてもらった。かれらのことが本当に本当に大好きだった。どれだけ可愛がってもらったことだろう。大学時代は、大学内で力のある教授たちに、どれだけ声をかけてもらったことだろう。母親の教える常識や姑息《こそく》な手段など使わなくても、私のそのままの姿で、望むものを手に入れることができた。

カレに匹敵するエネルギーがあるのかもしれない。なんということだろうか。みにくいあひるちゃんは、実は白鳥だったの？

なぜ私には、最初から「完成した世界」がわかってしまうのだろう。

小学校の時から夏目漱石や太宰治やらを読み、高校の時に、生物分野においてすでに大学の情報をとりいれていた。最初から頂点がわかってしまう。発達段階がまるでない。小学校時代から不思議だった。なぜピアノの先生が易しい曲から弾かせるのか、なぜ教授が易しいものからやっていけというのか。私は、大人を完璧に模倣することが最初から可能だった。だからこそ、発達段階は歩めない。ストックできない。…書いていて思う。私はまるで情報ロボットか、コンピューターのようだ。人間ではない。

私の早口、発音、言葉は、他人にはすごく聞き取りにくいだろう。私の虚構世界を伝えようとするところに無理があるからだ。「私をわかってもらいたいけれど、どうせ、わかってもらえるはずがない」という自傷的思考。断定的な口調は自傷行動の一つ。この喋り方を治せといわれ、自分でも治したいと思うが、治るはずがない。自傷行動は表層だ。本因を取り去らねばならない。嫉妬・怒り…すべて自傷行動！

また京大に行ってきた。京大は私の庭のようだ。私の虚構世界の大学は京大しかない。一緒に行った友人はチサト。カレの存在と同じく、私の命を支える存在だ。

カレと逢う日々

自分の食事を自分で用意し、食べる。母は私を「見捨てる」行動をとるか、私のつくったものをチェックする「視線の虐待」をする。妹は親の教育の従者なので無視。支配には支配。愛してもらいたいという「支配」を返してしまう。

「親の愛などどろくでもない、子の愛こそが偉大で寛容」ではない。どっちもどっちの支配感情なのだ。相変わらず過食時間は動物。過食している時は頭真っ白。スプリット。消化剤と便秘薬と胃薬を放りこむ。

カレと逢う約束時間の四時間前に生理になった。いつもの周期より二日早い。肉体は、カレに翻弄される。私はいったい何を望んでいるのだろうか。何のために生まれてきたのだろうか。なぜカレに、こんなに惚れ惚れとしてしまうのだろう。まるで目が離せないの。魂が溶けていく感覚。十二年間、カレのどんな姿に接しても、この気持ちは変わらないのだ。

なぜ?　なぜ?　なぜなのよぉ!

二回、コンドームなしでセックスしたら（射精は膣外）、出血がほとんどなくなり、帯下がひどい。二人は理解しあっていないことを再確認した。

お互いをまるで理解していないのに、一緒にいて、つながるんだ。不思議だね。私はカレに殉教し、カレはなぜか私を好きという。

カレが生きていてくれなければ、私を愛してくれなければ、私は破滅だ。

カレがいても、スカートをはくとアバズレになる私を確認。「ああ、もう、これは私の問題なのだ」とはっきりわかった。外部からは絶対わからないのだ。傷のある男の嗅覚のみがかぎつけることができる性。自分の中にわき起こる変な動きは、完璧な意志の力で抑えてきた。病識を今、はっきりと持った。


SA（セクシャル・アビューズ）のセルフ・ヘルプグループに出席。

楽しかったが、自分のことを話すと、親への罪悪感で後味が悪い。


お給料を貰う。十万円。

嬉しさがこみあげる。こんな喜びははじめてだ。

今、私が生きていることを肯定してくれる人がいてくれるお陰なのだ。この十万は、私には百万の価値がある。自分のありのままで生きて、楽になって、これでいいのだという喜び。

庭で、ペットの鶏のハゲちゃんとたわむれながら果物拾い《フィジュア》をする。地面に落ちたたくさんの実を完璧に拾う行動に途中から強迫され、痙攣と動悸が勃発。苦しい。

母とレストランへ行き、豪華なランチ。

私にとって母は他人。「金払ってくれるなら得だわ」という心。うわべだけの会話。顔は氷のようにひきつり、言葉は刺になる。にもかかわらず、こんなにお金を出してくれるのに、私は…と、また罪悪感がこみあげる。私の存在肯定がぐらぐらと揺れはじめて、かつての支配関係にスリップしそうになり、苦しい。

夜、下痢と湿疹発症。


眠たくて眠たくてたまらない。相変わらずカレの夢を見続けている。

電車で不思議な眠りを経験する。一駅ごとに深い眠りに落ちて、夢を見ては目醒める…短い時間しか寝ていないにもかかわらず、何時間も寝たような眠り。

ＡＰＣＣのＭさんと話す。過食は相変わらず。

全身の湿疹がひどくなって（こんなことははじめてだ）、布団の中で眠れないほどで、我慢できずステロイド剤を塗りたくる。

久々に頭痛再発。湿疹がひどい。そしてしんどい、ねむい。

ＷＣＯのカウンセリング後、頭痛が嘘のように消失。

帰宅したら留守であった。外から見て、電気のついていない真っ暗な家を見た途端「あ、もしかして留守？　ワァーイ。ワァーイ」身体が飛び跳ねはじめるのを抑えられない。踊りながら食事を用意して、るんるん食べていたら、母親の帰宅音。それを耳にした瞬間、全身がすさまじく硬直した。もう意志の次元ではない。勝手に身体が反応する。

あいつが、いつものように「よかった、まりあちゃんの食事の時間に間に合って…」と言いながら、袋いっぱいの品物を食卓に自慢げに並べはじめた。頭がどんどん白くなっていく。私は、自分の部屋に駆けあがり、明日に食べるつもりだったフランスパンをがつがつと貪り食った。吐き気を感じても、無視して、がつがつ…。

パンが消え去った時、猛烈に「吐きたい」と思った。今まで過食だけで、吐きたい衝動はなかったのに、はじめて「吐きたい、吐きたい、吐きたい」と心が叫びだした。何も考えずにトイレに行き、便器と直面して、指を喉奥につっこむ。唾液がだらだらと出る。吐けない。「吐きたい！」テッシュペーパーを何枚もわしづかみにして口の中に突っ込む。うえっ。なのに、吐けない。「吐きたい！」胴体の胃のある部分をぎゅうっと押してみる。吐けない…吐きたいのに、吐けない。吐きたい、吐けない、吐きたい、吐けない…どんどん頭がパニックになり、絶叫しそうになった。どうしていいのかわからない。床にへたりこんで、思いついて受話器をひっつかみ、ＮＡＢＡのメンバー（有嘔吐過食者）に電話した。

「絶対に吐かないほうがいい、吐くことを覚えたら、今以上の地獄だ」「短期入院してみたら」など、一時間喋ってもらって、なんとか消化剤ですますことができた。が、私はもう限界だ。自分で自分をコントロールできない。無力だ。あいつらの力が巨大すぎる。あいつらに洗脳された子供の力が強力すぎる。私自身の身体だけが正直に、最後の抵抗を試みている。私どうなるの？

「家を出たいけど出れないよお」

親と離れて、精神の手術をしないといけないのかもしれない。でもそんな手術して、これからやっていけるのだろうか。とっても怖い。怖くてたまらない。このままじゃ、死を分割払いする生き方が続く。普通の人のように、生を分割払いして、最期に死を迎える人生ではない。

吐きたい衝動が収まったら、今度は親に対して口がきけなくなった。親が傍に来るたび、包丁でめった切りにしたくなったり、熱湯を頭から浴びせたくなったりする。熱したフライパンで、あいつの白髪混じりの頭をぶちのめし、脳味噌をどろどろ出してやりたい。快感だろうなあ。

父親は、風呂上りの私に、用事にかこつけてぴったり密着する。なんか変なんだよ。もうやめてよ。あいつがそばに来た時の、私の身体の拒否感は尋常ではない。私が流産してからの、あの男の私に対する態度は、はっきりと、可愛い娘からあばずれ女に対するものへと変化した（私の妄想ではない。あいつは自己認識がないだけに始末が悪い）。

あいつらを、殺したくて殺したくてたまらない。


飢えた人に食物を与えると、際限なく食べ続ける。

渇いた人に水を与えると、際限なく飲み続ける。


私の父親は飢えた人。ワーカホリック。父と小学二年で死に別れ（だから父親のモデルを知らず、永遠に父親になれない人なのだと私は思っている）、会社に命を捧げた。

私の母親は飢えた人。母の飢えを受けた。自分と母の関係を清算せず、子に飢えを注ぐという支配に命を捧げた。彼女は永久に母になれない。あの女に赤ん坊をあてがえばわかる。私にした虐待の再生が展開されるだろう。

私は、貧乏育ちの親の飢えを背負わされた「豊かな」人間だ。お嬢様でありながら、親の貧乏旅行をたっぷり教育され、無駄のない欺瞞生活を強いられた。

私が飢えるのは親の愛だけである。その他に求めた切符は、自らの力だけで、すべて手に入れてきた。

飢えたものが、豊かなものを支配できるはずはないのだ。

私の原稿における引用句。私は虎の衣をかる狐ではなく、その言を発した人物に敬意をあらわしたいし、自分の発想ではないことを明確にしたいから、引用句の出所を記す。親いわくの、有名な人が言ったのだから間違いないのよ、ということではないのだ。高校・大学と、私のオリジナルレポートは同級生の虎の巻として、他クラスまで旅していた。かまわなかった。誰に写されても原本が私ということは一目瞭然だった。それが見抜けない教師なんて、どうせ節穴の目。媚びる必要もない。私は私のオリジナリティに絶対の自信があった。私は書きたいから書いているのだ。義務でないからこそ、真剣にレポートを書く。義務ならば、最低点をクリアすることを目的としたレポートを書くだけである。

これを精神病と呼ぶのか?

時計に代表される歳月は、蒸発するだけ。

人生は、誕生日から死へのグラデイション。自分をありのまま見つめていると、時間は永遠となる。そう、子供時間は長かった。今、私の時間間隔は逆流し、原初へ向かう。

「時は過ぎ行くと君は言う。ああ、そうじゃない。悲しいかな、時は止まっている…過ぎ行くものは、私たちなのだ。」　――ロンサール

「すべて過ぎ行くものは、ただ肖《すがた》だけである」　――メジェレコフスキー

相変わらず、カレの夢にどっぷり浸る。カレのデイ&ナイトドリームは、私の宝。

快晴。青い絵の具をべったり塗った空に怯え、吐き気を感じる。離人症状の一つ。尖端恐怖。包丁や鋏があると、親か自分をメタメタに突き刺したくなる。

チサトと逢って、四時間半話す。

照れることができるようになった自分に気づく。チサトやカレやKドクターが私のことを誉める時は、私はありのままで、かれらのそれぞれの才能にぞっこんだったから、嬉しくてものすごく照れてしまう（家は照れるなんてことは許されない空間だった）。

心地よく、人間関係の在り方としてもっとも楽な形。だが疲労する。これはつまり、私の土台がない、私が砂上の楼閣であるゆえに生じる疲労。あいつらをたっぷり吸収してしまった後遺症。疲労が尋常じゃない。何処へ行くにも、魂を運んであげているようなのだ。

ヤバイ気がした。

昨日の手記を読み返しても、記憶も感情も蘇らない。忘れてる！　二十四年間命をつないできた虚構を他人に説明し、親やカレと直面する作業は心身症を消していくが、今度は記憶・感情へシフトするの？

怖い。どうなるの私。

マリコという素晴らしく美人で才能ある女性がいる。中三の時、塾で知り合った。彼女は名門大学へ進学し、今は医学部の秘書をしている。彼女は、私とよく似た環境で、状況が私より過酷だったがために、私の一歩先を歩んでいた。私は、彼女の言動・行動にすべて共感・理解できた。登校拒否・過食・エステ狂い・借金癖・ブランド品へのこだわり。宗教に走り、男を求め、精神病院へ入院する。時々電話で喋るが、お互いにギリギリな人生だ。そして記憶喪失。彼女は、私と電話したという行為をすべて忘れ去る。
なぜ周囲が理解できないのか、かつては不思議だったが、今はわかる。私は同類だったのだ。

低気圧が近づくと、だるくて、しんどくて、ねむい。
豆乳にナツメグ（幻覚剤の代用となる）をふりかけて飲んで、八時間熟睡。

この手記を、今の逃げ場に渡そうと思い、コピーしはじめたら、痙攣と頭痛が来た。苦しい。カレとの関係について、今後波乱が予期される以上、現実に布石を敷いておかねばならない。誰も味方にはなってくれない。カレは私の命ゆえに、私はカレを護らねばならない（私はカレの味方ではない）。
私のすべてを活字化した原稿。それを他人の手に渡すことは、恐怖そのもの。

勤務先で注意を受けると、二十四時間が一挙に重なり、顔がゆがむ。一分後に、その感情は見事に消え去って、永久に蘇らない。

私はパンドラの函《はこ》だった。それを開けてしまった。後に残るのは希望のみ。函には、汚いものは入らない仕組みが完成してしまったのか？　回復に向かっているのか、悪化しているのかわからなくなってきた。

午後、Ｋドクターへ原稿を渡しに行く。

「（先生を）好きなように利用していい」「来週会うのが楽しみだ」と、Ｋドクターは言ってくれる。ありがたい…私の存在は、なんて重いのだろう。そして私は、なんて素晴らしい人々と出会っているのだろう（その一方で最低の人々とも出会っている）。一歩間違えば、私はドクターもカレも地獄へひきずりこむというのに。私は、闘う。発狂しても。

高校時代から吉川英治が好きだった。曰《いわ》く、

「自分を愛さない人が、どうして他人を愛せるのですか？　私は、自分を愛していない人とは、つき合いたくありませんね」

その言葉の意味が、ずきずきとわかる。

自傷行為の塊の私。自分をナイフでぐさぐさ刺して生きている私。近づくものも、ぐさぐさ刺してしまう。傷つけてしまう。ごめんなさい。本当にごめんなさい。

「僕が許さないのは、自分を傷つけることと他人を傷つけることだ」――カレの言葉。

チサトと、ＮＡＢＡの友人よりレター。

チサトは奈良の紅葉《もみじ》を一枚同封してくれた。嬉しさがこみあげる。彼女が紅葉に託した想いが手に取るようにわかったのだ。

NABAの友人は、自分の経歴をノートに綴って送ってくれた。嬉しい。嬉しいとは、こういうことなんだ。

家庭には嬉しさはなかった。それは、私も相手も、お互いに対して愛情も理解も共感も持っていなかったからなのだ。欺瞞しかなかった。

夜、突然思い出してしまった。思い出しちゃったよ。

私の小学生時代の妙な癖、タオルを口いっぱいにつっこんで、「うえっ」とする、という行為があった。今の過食―嘔吐サイクルの予行演習だったのか。思い出したくないことを思い出し、活字化し、言語化する。それしかできない。苦しい。

まだだれにも喋っていないことがいっぱいある。私はなんて多くの苦しみを緘黙《かんもく》してきたことか。特に、小学校一年からずっと、いまだに怯え続けている二つ上の男について。こいつの脅しを封印し、一人きりで沈黙を保ってきた。こいつは人間の屑だ。いや、人間じゃない。動物以下だ。なぜこんな男が存在し、私はそいつの餌食になってしまったのか。これを活字化、言語化することは、苦しすぎて不可能に近い。

カレに逢いたくてたまらない。うずくまって呼吸困難になるほど。逢いたいけれど逢えない。

代用に、カレに似ている俳優の写真や、ＴＶや声に接する。するとますます症状が悪化。逢いたいの。ただ逢いたいの。でも、カレが現実にどうあろうとダメなのだ。虚構（妄想）の主人公のカレは、私が勝手につくりあげてしまったのだもの。

母親は私を見ることはなく、帰宅したら、私の持って帰ってきた物体（買いもの袋）をひたすら追いかける（ビデオを撮ってやりたい）。二十四年間そうだ。あいつは、私が何かを持ち込み、自分の領域が侵されることに危惧を抱く。

あいつの両眼にぐさりぐさりと錐《きり》を突き立て、どす黒い血をどろどろ顔面いっぱいに流して、脳天からまっぷたつに切り裂いてやりたい。

今日は、勤労感謝の日＆親の結婚記念日で、私は家庭内暴力を起こしそうになるのを、寒い中外出して必死に抑えた。二十四年間の記憶は地獄そのもの。祝日に日の丸の旗を掲げることは私の仕事であった。日の丸の揚げ方を細部にいたるまでチェックされ、やりなおしを命ぜられ、毎日働くお父様、お母様、ありがとうございます、だ？　純粋に日本国と常識を信じ従う父親。私は、最も近くにいる危険人物に盲目だった。愛するがゆえに。

決心した。やれるかどうかわからないが、家を出よう。不動産屋をまわろう。貧しい生活でもやっていける。一から自分でやるのだ。笑えるが、親の軌跡を同じようにたどっている。

この家にいたら命が危険だ。

年末までもつかどうか…どうか、もってね、まりあちゃん。

考え考え出かける。行き先は、盲人リハビリテーションの文化祭。盲人にもいろいろな人がいるが、魂を運んでいる私は盲人に近い。ここで紙細工を学んだ。誰かに何かを教えてもらうという行為は、とても疲労する。

商店街を歩くと、カーペンターズの曲。拒食で死んだカレンの声。傍を他人が「私、この曲好きやねん」といいながら通り過ぎていく。むかむかした。高校時代から魂を揺さぶられるメロディ。自分の苦しみぬいているコアを、痛みに無頓着な人に触られることに耐えられない。情けない自閉だが、もう傷つきたくないのだ。大事な人だけにわかってもらえればそれでいいんだ。この苦しみ。

下宿探しをはじめた。大学の学籍があるので、大学の近くの不動産屋に行く。驚くほど安らかな心だ。

家庭のひどさを改めて確認。私の行為を、検閲もしくは無視もしくは邪魔者扱いする親。私という魂に興味がないのだ。

やっぱり過食し、ひどい下痢。痛みもだえる細胞に心から感謝する。私はこの弱い身体に教育してもらった。ありがとう。そしてごめんね。あともう少しの辛抱だからね。

昨日の下痢の後遺症で、内臓がひどく痛む。内部のもだえとひきつりを抱えて職場に向かう。

仕事中、何度も早退しようかと思うほど痛かったが、どうせ帰っても地獄の家で過食をするだけだ。歯をくいしばり、身体を丸めて必死に仕事だけに没頭した。やりとげた。えらい！

記憶喪失の断片を新たに確認。これは自分でもちょっと恐怖であったが、服を整理していて、妹の服か自分の服か識別不可能になったのだ。こういうことは以前からしばしばあって、喧嘩の種になっていた。

学研の塾の講師をしていた時、連絡を受けた時間すべてをまるっきり忘れ去っていたことがあった。去年は、電話で話した相手の言葉と、その言葉のメモ書きと、復唱の言葉が三つともばらばらということが何回かあった。

今の職場でもヤバいと思うことが時々ある。でも皆勤できている。エライね、まりあちゃん、よくやってるよ。

感情の蓄積による慢性ショック＋苦しい記憶のフラッシュバックによる、ブラックアウトの増殖…怖いね。

出掛けて午後九時を過ぎたので、帰宅途中に電話をすると父親が出た。

公衆電話だというのに、どこへ行き、何をしているかと問う。いつものことだが、もううんざりだ。「やましくないなら話せるだろう」だと！　あのね、経緯を話すにはエネルギーを要するんだ。わかんないの？　私が、あんたの行き先を逐一確認したことがあるか？　親だから訊く権利があるだと？　この馬鹿な支配者め！

帰宅すれば、化粧とコートでキメた私に、男の言葉を投げ掛ける（自分では男の言葉とは思っていない）。子供への愛ではなく、綺麗な若い女への言葉。その証拠に、私が普段のダサい格好の時は、物体以下としてしか扱わない。あんたの持ちもの（私の母親という馬鹿な女のことだ）は、そういう侮辱で素直に感じて、声をクスクスあげて恍惚とするのかもしれんが、てめえの扱い方はあばずれ女を生産するんだ。わかってんのか、この獣以下が！　ちんぽを膣に入れなければいいと思っているようだが、あんたのやってることは、私という女を犯してるんだ。

風呂からあがったら、また父親登場。足音が近づいてきて「ヤバい、またか」とダッシュで服を着終わったと同時にドアが開いた。危機一髪。あと一歩で、あいつは、毛が濃いだの、いいケツしとるだの、私のヌード観察を楽しみはじめるところだった。地獄の脱衣所。

残念だね。もうショータイムの幕は下りたんだ。二度と開幕はない。しなびたちんぽ握って、猥本（家には小部数であるがエッチな雑誌が隠されていた）でオナニーするかストリップにでも通いな。子供で楽しむロリータは、その筋でやりな。残念ながら私はあんたにゃ感じない。あんたが私の好みなら、近親相姦のお相手でもして、たっぷり楽しませてあげているところだがね。

脱衣所で、二十四年間いろんなものを見てきた。父親のグロテスクなちんぽをいろんな角度で網膜に焼きつけた。どこにも逃げ場がなかった。あの女の、化粧しながら女化《おんなか》していくさま。

あの女が生理中に、私が「お母さん」を探して風呂場へ行ったら、「来るな、開けるな」と発狂した光景。私が高校二年の時だ。父親の権力の結晶である新築の家に、私がなじめなかった頃（地鎮祭も鍬入れも、私は、受験勉強にかこつけて出席を拒んだのだ）、あの女の動物的な叫びが響き渡った。純真な子供二人が「お母さん、どうしたの！」と風呂場へ飛んで行くと、父親と母親が浴槽にいた。そこで何をしていたかは、当時セックスを知らなかった私にはわからない。父親は笑いながら「何でもない、何でもない、お母さんはイルカ（全く笑ってしまう）の真似をしてるんや」と言ったのだ。その時、母という女は、私たち子供のほうを見ようともしなかった。高校二年と中学一年の子供に「イルカ」と言って納得すると思うのだろうか。

あの女の歪み。なぜ銭湯を嫌うの？（絶対銭湯に行かないのだ。見せ惜しまんでもいいやろ。子供にはさんざん父親や従兄弟たちとお風呂に入るのを勧め、自分は、色気たっぷりにバスタオルに身を包んで、安全圏でウッフンしておられる）

私が中学一年の夏のこと、おぼえているか？　遊園地のプールで、水着を忘れた私に「プールに来るのに水着を持ってこないあんたは、バカや」と怒り狂い（どうせ、どこへ行っても「完璧な」親は、私をいつもバカだと怒るのだが）、

「あんたは背も低いし、おっぱいはないし、言葉遣いも悪くて男みたいだから、男の子のふりをしてパンツで泳ぎなさい」

と言って、上半身裸、ひまわり模様のアップリケのある薄黄色のパンツ一丁で、人のあふれ

るプールサイドに出されたんだ。お母さまのおっしゃることだ。忘れた私が悪いのだから文句は言えない。だが、中一だよ。胸も、いくらないったって、ちっとはふくれてる。いくらあんたの指図で、男っぽい髪型してたって、背が低かったたって、女の子は女の子だ。当然周囲は怪訝そう、じろじろ見る。いくら虚構に生きてる私でも、平気なふりを装ってはいたが（平気なふりは完璧だ。そうしなきゃ生き延びられないもんね）、水に入ることができなくて、とまどっていた。そこへ着替えた父親が登場して、さすがにぶっとんだね。

「どうしたんや」

「プールに来るのに、水着忘れたのよ。これでいいわよね、まりあ」

「うん」（って言うしかない）

「いくら何でも女の子や、水着売ってるやろ、買うてやれや」

「こんなところで買ったら高いわよ」

「何言っとんのや、金あるやろ」

「でも、まりあがいいって言ってるんだし（すばらしいね、このセリフ）、こんなところの水着を買ったって後で使えないじゃない（この合理的思考！）」

父親は、私を見て、

「まりあ、いいから買ってきなさい」

私には、この時の父親は神様に思えたね。店の前に飛んで行ったよ。母親は、不服そうな顔でついてきやがった。あの女は、フリフリした可愛い水着を、何がなんでも買いたくなかったのだ。それにしてもすげえ女だ。狂ってる。

この女は、水商売の女を徹底的に憎み、罵倒するのだが、全く異常だぜ。人間として、有機体として、報われていない自分を省みろよ。

父親も父親だ。親という名目で、私の結界に土足で踏み込む。私があれだけ父親の異常性を説明してやったのに、自分の男としての歪みをてんでわかってない。家庭内の出来事はくだらん雑事なんだって。だれか、この傲慢男をなんとかしてくれよ。あんたは、昇進ラインしか歩けない、会社という子宮にホールディングされなきゃ生きていけない胎児なんだよ。


朝五時か六時には出かけて、真夜中にご帰還、家では残業の山という父親は、ワーカホリズムの病気なんだと言ってやってくれよ。あいつが、すさまじい鼾《いびき》と歯軋りで眠っている時に電気ショックでも与えてやりたいよ。それでも治らんだろうがね。父親の行く先に存在する私が、要領の悪いバカと烙印を押される関係。そんなにおまえは若い子が好きなのか。自分が飢えて飢えてどうしようもない勃起しまくっているオスだと、素直に認めろよ！　高級料亭に行って、金払っているんだから客は何をしてもいいと、芸妓・舞妓・ホステスの胸をわしづかみしている写真を持ち帰り、財布には、芸妓・舞妓のシールがペタペタ。鼻の下伸ばして、自分を恥だと思わんのか。それで、子供を愛しとるのか。

「家族を幸せにするために働いている。親は子の幸せを一番考えている。おまえのような子を持ったのは、お父さんに課された課題だと思っている」(心の中では、ここまで思っているお父さんは偉いだろう、いいお父さんだろうという呟きなのだね)。

…バカか！　坊さん面すんのやめろ。確かにおまえは、自分の利益になるように一生懸命考えているだろう。行動が伴っていないんだよ。レイプやってんだよ。父親のモデルを知らん、愛を受けたことのないおまえには、救済なんて無理なんだよ。金髪女といちゃついてろ、けがらわしい！　そして私は、実にあんたに相応《ふさわ》しい子、相応しい女に成長したんだ。カレという男の存在がなかったら、水商売に走っていたね。札束のために自分の身体を売ったね。あんたには、しなびた乳房のぶくぶく太ったお似合いの女がいるじゃないか。そいつを喜ばせてやれよ、飢えているあんたらは、異常な似た者夫婦だ。私が、はっきり診断してやる。謹んで拝聴しなよ。今更やりなおすこともしんどいから、いつまでも二人で、同じ傷を舐めあって満足してろ！　子供にまで手ぇだすな。昔の性的ないたずらを、「男なら誰でもする」と笑って話す変態め。あんたの口癖は「誰でもそうだ」。誰でもって、誰や！　世間は、ほとんど病んでるんだぞ！　あんたらは、病んで腐ったジグソーパズルのピースだ！

私もだがね！

化粧用の剃刀であいつのちんぽを切り刻んでやりたい。こまぎれから、みじん切りにし、形態をを残さぬようにドロドロの状態にしたい（書いていてリアルになってきた。動物の解剖と重なって、臭気が漂いはじめた）。理由も聞かず私を殴ったあいつの手足をめった切りにして、あいつの顔の皮をはぎ、血だらけの首を玩具にしたい。

こうやって活字化することが、快感で快感で止まらない。

私は、カレの愛を受けてすべてがわかってしまった。あいつらは人間の愛を全然知らない奴らなのだ。もう迷いはしない。これ以上我慢しない。あいつらから学ぶことは、最初から何もなかったのだ。乳も出ない垂れた乳房を、いつまでも子に押しつける母と、子孫繁殖用の精子生産を女に示さずにおれない父。人間としてこんなに侮辱され（支配は侮辱なのだ！）、基本的人権を踏みにじられて黙っていられるか？

月十万。ギリギリの身体と精神で不安極まりないが、虐待で発狂に近づくよりマシだ。私は失われたセルフを取り戻したい。

こいつらと縁を切りたい。こいつらから貰ったものは障害《ディスオーダー》だけだ。人間という器質はダメ、父・母・子という機能もダメ。それらを統合するはずの感情親和（親和性、つまり愛）もダメ。どう頑張ってもこりゃダメだ。

家庭裁判所に訴えて、別居するなんてことは可能なのだろうか。過激に歩んでいる気もしないではないが（今の私は、反動形成の逆差別にどっぷり浸っているが、これも発達段階だと勝手な自己肯定をする)。

暴力をふるいだしたら、もう本能的な快感が理性を超えちゃって、止まらなくなる。力動は親殺しへ猪突猛進。正直におもいっきり自分勝手な言を吐こう。あいつらが死ぬのはいいが、私は犯罪者になるのは避けたい。だって、今やっと、話のわかる人たちにサポートしてもらっているんだもの。

自分をコアとする同心円、全体の革命はコアからはじまるのだ。

「ネガティブ・エディプス」「ネガティブ・エレクトラ」に囚われた家庭で生きるためには、ネガティブにならざるをえない。ハハハ、精神病は遺伝しますぜ。

あの女に最初に暴力をふるったのは、高校二年の冬。神経症の身体で飛び降り自殺を計画して、夜空を通してカレに語りかけていた頃だった。私の命に等しい年賀状の束を、私の部屋の神棚から無断で持ち出し、隠したうえ、「お母さんは、知らないよ」と言って、妹と二人で顔を見合わせ、くすくす笑った。

こいつらにしてみりゃ、単に冗談の延長、遊びだったのかもしれない。

私は逆上した。カレの葉書には、私の「生」がかかっているのだ。炬燵《こたつ》の机板をひっくり返した。花きちがいの母親は、ちょうど花の種の仕分けの最中だった。後ろ向きの背中を何度も蹴った。

「何処に隠した! 出せや! 出せや!!」

足が止まらなかった。

実母は「もの言わぬものは、こちらが思いやってあげなくてはならない」と言い、植物やペットや赤ん坊や子供を、自分本位に溺愛する。親切づくで殺された女ってのをご存知か？　全部うまくいっているように見えるが、身勝手な愛を接種するモルモットとしての待遇を受けた「人間の私」は、こんなになっちまったんだよ。もう後戻りはできない。適度に反抗した妹と違って、私は「人間を家畜へと育てる」観念を遵奉《じゅんぽう》してしまった。親の「完璧」に騙されちまった。

誤解なきよう言っておくが、我が家庭・家族は極端な例だ。だが、どこの家庭でも形と程度こそ違え、今の時代は「金満飽食・愛情飢餓」の構図は普遍的に存在している。

とにかく、あの頃は、親を憎悪し、暴力を振るってしまう私自身を責めて責めて責めまくった。「なんでおまえはそんな身体なんや」「親に暴力ふるって最低や」と。「カレには、情けなくて、こんな落ちぶれた姿を見せられない」と。ああ。これ以上の生き地獄があるのか？

小学五年、起立性貧血で派手にぶっ倒れて頭を強打し、脳波を測定したことがある。異常はなかった。今脳波をとったら、ほとんど嗜癖型の波だろうな。私はハイしかないもの。

相変わらず過食。

ＮＡＢＡの新聞九十九号が到着。東京のＮＡＢＡの事務所がとても恋しくなる。恋しいというのは、血族には抱いたことのない感情だ。逃げ場が日常的に存在するおかげで、なんとか物理的な不在感に翻弄されることはなく、死とのシーソーゲームも釣り合いがとれている。

「大人になるとは、自由になることだ」――カレ曰《いわ》く

偉大なるフロイト先生は「大人になるとは、働くことと愛すること」だとおっしゃったが、それは、自由のあらわれ方の一つの形でしかないと思う。

私は、遠近法の所在を自分の裡《うち》に見つけた。

虚構を現実に提出、顕示することが、私の解放《ディスチャージ》。一人は解毒時間。爽快な孤独なのだ。

同一化という言葉に考え込む。

自己への同一化と、他者との関係性の中で中庸に同一化していく作業は、表裏一体の気がする。

教育関係の本を読むとむかつく。あたたかい心を持った子、賢い子、良い子悪い子、普通の子、いじめっ子にいじめられっ子…なんで、そんなにラベリングするの？　人間関係の結果として、その場その場で、役割が決まっていくってのに。関係性の結果として、あたたかい心ができるんだ。賢くなるんだ。良くなり悪くなるんだ。

日本という国はみんなが同じであることを確認し、違うと個性として片づける。分析や因果関係の追及という科学がない。非常に怠惰な国だ。その証拠として、勤勉な国として世界に轟いている。笑えるが、怠惰であり勤勉であるのだ。


早朝、大阪—淀屋橋間でボヤが発生し、地下鉄が運休して、ニュータウンは出勤する人の大移動になってしまった。地下鉄の駅から阪急線に向かう人人人。バスはスシ詰め、車は大渋滞。日常が予期せぬ出来事で乱れると、わくわくしてしまう。

午後、生理前で眠気がひどく、昼寝をした。

幼なじみと直面した。虚構世界の登場人物が実際に登場すると、どうしていいかわからない。


今日は悪夢で幕開いた。

私が中学の教師をしており、他の教師は生徒に暴力を振るい、私がそれを阻止し——暴力地獄が展開した夢だった。夢の悪い余韻を持って職場に行った。最悪なことに、生理前で動物性が制御できない。空腹感。理由なく怒りがこみあげてきて仕方がない。オナラをして（過食のせいで相変わらずのガス腹なのだ。学生時代ほど酷くはないが）隣の女の子がぎょっとして私を見ても、何も感じない。仕事が終わるのももどかしく、弁当屋へ走り、雑誌を読みながら貪り食った。時間が停止。頭は真っ白。食べ終わって立ち上がった途端、ものすごい離人感をキャッチ。ここはどこ、私何してるの？　という感覚。ああ、胃が痛い。

カレの夢で目覚める。わーい。嬉しいなあ…幸せだわ。言いがたい充足感！

ＳＡＲＡ（性暴力被害サポートライン）のアンケートに記入した。半月前に預かった時、読みはじめたら吐き気がして、見えないところにしまっておいたものだ。アンケートに答えるのは辛かった。書き終わった時、号泣して止まらなくなって吃驚《びっくり》してしまった。

そのあとで不安が押し寄せて、動悸が夜になっても治まらなかった。安全な場がないからだ。親に代表される社会を敵にまわし、ラ・マンを生きるには未熟だ。

今日は、新聞を普通に読むことができる自分を発見。快復している部分もあるのかもしれない。

働きたい、という欲求をはじめて感じた。健康体が戻ってきたせいもあるが、摂取した知識を出したい（食物を摂取して、便を出すのと同じ原理だ）という思いがつきあげたのだ。医療の仕事と平行して、家庭教師や易占の道も考えることが可能になった。私は、お金だけのために働くということはできない。

久々にショック状態に落ちた。他人からの言葉と行為が、私の精神の中核にぐさりとつきささり、その瞬間、私のすべての思考回路が停止し、ロボット状態になった。いろんな要因が重なって発症したのだが、他人にこれをどうやって伝えたらいいのか。その時のシチュエーションの再現はショックの再現となり、深い苦痛を伴うのでほとんど不可能だ。

しかし、そのショック状態にとらわれることはなかった。

ショック状態におちいった。ただそれだけの事実。

「我慢強く」ではなく「打たれ強く」「踏まれ強く」なればいいのだが…。難しい。

生命体を育てることは神の仕事。

生命体は育つものだ。だから人間は、育つものの声に耳を傾け、見守る。他者にできることは、祈ること。

生命体を傷つけ、滅ぼすことは、人間にとってもっともたやすい行為だ。

五木寛之著『デビューのころ』のページを繰っていたら、こんな一節があった。

「それは決して二つの世界の折衷でも、中間でもなかったはずだ。新しい赤ん坊が生まれて、それが成長した時、それを中間児とは言わない。彼、または彼女は父性と母性の両者の遺伝子を引きつぎながら、そのどちらとも違う独自の存在である。そのことは〈自己〉が厳しく〈非自己〉を区別する免疫の働きを見ることでも納得できるだろう。親と子は、常識と違って、きわめて強い拒絶反応をしめす間柄なのだ。親子間の臓器生体移植が、兄弟姉妹間のそれよりはるかに困難なのは、よく知られているところである」

昼、またも母親と口論になり、私は、暴力を周囲の物質に向けた。過食と同じく、親への暴力も「快感でやめられない」。親への呪詛を自己内部に保存するしかなかった季節は過ぎた。エネルギーを全開して肉体は限界になるが、精神充足に笑顔！

どこで道を間違えたのかしら
私にだけ責任があるって言うの？
こんなふうに恥をかかせるなんて、
私があの娘に何をしたっていうの？
どうしてそんなことが起こったというの？
どうすればそんなことが可能だというの？
あの娘が…あの娘が…まさか
あの娘がそんなに私と違うなんて
——『母たちの歌』ジョアン・クリステンの叙情詩より

私が「母」という幻想しか持たぬあの女との二人三脚から外れて以降の、あの女の心の呟きそのものを本に見つけ、溜息が出た。

親との関係は、ワン・ウェイ・ミラーのようだ。こちらから向こうは見えているが、向こうからこちらは見えていない。向こうも同じ言を吐くだろう。

人間関係は鏡像だ。ワーカホリズム—内助妻、暴力—反抗、医師—患者、教師—生徒、世話焼き母—マザコン男、心配するもの—されるもの、介抱するもの—されるもの、甘やかすもの—甘えるもの、詰問するもの—されるもの、期待するもの—されるもの、叱るもの—叱られるもの、なじるもの—なじられるもの、愚痴を言うもの—言われるもの…。

どれも支配の形だ。支配と服従ではない。支配という名の支配は、服従という名の支配が鏡像となるのだ。

私は親の支配に対し、症状での支配を返した。症状の利得性——症状にはまり、自慢し、逃避するという支配。どっちもどっちの関係だ。罹患していた「支配」は、思考のうえでは既往症となった。

ボードレールの『鏡の説』の中に、私の旅の風景を凝縮した寸言を見つけた。

「鏡の前で生き、かつ眠る」

「カレ」登場のナイトドリームから充足を得るこの九年間。夢のリアルさ。現実以上に現実感がある。夢の中では現実のように演じることはない。俯瞰《ふかん》するとか、人格分離などは一切なく、私は統合された人間である。現実と虚構が逆転してしまっている…いつから？

穏やかな目覚めがあって、あまりの心地よさに酔いしれ、「あっ、さっきまで、カレと逢っていたのだわ」とかみしめる。カレの夢でない夢はすべからく悪夢。カレの夢がないとつまんないのだ。


ケーキ屋の前で怒りが爆発した。

人のためにお金を使い続ける生き方なんて、くそくらえ！

腹部を充満させる目的で食物を入れる（「食べる」ではない）。

じっと座って噛むという行為が全く不可能。食物を物色しながら歩きまわり、新聞や雑誌や本、テレビやラジオを覗き込む。


「危険が怖ければ、ルーレットに近づくな。好奇心があるなら、自分の財布の許す範囲でやれ」賭博の心得である。

でもね、危険が怖くても、ルーレットに近づきたいんだよ。自分の財布が許さなくても止まんないんだよ。どうすりゃいいんだ！

私は人間の誰をも欲しなかった。原家族の欠如である。「求めよ、さらば与えられん」と言うが、まさにそのとおり。私は母を求めなかった。果たして注入は必要だろうか？　アサーティブネスの訓練は必要だろうか。私は、物質での癒しを学習し、このままで満足だ。周囲に合わせるための自己改造を欲してはいない。

出勤、自己にふさわしいルーティンワークの堆積＝皆勤…奇蹟だ！

病人という健康な個人として、意思疎通を試みよう。

子宮から虚構へ孵化してしまった私の世界を説明してみよう。

病識がありながら、どうしたらいいかわからぬ時の苦痛の大きさ、「支配」の後遺症、内臓の腐食の進行状況の表現に挑んでみよう。

わかってくれ、というメッセージを送ることは無意味だ。なぜなら、物語は、それぞれが役割を最大限に演じることで成立し、進行するのだから。わかってなんて欲しくないよ、と今は言える。わかってしまったら、劇は終わっちゃうじゃない。ヤダ、ヤダ。特に、カレは永遠でいいよ。

周囲の中に、私の潜在性は映し出されている。投影の引き戻しは業苦的だが、それを発見し、命名し、役割を愛し、担うと決断するかどうかだ。血のつながった人々たちの支配劇を、私は好きになれなかった。対等劇のほうが好みだ。

私という存在は、カレが愛するほど素晴らしいものだったんだ。

私は、徹底的にラ・マンを演じよう。なすべきことをしよう。それが愛してくれるカレと、カレをとりまく世界への礼儀だ。お互いがラ・マンの椅子を持ち、それは、お互いにとってもっとも座り心地がいいであろう。だが、どちらもまだ座り方を会得していないのだ。

そうだ、なぜ私がカレを手放せないのか、それは「カレが私にとって自己対話させてくれる存在」であり「通過儀礼《イニシエーション》そのもの」だからだ。自己対話、通過儀礼の基本的な構造を支える死と再生のパトス、これはなんと魅力的だろう。生と自由と永遠だから。

私はカレの存在から命をもらっている。ということは、カレにとってもきっとそうなのだろうな。そうだとしたら、これ以上の幸福があろうか…嬉しい…。

私が生きることが、許しがたい事実だった時代は去った（私を殺したい人の数は増えただろうが）。

疲れることは決してしない。愛してもらっている今、自分が疲れるなどというそんな失礼な行為はできようはずがない。たっぷりと潤った時間を携えて、仲間に逢いに行く。彼らとの交流は、魂のふれあう貴重な時間だ。

第三章

人体実験

今回もまた腐臭プンプンの御託や泣言を垂れ流す。書いた本人でさえ読み返すとウンザリし、吐き気を催すほどの膿《う》んだ内容だと思う。こんなネガティブな思考なら心身症になっても当然だ。

過食がひどいのだ。でも、過食の宴の快感は手放せない。

嗜眠も手放せない。メラトニン（松果体から分泌されるホルモンで、催眠効果がある）の分泌量が大なのかしらん。

食品機能からの知的な（見方によっては、バカなともいえるが）アプローチを楽しむ。イチジクの実は、オピオイドペプチド（脳内麻薬物質）のトリプトファンを大量に含む。トルコ産の干イチジクは美味しい。ナツメグ（コカインの代用になる）は、幻覚剤ＬＳＤ・メスカリンと類似した科学構造を持つミリスチンを含む。温めた無添加豆乳に、ナツメグをパッパと振りかける。ナツメグやアルコールを摂取すると、陽気になって、難しいことはどうでもよくなり、睡眠へ傾く。まるで一般と反対だ。麻黄は粗アルカロイド（植物塩基）エフェドリン（覚せい剤の前駆物質）、バナナは幻覚性ブフォテニン、レタスの芯にはレタスオピウム、という具合に、リーガルな一般植物の機能を乱用する過食人の私である。

研究魂が暴れだし、立証したい仮説が生まれる。

・一回の食における食品摂取順の身体への作用（これは大学時代からの仮説で、動物実験により容易に立証できるだろう）。
・各個体における嗜好と、その食品のもつオピオイズ作用、および固体内の欠如感覚との関連性。

生物学的な興味を云々するエネルギーが戻ってきたことはよい傾向だ。小学校から自分のためにレポートを書き、実験をしていた（教師に見せるためではない）。高校時代の私の部屋は、ほとんど生物実験室に等しかった。コップの中で微生物を培養、蝶の蛹《さなぎ》と眠り、蜘蛛と戯れ、蚕と遊ぶ日々であった。

大学時代の部屋はヒヨコが眠る薬草庫だった。信州の野山で採取し、乾燥させた薬草を土瓶で煎じ試飲するという、魔女のような生活だった。

やっぱり嗜癖が好きなんだ。虚構が好きなんだ。麻薬拮抗剤飲んで、嗜癖世界から減退するなんて寒々しいのはヤダよ。

なにしろ、月経がはじまった時に私がしたことは「わ〜い、生理になったぜ」と、自分の経血をプレパラートにとり（小学三年に顕微鏡を百貨店で買ってから、ミクロな世界に浸るのが楽しかった）、卵子を見ようとしたのである。

血液の赤ばかりで卵子は見えなかったが…。男だったら「わ〜い射精できたぜ」と、踊る精子の世界を覗くのだろうな（私に欠如しているのはマクロな視点だ）。

私は、私を徹底的に解剖し尽くしたい！

研究に関して、いまだに父との馬鹿なやりとりがある。父は「そんなに食べ過ぎるなら、いくら食べてもカロリーがなくて太らない空気のような食物を考えて、特許を取れ。おまえの専門分野だろ、売れるぞ」とか真剣に言うわけだ。昔はそれにうかうか乗って「うん、そうするよ！」と目を輝かせては、自分の身体を実験台にしていたんだろう。

だけど、今あの男が、軽く笑いながら同じセリフを言うと、私の感情は「殺したい…！」となるのだ。

金・金・金・金…高額納税者の地位掴んで当然だね。脱帽する。といっても、会社はバブルのあおりを食らって、重役のボーナスはもうここ何年も出ていないのに、ただただ接待・ゴルフにあけくれて、必死にしがみつきながら、日本社会と文化に貢献するのだ、と本気で信じているおめでたい人だ。家の中はぐちゃぐちゃ、日頃はパンとおにぎり齧《かじ》っているだけの生活。それで幸せなのかい？

こいつらにとっては血と家系が絶対だ。親は子供の心配をして当たり前、親と子というものはただの役割でしかないのに。そこでしか生きられないために、支配しかできない人種…私は、この人を哀れむよ。

夜中に、問題児を扱ったドラマを見て、私とのつき合い方をこっそり研究してるわけだ。そして、そのお勉強してやっている父上の努力を認めろとか要求するわけだ。そんなのただの筋違いの自己満足だろう。なぜ私本人に訊ねないのだ？　今の時代はよくわからん、今の教育が悪い、鍛えたら治る、禅道場へ行け、と言うだけ。馬鹿だね。なぜ私というユニークな魂と対峙しないの？

あいつらが私の肉体を、屍体を所有しても、私の魂と、私の服従という言葉は決して手中にしえないのだ。

研究社のリーダーズ英和辞典を久々に開いた。〈bulimia〉という項目をひくと、「病的飢餓・大食・異常な読書欲」とある。う〜ん…考え込んだ。

私の過食パターンは大切なので、あまり明かしたくなかったのだが、実は「読みながら食べる」なのである。この行為の心地よさは、決して手放せない。行儀が悪い、なんていう次元じゃないのだ、この快感は。

一つの仮説。図書館や本屋や百貨店で、商品を見ていると便意を催すことはないだろうか。間脳の視床下部は自律神経の中枢で、本能的な活動（欲）の調節をしているが、この視床下部に直結する眼球の運動は、排泄（パージング）を誘発するのではなかろうか。

過多に摂取することが快感になってしまった。便秘が快感という者に、それは病気になるから出せよ、と強制することが誰に許されようか。もっとも苦しいのは、腐った便を抱えたまま出すことができない本人なのに。

便は、時がくれば必ず出る。出すことができる。それを待つしかない。それまでに死ぬかもしれないが、それはそれで仕方がないではないか。

マジョリティになれない者は、マイノリティと呼ばれる。

「ある日突然、権力が『人間はバイセクシャルであるべきです』という教育をはじめたら、みんな、バイセクシャルになるのかな」

——安積遊歩『癒しのセクシートリップ』

なるほどね。こうなれば世間では「私（俺）のカレは〇〇で、彼女は〇〇だ」なんていう会話が飛び交うだろう。みんな同じであること＝安価な幸福。安手の連帯。平板《フラット》な世界。選択肢が減り、単相化する社会のあちらこちらで時々浮上する事件は荒みの象徴だ。時代のベクトルは、確実に欺瞞をはぎとる地平へと向かっている。

「なぜ黒いのか、男なのか、女なのか、木の茂みなのかなどと問いはじめたら、なぜ生きているのかを問わないかぎり、何もわかんないのさ。…疑問を持つために生きているんだ、ってこと。問うために。大きなことについて疑問を持ち、問うことで、小さいこともついでにわかるんだと思う。でも大きなことについては、疑問を持ちはじめた時よりもわかるようになるってことは絶対にないんだ。でも、疑問を持てば持つほど、愛するようになる」

——アリス・ウォーカー著『カラーパープル』

「死にたい」と呟く私は、どうやら「生」を限りなく愛しているらしい…なんという逆説…シニタイ！

「人間の胎児は、母の胎内にいる十ヵ月の間に、一つの夢を見ている」

——夢野久作『ドグラ・マグラ』

私は、どんな進化の樹を遡ってきたのか。溯りつつあるのか。細胞の一つひとつはそれを記憶しているのだろう。今の私には、倒錯した快感を見つめなおし、不快なる物事を峻拒《しゅんきょ》することしかできない。

人間は、必要以上の苦しみ方をする必要はないのだ。

「どんな瞬間にも真実が含まれている」

「どんな現実も必然であり、チャンスである」

「手がかりは我々が気づくのを待って雄弁に語りかけている」

皮膚障害で、手の皮がむけ、割れて血がふきだし、指紋がなくなる季節。

足先の異常な臭気で、人前で靴が脱げない季節。

顔面神経麻痺や十二指腸潰瘍や喉頭炎による疼痛を抱いて眠る季節。

消化器障害――下痢や痔血に染まる便、吐き気を催すほどの臭気のガスに、なすすべもなくトイレでしゃがみこんで声を押し殺して泣き、女として絶望する季節。

就職より就床を望む季節。

医学書を開いては、慢性疲労症候群をはじめとする各種の診断基準網にがんじがらめになる季節。

健康体を希求し、健康食品、民間薬を食道に流し込み続ける季節。

買いものをするだけで、レジで痙攣してしまう季節。

道を歩きながら男の影におびえ、ポケットの中でナイフを握り締める季節。

筋力の低下で歩けない季節。

眼球のエネルギーが枯渇し、活字が読めない季節。


この先、どんな季節が訪れるのか。

季節はめぐる。新たな季節を迎えることはいつでも可能だ。


「人は三つの顔を持つ。自分の知る自分、他人の知る自分、そして…本当の自分だ」

――TVドラマ『高校教師』

本当の自分を垣間見ることが、生きるということ。幾つの季節を通りすぎてきたのか知っているだろうか。生きることは人間における一つの才能だ。

健康で正常なのだと肯定して、正常に扱ってもらえる逃げ場を確保して四ヵ月。自分が「飽食愛情飢餓」による後天的免疫不全だったことを知った。

今までの環境で、なんという拷問を受けてきたのだろう。結膜充血・舌炎・痙攣・手掌紅斑・

手足の過剰発汗・自律神経興奮…アルコール依存ではないのに、アルコール依存に酷似する症状を抱えてきた。

指紋のある手を見つめ、痙攣なく話せ、ポケットにナイフもなく、普通に歩けて本を読める。今ようやく、苦闘の中で陽なたぼっこしているような暖かい魂を感じることができる気がする。厳しい季節の後遺症を背負った私は、静謐で穏やかな次の季節を迎えつつあるのかもしれない。

逃げ場において、「裁判で親子の縁を切りたいのだが…」と相談したら、「今の日本社会では不可能」と即答された。

そうだ。私もすぐ納得してしまった。

現実社会が虚構、という世界に生きている私の手に負えようはずもない。

私はひっそりと、自分の仕事を続けていこう。

頭の狂った子供が必死で訴えても、正常な親という人種には伝わらない。

「うるさい」

「ぎゃあぎゃあ喚くな」

「おまえは、喧嘩を売る暴力団と同類だ」

「親にオマエとはなんだ」

成功したワーカホリック、常識屋さん、エリートと演歌ムードを愛する人種はロボットだ。人間じゃないから、話などできないのだ。

親の死ぬ日を指折り数えて待ち望む。親の死体を手にした日には、屍《しかばね》の周りを嬉々として踊り狂い、万歳三唱だ。葬儀はひっかきまわし、仏壇の前でいつまでも高笑いが止まらないだろう。支配から解放された人間に充分許される行動ではないか?

以前と別人のようだ、と言う周囲。それは、今までどれだけ私が自分を抑えに抑えに抑えてきたのかを示す。もう抑えるものか!

小学校時代からの愛読書。

『コタンの口笛』『次郎物語』『サムライの子』

私は、アイヌ人に、甘えられぬ子に、被差別部落の民に自分を同一化し、癒されていた。差別される者に同情するのではなく、苦しむ主人公たちは私の姿そのものだったのだ。私は溢れる涙と嗚咽《おえつ》をこらえることなく、活字を追い続けた。何度も何度も読み返した。

本は、私の世界の核。

鏡。

私は、鏡で自分を見ることはない。外見は、私には無に等しい。肉体は魂を運んでくれる車。

人との会話の時、人の言葉を聞くこともない。対象が何を言おうとしているかに耳を傾ける。だから噂話ができない。語学もできない。感想文も書けない。私にできるのは、私を主体とする表現だけなのだ。

「言わないとわからない」という失礼な人々。言葉で表現できる世界なんて、限られたものなんだ。言葉にならない世界があるのだ。赤ちゃんに喋れと要求するか？ 赤ちゃんが何を訴えているか、必死にわかろうと努力するだろうが。それをコミュニケーションというのだ。

幼稚園の時に何度も読んだ忘れられない絵本がある。絵はセピアが基調で線描画。一人の男の子が等身大の鏡の中に入り込み、旅する童話だ。

ところで、私が十歳で書いた歌詞がある。

〈柿の木のように〉

柿の木は　八年間
じっくりと養分をためてから
実をつけます
私たちも　柿の木のように
長い年月をかけて

たくさんのことをして
そして　実をつけます
小学生は　まだ　小さな木　なのです

これは、私が母親に日頃言われていることをそのまま書いたものだ。


自由を希求する。ああ、自由になりたい！

パワーを持ちたい。支配パワーではない。この様々な現実の束縛を断ち切るパワーである。

私はただ解放されたいのだ。その望みこそが嗜癖を生み、私を死の影・迷宮《ラビリンス》へと繋げている。

死にたい！

公式。男＝男性ホルモンに支配された動物＋ロボット
父・従兄・義兄・伯父・教師・どこかの見知らぬ男…そして母・叔母。
獣めらが！
私の幸せは、実兄弟がいなかったことかもしれない。

男も女も、この字のとおりなんだ。

ちんぽを誇る男を支える女ども。「現実は甘くない」が口癖。

人間とはなんだ？　動物以下の生きもののことか？

ちんぽをさしだすことでしか、私という生きものを扱えないのか？　そんなに自分のちんぽが素晴らしいと思っているのか？　私のようなつまらん生きもの一匹を支配して、なぜ幸せ？　なぜ満足？　なぜ笑える？

安定しているあいつらの影で、私はひっそりと破滅してゆく。

私は次世代へこの地獄を送らない。

それはとても苦しいこと。

私の願い。ああ、早く死にたいな。もうこれ以上苦しみが来ないうちに。


ロボット工学三原則（条文作成者／アイザック・アシモフ）

第一条　ロボットは人間に危害を加えてはならない。
第二条　ロボットは人間より与えられた命令に服従しなければならない。ただし、与えられた命令が第一条に反する場合はこの限りではない。

第三条　ロボットは第一条および第二条に反する恐れのないかぎり、自己を守らねばならない。

この条文における「ロボット」を「人間」という単語に置換した。

人間工学三原則（アシモフの条文を私が改変）

第一条　人間は人間に危害を加えてはならない。
第二条　人間は人間より与えられた命令に服従しなければならない。ただし、与えられた命令が第一条に反する場合はこの限りではない。
第三条　人間は第一条および第二条に反する恐れのないかぎり、自己を守らねばならない。

社会において、健康で、正常で、高い評価をもらえる普通の人間とは「ロボット」に他ならない。
人間の定義は、精神・心にまつわる形而上世界に立脚するのではない。
人間とは「ロボットになることができ、ロボットをやめることもできる有機体」である。ロボットとは、「ロボットになることができ、ロボットをやめることができない無機体」なのである。

私を傷つける外部を短絡的に消すことしか思わない私は、過去にどんなストーリーがあろうとも、暴力・殺人という表出した事実において、社会的に同情・保護される余地はないのだった。社会的に抹殺されてしまう運命を否定できないのだった。

ボロボロになっているであろう胃、萎縮しているであろう脳。

ジャンクフードや添加物、ストレスを摂取してでも、私は限りなく「同じ」になりたい。同じになって笑い合いたい。マジョリティになりたい。でも、どうしてもずれている異端の自分がいる。そんな自分が許せない。個人においては許せても、社会において許せない。時代において許せても、生物学的に許せても、愛せない。どうしても自罰をやめることができない。

私が死んだって、世界も宇宙も変わりゃしない。世界の盛衰・時代の潮流は、私一人がいようがいまいが勝手に動いていく。

私が部屋で喰いまくろうが、吐いていようが、寝ていようが、誰も知らんのだ。助けちゃくれんのだ。

「すいません、私、一人じゃ生きられないんですう」と何かに（人とは限らない）すがって生き延びるっきゃないの。だって、自殺すらできないんだもの。

金ですべて片がつく、という平等な基準の下、マイノリティはマジョリティ世界への貢献という観点から、サバイバルバリューを持つ。

それが現実。そう、現実は甘くない。


新しく始まった連続ドラマ『オンリーユー』で、鈴木京香が摂食障害のトップモデルを演じていた。

演技が甘すぎるぜ！

全国の人間が見てんだから、過食材料とかシチュエーションとかもっと正確にしてよね。どうせなら過食やってる芸能人が主役をやればいいのにさ。


当事者の傍で、救済者顔する無知・無意識者に対する怒り。

病理を意識しない言動（これこそがすでに病理なのだが）は死を招く。

自己とは社会との関係値であり、いったん学習した関係を解体・再構築する作業。瞬間変化する自己に合わせて、もっとも心地よい新たな関係をつくる作業は、苦だ。でも、今までの地獄苦とは違う。希望のかすかな光を、予感を伴う苦である。

今までの関係の中に安住することに、死と暴力＝無力な自分しかないことを認め、新しい関係に一歩踏みだした。未来の不確定性に対する不安、および習慣化・馴化による不安は常に存在する。

ロボットだって、新しい回路を自らつくるほどに進化している。学習しなおすことは可能なのだ。因果関係を発掘する作業。

「生命体は、その生命体にとって肯定的意味合いを持つ行動・認知をする」

パターンを分析・類推する考古学的作業を続けていく。

愛にさよならを＆一人あそび

カーペンターズの音楽は、私の感覚の慰安歌。
美しいアルト——拒食して消えていったカレンの歌声。

夜のリストカットは、約一ヵ月、私の左手首に痕跡を示して、静かに消えていった。痙攣がひどい。口はわなわな、足はがくがく、手はぶるぶる…過呼吸で苦しい。一日を終えて横になると、涙がゆっくりと頬をつたう。感情は麻痺してしまって、あまり苦しいとは思わない。感情を味わう暇はない。二つの眼球が涙の海で溺れる。胃薬と消化剤と鎮痛剤を常備して、過食という一人遊びに耽る。風邪で発熱。

私は叫ぶのみ。

胃痛・内臓痛に耐えられず、死ぬことにしたって何が悪い？　痛みのあまり寝られない地獄、痛みを二ツ折りになって何時間もじっと耐える地獄を、死ぬことで終結させて何が悪い？　離人症で、自分の存在が実感できない地獄を手放して、何が悪い？　人生からの逃避だなんて誰にも言わせない。私は自分の命のすべてを賭けて闘ってきた。この世の中には、私より重病と言われ、私より痛みのひどい人も大勢いるだろう。医学書をめくれば、私ごときの愚痴は単なる甘えに属す。だが、私個人の中では、この痛みが私の最大の痛みである。比較の問題ではないんだ。この凄まじい闘いは、誰にも真似できない。私は自殺という勝利を手に入れる。

誰もが、まだ若いでしょう、これからだ、と言う。

否！

私は、二十五年も生き延びた！　これを真のサバイヴというのだ。それがすべて。驚嘆に値する。いつまで生き延び続けるか、それだけだ。私の一人遊びは延々と続く。私の人生は、今後も晩年であり老後なのだ。

愛憎のアンビバレンツはびりびりと私を引き裂く。空洞化してしまった「私」の血が今日も流れてゆく。

毎日衝動に襲われる。自分の手をまな板の上にのせ、よく磨ぎすました出刃包丁で左手首を切り落としたい。植木用の大きな鋏で、自分の首をばっさり切り落としたい。どれだけすっきりするだろう。飛びこみ自殺衝動。

高校二年の冬にとりつかれてしまった自殺願望をなんとか消し去ろうと、この八年間頑張ってきた。だが、悪化し続けるだけだった。他の人が結婚や財産に執着し、生きることを楽しんでいるのに、私は結婚や財産など思ったことがなく、思おうとしてもどうしても思えず、生きるか死ぬかばかり考えている。

何のために産まれてきたのか。

もう、のたうちまわって苦しむのをやめよう。

「素晴らしい自殺」をするため（苦悶の表情で死ぬのではなく、笑って死ぬため）に生きることに決めた。

「死ぬために産まれてきた人間」は、確かに存在する。


痛い痛い痛い痛い痛い痛い痛い痛い痛い痛い痛い痛い。

今月最初の下痢がやってきた。過食―便秘が何日か続いたら、強烈な下痢に見舞われる。

痛いよ痛いよ痛いよ痛いよ痛いよ痛いよ痛いよ。

トイレで二つ折り。両手で頭髪や太腿をかきむしる。吐き気。上と下からゲロゲロゲロ。誰か助けて！

痛い痛い痛い痛い痛い痛い痛い。

身体を直角に折り曲げて、便器とワープロの間を往復する。

ちくしょう、なんでこんなに苦しまないといかんのだ？　いったい私が何をした！

どうしてこんな弱い胃で生まれてきたんだ。人と同じもん食べて、なんで私だけすぐ下痢なんだ。下痢するから、いつも顔色悪くて、ガリガリで、痩せの大食いって言われて、周囲は「調子悪いんか」「大丈夫か」「しっかり食べとるか」「もっと食べなあかん」「もっと太らなあかん」

うるさい！　ほっとけ！　黙れ！

あ～痛いよ痛いよ、誰か、誰か～神様仏様マリヤ様～誰でもいいから助けて！

ＮＡＢＡに辿り着くまでの二十三年間、下痢になるたびにトイレに駆け込み、

「ああ痛い、痛いよ～誰か助けて～。誰でもいいから、私を助けてくださいまし。神様仏様マリヤ様、おねがいです、もう絶対お菓子を食べません、悪いことしません、親の言うこともちゃんとききます、だから、だから、おねがい、助けてください！」

と、懺悔の呪文を死にもの狂いで唱えながら、そこらじゅうをかきむしっていた。飽きもせず二十年近く繰り返して、自我の成長があろうはずもない。これが私だ。

みんな聞いて。私は、地獄なんだ（いつも地獄だが）。

今の地獄は、午前中だけ勤務している整骨院の職場なんだけど、そこには患者からの貰いもののお菓子がある。それに囚われて囚われてどうにもならない。お菓子の奴隷状態。頭の中はお菓子のことしかない。一応、スタッフが「適当に」食べてもいいことになっているけど、この「適当に」という状態が、私には地獄だ！　全部食べるか、全く食べないか、どちらかに統一してもらわないと私は駄目なんだ。

誰もいなくなった時を見はからって、泥棒のように開け、貪り喰い、はっと我にかえって、食べた数がわからないように並べなおす。スタッフたちにはとっくにバレていて（なんたって、入社当日から一年間、ロッカールームやトイレで過食していて、人が来たらぱっとやめるとい

うことを就業時間中に何度も何度も繰り返しているのだ）、最近は「まりあさんは、お菓子が好きやなぁ」と直接言われるようになっている。だから何なの。どうせ私のいないところで「卑しい奴」「手癖の悪い奴」って、散々肴にしてるくせに。

私がお菓子に囚われていることをあいつらは楽しみ、封を開けない時間を長くする。私はおあずけをくっている犬状態。地獄だよ。

もういいんだ、私は食べたいんだ。我慢できんのや。あんたらが何を言おうと、貪り喰ってやる。クビにするなら、しろ！

お菓子でクビになりました。

まるで漫才だ。

ああ、お腹がまだ痛む……。

小学校四・五年、下痢ばかりしてる私は、お菓子を制限されていた。それが我慢できなかった。親の財布から百円程度の金をくすねて、駄菓子屋へ行って、添加物べったりの安い菓子類を買いまくって、何度か食べた。その頃は、お菓子を食べたいという思いと、食べているみんなの仲間に入りたいという気持ちが渾然となっていた。六年になって、盗んだということに対する罪の意識を一人で背負うことに耐えきれず母に泣いて謝り（母は裁判官のように聞いて、忘れろと言ったきりであった）、以来、中学・高校と静かに時は過ぎた。寄り道をするとか、店をうろつくとか一切したいと思わなかった。ひたすら勉強することしか頭になかった。家と学校の往復だけだった。今から思うと、異常な静けさだった。

私の下剤は、アイス一個、ドーナツ一個、ハンバーガー一個、クッキー一箱だった。中学・高校・大学と、私は便秘が重なると、お菓子を食べて下痢をした。テイクアウトの食品が食べられなかった。水道水や缶ジュース・コーヒーも飲めなかった。

大学時代、下宿した私は、「信頼しているわよ」という言葉を貰って母から自由になり、自分の空間と時間を持った。私は徹底的にいろんな健康法をやりはじめた。水道水を飲み（それまでは、お腹に悪いからとレストランの水さえ飲ませてもらえず、どこへ行くにもお茶の入った水筒を持っていた）、コンビニの弁当を買い、ハンバーガーやドーナツや宅配ピザを友達と一緒に食べた。楽しかった。最高に楽しかった。食べている最中にもよおして、トイレに駆け込み、「ちくしょう」と声を殺して絶叫しながら下痢をして、ざぁっと流して、戻って笑顔でみんなと食べ続けた。みんなと一緒の生活ができることが、みんなと同じ笑顔を共有できることが限りなく幸せだった。コーヒーの缶を部屋に飾り、何回も見つめて微笑んだ。嬉しかった。ドーナツの箱を持って歩いている自分、バーガーショップの店内に座っている自分は、とても幸福だった。

だが、肉体を無視した行動は、身体と精神の完全麻痺という当然の帰結に落ち着いた。自己を無視した虐待行動は、恋愛関係に見事にあらわれ、私は自分を守れぬ動物として末期症状を迎えるに至った。

大学を卒業してもうすぐ二年になるが、生き延びているのは奇跡としかいいようがない。大学三年ぐらいから激しくなった過食のせいで、いつ胃の手術をしてもおかしくない。今日倒れるか、明日救急車で運ばれるかの生活なのだ。

幼い頃から苦しんできた下痢が胃弱のせいだと判明したのは、過食のおかげであった。胃の手術をした人々の手記と最高の手相家が、私の下痢は胃が悪いのだと教えてくれた。胃の漢方薬を薬局で買い、毎日飲みはじめた。すると、週何回もあった下痢が、月何回かになった。

御立派な医師免許所持者たちは、私の下痢を腸が弱いとか言って、そういう薬ばっかり出しやがる。私の話に耳を傾けやしない。大人さん方は、過去の話ばかりするなって言うけど、過去を言わんと今の私が説明できねえんだよ。

私は、医者とかいう輩を一切信用しない。いわゆる権威者を一切信用しない。占いの判断のほうがまだマシだ。

何よりも、私は自分を最も信用しない。

自分のキャパシティをとらえることができない私。肉体という指標が、私の狂度を明確に提示する。

ああ、やっと痛みが少し治まったようだ。午前一時。薬を流し込んで、お腹をかかえて寝ます。明日は胃が痛むだろうなぁ…ああ、うんざり。

冷雨と強風の中、二キロの道を歩いて警察署に行った。免許の更新だ。トイレを借りたら、便器が鮮血で真っ赤に染まった。久々の痔の大出血。便秘と下痢と、そして道々の怒り。生きているのが苦しい。だけど今、私は確かに生きている。偉いじゃないか！

誕生日。今日も痔の大出血は続く。私のスペシャルデイは、ケツの穴から滴った血との見つめあいで過ぎた。

翌日も痔。なんで、こんなに私の血が出ていくんだ？

食べても食べても追いつかんじゃないか。私の吸収したいもの、排泄したいもの、吸収できるもの、排泄できるものは、何なのか？　貧血でふらふら。

三日後、痔が小康状態に入ったと思ったのも束の間、今月二度目の下痢のご訪問だ。痛みは軽いが、昼過ぎから翌日までだらだらと続く。なのに、腹はめちゃくちゃ減って、過食しながら下痢をする。頭痛…前頭葉と側頭葉が痛む。消化と排泄に追われ、合間合間に、ぐったりと短い睡眠をとる。眠りながらも、腹部の痛みを遠くの意識で感じる。食べて出して眠り、食べて出して眠り…異常な消化器は、ウエストの太さとなって観察できる。胃腸の弛緩・麻痺・膨張…痛くて、ブラジャーもベルトもできない。これが私。

また膀胱炎が発症。疲労による免疫低下によるのだろう。また飲まねばならない薬が増える。雨。低気圧がくると鬱地獄。老人性リューマチのように身体の関節が痛む。風呂やトイレすら面倒くさくて行かないので、肉体がますます悪化する。消化器はもうめちゃくちゃ。痔があんまりひどいので座薬を入れる。ひどすぎる。医者は私を診ると、老人のようだと呆れるのだ。下痢とガスが断続的にあり、腹部が痛む。なのに、やたら食欲が亢進《こうしん》し過食する。ご飯が炊き上がった瞬間、蓋を開けて貪り食う。あーあ。

壮絶な洗礼を、自ら好んでくぐり抜けている私。私は、このばかげた私がとてもいとおしいのだろう。否定と嫌悪は、自己愛の変形なのだ。

私が自らの底着き（無力）を認めたのは、男問題のカテゴリーであった。

私は治癒を望まぬ病院だ。この病を命を賭けて愛している。決して手放すことはないだろう。カレのことを忘れることはできない。カレと出会い、愛してしまった。カレに逢う前の時間に戻ることはできない。親を刺し、商品を盗んで、ひとたび犯罪者の烙印が押されれば二度と消すことができないのと同じように…。磔にされ、火あぶりの刑を受けて、時代の中で殺された女たち、蛇となるまで男を愛した女よ、私も同類だ。宿命は変えられない。だが運命は変わる。私は待つ。時が経つのを…時の審判に委ねるだけだ。

この三月から塾の講師をしている。小学生・中学生・高校生。彼らの言葉や視線一つひとつに傷つき、怯える私。ボロボロ状態を緘黙《かんもく》して必死に働く。

午前中の事務作業では能なしで、要領の悪い醜い女でしかないが、社会の寄生虫産業における知性の水商売（＝塾）においては高評価を受ける。どちらも「わたし」である。両極端の面を持つ。それが私。

ボロボロの身体で、なぜここまで必死になるのか。必死にしかやれないのだ。私が子供たちにやることは、自分にしてあげたかったことなのだ。私は、自分のために必死に授業をしている。

子供の健康なエネルギーが私を救う。子供の率直な残酷さが私を救う。子供の純粋な自己愛が私を癒す。無為の私は、彼らのエネルギーの前に平伏する。子供たちに先導してもらって、私という病人がリハビリを受ける。私を回復させるのは、大人ではなかった。子供だった。危ない綱渡りだが、とりあえず今、私は幸せだと言える。子供たちに…ありがとう。


一年二ヵ月半、月〜土の午前中（休みは不定期）に事務兼助手として働いていた整骨院&鍼灸院を退職した。

おめでとう。よく頑張りました。

大学を二年前に卒業した時は、自分が二十三年間、問題児をやっているということすら気づいていていない状態であった。幼い頃からあらゆる人に「わがままだ、直せ」と言われ続けて、心身ともに生きながら死んできた。心身ともに成長阻害されていながら、本人は盲目だった。

私を取り囲んでいたのは、不快世界だった。不快世界を快世界と思い込んでいたから、感情は混乱し、麻痺していた。

小学校…体罰といじめ／中学校…いじめ／高校…心身症と登校拒否／大学…心身症と神経症と登校拒否。

それでも、誰にも相談せずに全部一人でこなして、なんとか生き残って、ギリギリ大学を卒業した。それが私の限界だった。ＮＯ（嫌ということ）／ＧＯ（去ること）／ＴＥＬＬ（誰かに話すこと）…すべて親が禁じ、私は従ってきた。完璧に従うことが、私にできることだった。

卒業後、自己氾濫し、無職七ケ月。命を賭けた凄まじい闘い。そして、図書館で一冊の本を手に取った。『嗜癖の時代』（岩崎正人著）――そこに私そのものが書かれていた。この本は「ねむり姫」へのキスになった。

私はいつでもからかわれ、遊ばれてきた。他人、身内、そして自分からもおちょくられ、私は翻弄される。ボロボロになっても、まだなんとかしようと頑張る私。

自殺ばかり考えながら、出社拒否になりながら、盗癖と過食を抱えながらよく働いた。でも、結局、他の健康人から見たら、私の精一杯の行動は怠けていることになるし、私がいちいち他人の軽い言葉に真剣に対応することが、他人にとってはとっても面白くて、からかいたくなるようだ。

退職することに決めた時、「あなたは扱いにくい人間ですね」と言われたけれど、笑ってしまったよ。そんなのは、ＮＡＢＡの人間なら本人が一番よくわかってる。四六時中、この扱いにくい「わたし」を背負い、自分に翻弄され、死にかけている本人が一番よく知ってるよ、ハハハ。

夜型の私には、朝はつらい。午後だけ出版社で事務を週二回、塾で週二回バイトすることにした。初日から、人間関係の構図、おきまりの私の位置が見えてしまって、また毎日問題が起こることを予期し、溜息が出る。私が集団の中で生きる時、どうしてもからかわれ、いじめられる場に立ってしまう。「信用できる人ですね。まじめな人ですね。賢い人ですね」——ほめ言葉の形をした責め言葉。てめえらが私の何を知ってるんだ？　外見で判断して、それを周りに広め、私は四面楚歌。外部評価と内部感覚のズレが、私を窒息させる。

私の力じゃお手上げなのだ。とりあえず働き続ける。敵前逃亡を続ける。もう私は急がない、焦らない。私はＮＡＢＡにいるんだ。この一年間で、私ははじめて生きていると思えるようになった。これからだ。これから私は育つんだ。希望の光は見えはじめたんだ。眠り姫はめざめたんだから。

今まで、いろんなバイトをしてきた。コンサートスタッフ、土産物の売り子さん、カラオケボックス、民宿の住み込みヘルパー、郵便局…これからも彷徨《さまよ》いながら、自分を保つことのできる有機物（人間）と無機物（物質）の比率を把握していくだろう。小さい地震は、毎日私を揺さぶるだろう。大地震もやってくるだろう。でも大丈夫。私は、地獄にふさわしい天国をも歩いていることに気づいて、「地獄巡りもまんざらでもないや」と思ったのだった。一人暮らしで、誰にも邪魔されず、好きなものを好きな時に、好きな速度・好きなやり方で過食できる幸福。電気釜を抱えて白米に喰らいつく姿は、一人だから展開できる天国だ。かつての元気な状態にはほど遠いが、お風呂に一週間以上入れず、トイレも行けず、ものが落ちても人が死んでもどうでもいいや、と感じていた時より、マシなんだ。

集団での人間関係がどうしても駄目だ。新しい職場に変わっても出社拒否に襲われるが、一人暮らし維持のため、アディクト抑制のため（家にいたら、とめどなく喰いだす）、半泣き状態で着替えて、自分を職場までずるずる引っ張っていく。

しんどい。

終わりたい。

ちょうど一年前、『ほんとうの自分を求めて』（グロリア・スタイネム著）を読んでいた。そうして「ストックホルム症候群」を知った。一九七三年にストックホルムで起きた強盗事件において、人質が犯人に進んで協力し、正当化しようとしたことからついた症名だという。

――自分と全く異なる信念や背景を持つ犯人たちに捕らわれていた政治的な人質はみな、たとえその期間が二、三日に過ぎないとしても驚くほど一貫した症状をあらわす。その症状とは、依存心／受動性／つねに同意を得ようとする／自分を捕らえた者への感情移入／かれらの行動の動機への共感／もともと自分を人質として捕らえ、そして次には唯一の擁護者となったかれらに対する感謝の気持ち、である。

これは、家庭内暴力をする者（＝私）の症状と共通するという。生命体としての自発的な応形。まさに子は母の「産物」。その子にとっての母像は、子の産物。これは手遅れか？いや、そうではない。心臓が拍動を続ける以上、可能性は存在する。生きている、という可能性が！　絶望の生が、希望そのものだという逆説。過去は未来なのだ。

Ｒｈ血液モデルにおきかえてみよう。

この世界の場合、二元論で論じることができる。すべての人は、Ｒｈプラスかマイナスのいずれかで、日本人では、九九・五パーセントがＲｈプラスであるという。プラスというのはＲｈ因子を含んでいるということだ。普通は妊娠初期に行なわれる血液検査で調べられる。つまり、成人までに自分が社会の表街道か裏街道かのどちらを棲息場所とするかが、本人に自覚される。

母がＲｈマイナス／父がＲｈプラス／子がＲｈマイナスの時は、なんら問題がない。お母さん子はすんなり適応するということになる。

だが、母がRhマイナス／父がRhプラス／子がRhプラスの時は、放置すると子は死亡する危険がある。お父さん子の場合が問題なのだ。分娩が母と子との劇的なふれあいだとすれば、第一子の分娩（最初のふれあい）は、母親側が抗体形成をしていないためある程度無事に出産できるだろう。しかしそれによって抗体が形成される。そうして第二子の場合は、母親が抗体形成しているために、徹底的に子供は攻撃されて死を迎えることになる。

つまり、ふれあいのたびに母は攻撃し、子供は攻撃される度合いがエスカレートするというわけである。

処方としては、出産後の母に対し、Rhマイナスの新鮮な血清の注射を行ない、子に対する抗体をつくらないようにする。子とふれあうたびに、自己の世界観を確固として、子に侵入しないということ。マイナスはプラスには永遠になれないのだ。

母親に微量でも抗体ができてしまっている場合はこの方法では手遅れで、母に攻撃され貧血になっている子宮内の子に輸血を行なうか、外界に出せるほど成熟していれば、分娩誘発を行なう。必要ならば、分娩直後に子の交換輸血を行ない、母からの抗体を完全に取り除く。やはり、子は子でしかありえない。プラスをマイナスにすることは、かなわぬ夢なのだ。

人種を広げれば、Rhプラスの率は八六パーセントというから、外国の方が暮らしやすい、となるのかも。「なぜ外国に住まないの？」と言われたことはあったが、脱出で解決するとは思えない。

子である私が、生まれ持ったインテリジェンスを総動員して自己再生に挑む、これが私の人生なのだろう。一生悟りを目指して禅修行するのか？

医療進歩に貢献するという消極的な社会参加。私は、教授から差し出された道を選ばなかった。それは、能力のある娘が、自分の能力を切り刻んで奉仕する社会というものから引退し、早々と専業主婦になって子を育て、背後で夫を操る構図と同じかもしれない。別に意図的に企んだわけではない。自分にできないことを手放したら、こうなってしまったのだ。私は、患者として、自分の理論を医者に提供する。肩書きのない私が叫ぶ屑同然の理論は、医者の口から出されさえすれば、ありがたい価値が付与される。医学の進歩に貢献できる。こういうのをゴーストなんとかというのかもしれない。私は、精神保健法三十二条適用者の道を選択する。溺死の前境地に踏み込んでいるのだ。死は解放だ。死は、甘い甘い禁断の果実。私の恐怖は、死の肉体的な痛みに対するのみである。

私は、教師と生徒の関係なら最高のコミュニケーションをとることができる。恐ろしい関係だ。徹底的に利用される関係。巧みな力学関係。上下・親疎の程度を慮《おもんばか》ることなく、甘える形も、ひどく歪んでいる。

表街道に存在せざるを得なかった季節（社会的には文明と呼ばれる）では、当初から意識的・

直接的に普遍的人間を目指すしかなかった。晴れ着を常に纏《まと》わねばならない。鏡を手放せない娘。頂点の美の追求。相対化、等価値化、開放的、実際的、外面的、流動的、現象的の世界が同時成立する。自己固有の文脈・記憶・感情を無にし、普遍を模倣し、エベレスト普遍人となる。人工的な私の成功である。同一化の季節がなく、全部同一化の季節でもあるのだ。

表街道での覇権を諦め、ひっそりとした裏街道（社会的には文化と呼ばれる）での隠居生活に専念したとしても、それは、表を単に裏返しただけで、同じ次元の生き方である。裏街道での「わたし」は絶対的・永久的・内面的・本質的・固定的・宿命的・自閉的・排他的である。寝間着を纏い、鏡を決して見ない。表街道を生きていた時、私は、裏街道を無意識的・間接的に生きていたのだった。意識的であり、自発的な成長を「同時に」二十五年間遂げてきたのだった。

はっきりしていること。両親は表街道を華々しく歩いていた、ということである。だから、私の出自は表街道である。

どちらにしても他の追随を許さぬ、苦さえエリートレベルということで、親の期待に応えている。親の結晶。そして、周囲の医者にしてみれば、私は優秀な患者（＝重症の患者）。確立されていない新しい手術のサンプル・献体だ。

私で誰が得をする？　子育て中の両親。患者からの金で生活する医者ども。私の成育環境においては、これほど似つかわしいところはなく、価値を発揮していた。

そして、どちらも処世術とは無縁の曖昧なる世界であり、強迫的であり、生きることが苦しい。持ち合わせるすべての力でごまかしごまかし生きてきた私も、男と食とを前にして脆くも崩壊する。

虚弱体質という何気ないきっかけが、私にとっては相当なエネルギーを必要とする壮絶な発端だった。だからこそ歪みが歪みを呼び、こんな危機的な局面をむかえることになったのだろう。思考は、存在するためのエネルギー源だった。

私は無知だった。無知は「無恥」だ。羞恥をよく知っているから羞恥心がないことを羞恥するが、羞恥心そのものを自覚するには、既成の通念を一つひとつ丹念に検討していくしかない。そして、私の「生理」を取り戻すしかないのだろうか。
わからない。

村上龍著『恋はいつも未知なもの』より。
止めようと思ってもなかなか止められないから麻薬なんだよ。止める方法は四つしかない。
①重大な恐怖を味わう
②それを常用してはできそうもなくて、それ以上の興奮と充足感のある仕事を得る

③物理的に手の入らないところへ行く
④死ぬ

私の麻薬は、食、リーガルな薬、カレ、本（知識）である。NABA在籍二年目を迎えても、やっぱり私はジャンキー（麻薬常習者）として恍惚世界を手放せない。「死んでもいいから麻薬したい」のだ。「そんなに死にたいのなら、さっさと死ね」と周囲は放棄する。シニタイと言うことで生きることができる私を理解し、扱える人は相当なしろものだ。精神ドブスと生活できる人はたいしたものだ。

私と対する者は、人格勝負の世界を体験する。

美人が、自分の顔をブスだと認識している場合、その美人は嫌味な存在になるだろう。だが、他者にとって美人でも、当人は至極真面目にブスだと思って苦しむから悲惨だ。「たわけもの」だ。才能あるものの自己評価が著しく低い場合、現実社会からの評価のギャップにのたうちまわって苦しむのだ。

私が出社拒否をおして働くのは、無職で家にいると限りなく過食するから仕方なく、なのである。決して働ける状態にあるからではない。麻薬で溶けかかっている身体をひきずって働くと、とりあえずの分だけ肉体が蘇生し、破滅が延期される。睡魔や躁鬱が共生することには変わりないが、とりあえず社会生活（現実）に参加している実績が、生きる力となっていく。観念ではなく、実践の本質だ。

私は私でしかありえない。

最近、自分の食べたいものがわからず苦労する。ここ半年は、バニラクリームダイジェスティブビスケットと、ファボールサンド／ファボールクリームというパンにはまっていたのだが、固定的でなく、嗜好は年齢と共に変化する。なんてめんどくさいのだろう。

ひさびさに大過食。親が存在する空間で食べたあとは、一人になって喰いなおさねばおさまらない。親の期待にそえぬ娘は、親という人種とはコミュニケーションできないのだ。親が娘のために金を出す意味を本能的に感じ取り、正直に反応する。親があげるというものを、私は金で買い取ろうとする。当然、親は激怒する。だからこそ私の反応は正しい。親のパラドクス語を見事解読しているのだから。相手はまやかしを見破られ、一般のパターンで対応しない私を憎む。私は「怒りを呼ぶ女」である。

父親から貰うものには素直に甘えられる。だが、専業主婦の母において、金は、父という男と、母という女とのゲームの材料であるから、その金をまわされる私という子供は、絶対に拒否するのだ。その金は「金をやるから言うことをきけ」「私の奴隷になれ」と言っているように聞こえる。ただで金を受け取れば、あいつは機嫌がいい。誰がどんなに否定しようと、事実として貸しができるからだ。私はその借金で卑屈になる。おしつぶされる。

原始反射のみで生き延びている。親に応形し、フィルターで自分にとって「有利な」エキスを漉《こ》し取る。私は原始的な言辞を展開し、原始に殉教している。これは本末転倒だ。欲望主体の私。

オキシトシン分泌は、冬眠解除となるのか？

骨盤底筋の発達促進運動は、おねしょとおさらばして、名器をもたらすか。逆に更年期を早め、二十代で閉経するのか。だって、子宮はかき乱されたのだもの。今月の月経期間は、「私はもう駄目なのかもしれない」と思わせるほど苦しい時間が続いた。疲労が死の恐怖をはるかに上回り続け、死を受け入れてしまい、どうなってもいいという思いで生き延びる人生を送ってきたが、こんなふうに駄目だと予感したことは今までなかった。

自己が自己でなくなっていく予感、狂気（もしくは死）という形の自己実現は哀しいなあと思った。少なくとも、狂気の訪問を延期させたい。

私は、確実に年齢を重ねていた。少女がある日突然人形を放り出して、生身の男に熱中する女になるように、かつてあれほど私を陶酔させた放浪の旅は、魅力を持たなくなっていることに気づいたのだ。普通なら、ここで、結婚という軌道に移行するのだろう。自分の末期状態を対象化できた私は、不可抗の天分に身を委ねることにした。この溢れんばかりの文章・思考。もはや痙攣は同時発生するし、一人で二十四時間を過ごすことはできない。誰かの声を（電話で）聞かない時は、動悸が激しく苦しくなる。私は、頭より下等なはずの虚弱な肉体に導かれ、救われてきたのだ…。

冷蔵庫・テレビ・洗濯機、車はもちろん自転車もない生活が、私の生活。

大臀筋が異性を引きつける。「キミのおしりを食べたいよ」

蛆虫はたかるに限る。蛆虫のわく傷は、回復の可能性がある。蛆虫は私の肉を食べて育つだろう。私は蛆虫の憐れみを啜ってその日暮らし。蛆虫に見放された時に終末は来《きた》る。いたずらに沈潜と蓄積の季節を煩悶、懊悩する必要はない。はじめに才能ありきなのだから。おのずと天職を得、社会的使命も降《くだ》り、現実感のある生活が開けるのだ。

ガリガリ亡者、骨皮筋子ちゃんは、枯れ果てるしかないの。

自分たれながし状態。危険、危険。

最初から平等な関係にあるものに興味がなく（なぜなら平等に生まれなかったから）、非対等の人間関係（徹底的に相手が上位の関係）をいかに対等にするかに血を滴《したた》らせながら生きる私の人生。転向しようとすると、血は狂気になる。対等を頭の皮一枚で理解しただけの団塊の世代の男を好む。

相性の良いインテリジェンスがありさえすれば、容姿はなきに等しい。インテリジェンスは人間特有の武器で、トータルな生命エネルギーとは違うエネルギー界だ。


市民会館のバイト。三島由紀夫の戯曲だった。三島由紀夫は天才であり、狂人だ。彼の残したセリフが、人の口から言葉となって私を襲い、しばし忘れていた視床下部の痛みが再起した。苦しい。日本語は異国語となってとびちりはじめ、疲れ果てた言語野に血流を送ることすら不可能で、微熱に燃えて痺れた手を使って、文節を拾い集め、言葉の輪郭だけを繋げていった。それは、子供のつくったバラバラの首飾りのように、みっともなく、意味をなさず、

「ああ、私は、本能的におかしくなっていく」

としか、呟けない。

すべてが苦痛で、愛する人々の声にすら耳を傾けるのが苦痛で、特に電話の時は相手の声から逃げられず、ワープロをカタカタ打ちはじめてしまう反応は、意志では止められない。これは相手への甘え方の一つの表現形態なのかと思う。だが、なんと苦しい甘え方か。

市民会館に、大きな鏡が向き合って置かれていた。鏡と鏡が直面した時、彼方《かなた》が暗黒の無限地獄になる。私は、その鏡の間に身を置いて、その場でくず折れそうになっておののいた。乱

歩の鏡地獄を、私は一生懸命建築しようとしているのか。鏡地獄から逃げられないのか。パラドキシカルな緊張が昂じて、発狂する。抒情なんていう生易しいもんじゃない。逆説。逆説。逆説。

○○か、＊＊のどちらかの役にだけ身をおく。痛ましい徒労。

○○の苦の嘔吐である行動を評価し、誉めて近寄ってくる＊＊。吐物を理解して好きだと言うような＊＊は、社会で屑みたいな奴だ。＊＊は、まるでマゾ的にご奉仕してくるから、○○は徹底的に利用するだけで、用がなくなったら捨てるのだ。利用価値がなければ、同じ空気も吸いたくないくらい厭な関係だ。

○○の病理性を理解して近寄ってくる＊＊は、結婚を求める。はっきり共依存関係がみえる。パワーゲームがみえる。決して救われない関係がわかるから、親友になっても恋愛感情は持てない。

教師・先輩に対して、最高の生徒・後輩として行動する。恋愛感情は全くなく、敬慕の化身となる。たいてい、＊＊が性的になって○○が逃げるか、＊＊が○○の慕情を恋情と取り違えて警戒するようになって破綻する。

病理外にいる＊＊には興味もないくせに、相手にされないのが悔しくて自堕落な性的モーションをかける。

優しさで理解しようとしてくれる＊＊が近づいてくると、○○は徹底的に自己卑下しはじめる。

　出会った人の数だけ、○○——＊＊のパターンが存在する。果てがない作業。

　すべてを喪失せんとしている人間を確実に破壊する生き方をしているからこそ、私はカレを手放せない。カレは立派な芸術家だ。カレは私を生きる糧にできる。私の存在を金に変えることができる能力を持つ。私にとってカレとの関係が「生きる芸術」。お互いの存在が自己実現であるために、残酷なドラマになる。敵が、救済者である残酷。少なくとも私は、カレと寝たことで、カレの記憶に痕跡を残し、ある意味でカレの命を奪ったのだ。

「これ以上、近い関係はないよ」

　と、カレが言った。

　だけど私の心は、カレのその言葉に応えて言った。

「これ以上、遠い関係はないよ」

　現実には私は「そうね」という言葉と、これ以上ないほどに優しい笑みを相手に与え、優しく裸体を重ねるのだった。私がカレに刃《やいば》をつきつけるのは、よっぽどリミットを迎えた時で、それまでは「限りない優しさ」で応える。それは、存在する世界の違いを知っているから。内部を伝えても無意味だとわかっているからだ。

　私にとってカレは欲情そのものだった。それは、私が欲情そのものだったからにほかならない。私は、カレの愛撫に完全に没頭し、自分が何という名だったのかも、どういう人生を歩んできたのかも、どんな職業なのかも、今が何年の何月何日何曜日なのかも、すべて忘れてしまった。どこの街のラブホテルに入っているのかもわからない。赤ん坊がただ産まれるように、カレの愛撫だけが存在する時間に浮かんでいる。

カレの生活にとって、私の存在はあってはならぬもので、私たちはラブホテルを別々に出る。私にとって、それは最も好ましい関係なのだ。カレが私と存在するのは、妻ともっと近い関係を持ちたいんだと全身で示しているようなものだった。子が親のかすがいであるように、愛人は夫婦の絆をとりむすぶ。

仲人的触媒であればどんなにいいだろう。だが、私は、男を求める一人の淋しい女だった。とりむすぶ役目は、哀しい女の命を賭《と》して全《まっと》うされる仕事なのだった。

カレに抱く気があろうとなかろうと、私はカレと寝たい。カレの子供が欲しい。私はカレを喰いつくしたい。

私たちは、お互いの像が瞳に入っただけで濡れ、勃起する。メスとオスになる。会話のない関係。私たちは、キスできてセックスできる肉体さえあればいいのだ。

カレは私を怠惰だと言う。「急がば回れ」の迂回航路をとらず、死へ最短距離をとろうとして、欲望という名の大磐石に知性という名の鑿《のみ》をふるって進む私は、なるほど怠惰であるのだ。人見知りと口ごもりの努力という堅実な歩みで迂回している者にとっては、私は腹立たしい存在だろう。なにしろ、理論は正しく論破不可能なのだから。私は私のプロである。他人というアマチュアが救済できるはずがないのだ。私を救済するのは唯一私である。プロはアマチュアにおもしろおかしくレクチャーすれば、人気者になれる。「ずるい」とも言われるだろう。それはやろうと思ってやっているわけではなく、そういう能力しかないということなのだ。

カレの傲慢さは、怠惰の意味を認めないところにある。そして、怠惰と情熱の相関関係をとらえる能力のなさが、私を徹底的に冷徹にする。カレは自分のそういう能力のなさをもすでに知っているが、それを露呈する勇気はない。墓場まで臆病な心を匿《かくま》っていくだろう。その後ろめたさが、自己欺瞞の罪が、傲慢という私への態度となってあらわれ、私はそれを嫌悪する。

自己を審判し、弾劾しながら自己検証を続ける。

なるほど、愛という心中沙汰にもちこめば、あっというまにカタがつくだろう。だが愛は堕落だ。進退窮まって心中という愚に片足つっこんだ私としては、愛は決して美ではない。芸術家がダンディズムへ進む様を嗤笑《こうしょう》する。

人は、殺人を犯しながら生きる。親を殺し、兄弟姉妹を殺し、親友を殺し、自分を殺しながら…。だから、老いて死ぬのである。

私はだめなんだ。

私は死ぬんだ。

私のすべての知覚が、カレを求めてゲシュタルトされてしまう。

逃れられない自閉性。

マスターベーションは、スターベーション。スターベーションはマスターベーション。ねえみんな、たのしい？　正（性）の喜びなんて、ほんとに感じてんの？

劣性遺伝の形質が発現。遺伝チャートにおいて、目ざめたことのない遺伝子がゆっくりと目ざめて、にっこりと私に微笑みかける。


げいじゅつかの血？　ううん。ものかきの血？　ううん。

じさつしようよ。

——あらがえない。


きいろとあおがありました。みんなはみどりになるのに、私はいつまでたっても、きいろとあおなんです。

事象を比較して自分を統計量にみたて、変数を文章化する作業に、私はもう疲れた。仮定に則る人生から、ハッタリ帰納人生に移行したって、楽になるどころか自殺願望値上昇だ。臨界状態でただ生き延びる。なんの意味があるの？
私は告白も告解もしたくない。しにたい。きえたい。おわりにしたい。

おかあさんというおんなのひと「おとうさんはね、おふろにいっしょにはいったってね、あなたをあいしていたことにかわりはないの。だれだってくるしいのよ。わがままはやめてね。かぞくがこまるから」

おとうさま、おかあさま、あいしてくださってありがとうございます。私は、このうえなくあいされたしあわせものです。かんしゃいたします。ありがたくてありがたくてしんでしまいます。

自助グループの仲間「精神障害者になるなら仕事を休んで休養とるほうがいいよ、薬を飲むほうがいいよ」

親のように私を心配してくれる。すみません。親はもうたくさんなんです。私は、らくになりたいんです。私がらくになれる方法を支持してくれないひとはいらないんです。きらいだ。生きてる私をすきだというひとはきらいだ。どうして生産パターンに参加しなきゃだめなの？私にはできないよ。どうやったってできないよ。共感も、感動もいらない。とにかくしなせてくれしなせてくれしなせてください。このよからきえたいんです。

あなたのこと好きだよ——ケッ、私は、嫌いだね。

あんたらが自己肯定をしてるから、私はあんたらが嫌いなんだ。何でくだらん自分を肯定できるんだ？　私を好きだ？　つきあってくれ？

「自分が好きで好きでたまらん」という肯定の匂いに、吐き気をもよおす。

「俺って素晴らしいだろ。生きるのって素晴らしいだろ」

ばかやろうばかやろうやめてくれやめてくれどっかいけ！　私の近くに寄って来るな！


自己否定している人が好きだ。私を破滅させてくれるからカレが大好きだ。カレほど私を確実に破滅させてくれる人はいないんだ。私は、カレを限りなく愛することをどうしてもどうしてもやめられない。


だめだだめだと呟く私に、ＮＡＢＡの仲間が言った。

「私にできること、ある？」

ありがとうありがとう。

あのね、私はだめなんだ。だれも私を助けられない。楽に死ねるお薬を投与してくれる？　これが今、他人にしてもらいたいこと。


私が死ぬことを、ほとんどの人が望んでいる。

雨の降る中、鉛のような足を運びながら確信した。

この世では、私の願望「シニタイ」は絶対かなわない。それほどまでに、私は憎まれているのね。


たちどまっちゃいけないのね。

たちどまればくさりはじめるから。

しかたがないのよね。

ざあざあざあ。

ずるずるずる。

私をあいするならしなせてください。

そんなににくしみをぶつけないでください。

いきろとはげまさないでください。

私は、しにたいんです。だめなんです。らくになりたいんです。

カレが、逢おうと言う。

だが、私は動けない。

カレに逢いにいく力は、私にはもうない。

裸体になって、カレの愛撫を受ける力なんて、ありようはずがない。

カレの声がしても、受話器を取り上げ、返事をする力さえない。

終わりなんだね。私たち、本当に終わりなんだね。私は、終わりなんだね。私がゲームを降りるしかないのね。あなたにはかなわないのね。此岸の人には、ついていけないのね。

赤い赤い血だけが流れている。股の間から。


部屋に食べものを置かない。餓死を思う。

私が死んだら、みんな悲しむ？

医者は、ちっぽけな収入源と担当医としての失敗を嘆くんだね。世間は、なんてかわいそうなんだろと同情するか、死んでバカねと冷たく笑うのね。仲間は、勝手に一人で逝ったずるい弱虫といって泣くのね。

外国のスラムで麻薬打ってへたりこんじゃだめですか。性病うつされて、きっと顔が崩れちゃうのよね。

二〇〇三年八月一日の手記

三十二歳。自殺できないから、仕方なく今日も生きている。

しんどいよー。死にたいよー。神様、お願いです、これ以上苦しませないでください、苦しませずに殺してください。


実家では、死にたいというのはわがままで無責任だと言われ続けてきた。

結婚して、妻・主婦・嫁という役目を担っても「死にたい病」は治らない。わがまま、無責任、と指摘されて、それで治れば、私は障害者ではないはずだ。

私が死ぬほうが、絶対に、どう考えても、すべてが丸く収まるのだとしか思えない。ダンナには申し訳ないが、毎日「死にたいよー」とつぶやくのは止まらないのだ。

結婚した当初、幸せになったにもかかわらず「死にたい」と言う私に、ダンナは「死にたいと言わないでくれ」と言った。しかし「死にたい」と口に出して言わなければ、その思いは内に籠もり、爆発するだろうということを今までの自殺未遂とともに説明したところ、理解してくれた。死にたい病を治すためにもエッセンスを飲むのだということも理解してくれた。


十五歳の夏、それは、右目の上から脳に直結する鈍い静かな痛みからはじまった。前兆として、十四歳から手のひらに異常な熱が出ていた。とにかく、十六歳の冬になった時には、呪われた身体をかかえることになっていた。私の力の及ばない状況は、「死にたい病」という病巣を私のなかにつくりあげてしまった。私はまさに半分以上の人生を「死にたい病」で苦しめられてきたのだ。

三十一歳で結婚した。私が結婚できたのは、神社の力とエッセンスを信じて飲み続けたからである。だから、エッセンスを普及させる運動をはじめた。「どうしてそこまで信じることができるのか」と言われたりもするのだが、エッセンスによって私にもたらされた不可思議な現象は、否応なく信じないわけにはいかないものだ。

私は、結婚で様々な苦しみを手放すことができた。親が原因の苦しみは（幼い頃からの性の問題や十二歳からの不倫も含め）、終焉を迎え、私は、生まれてはじめて、真に愛され、怒らないということや許すということを学びはじめた（結婚した当初はダンナに対してぶちキレていた）。

私の赤ん坊時代の写真は非常に愛らしい。すべての赤ん坊に共通しているように。それが、今はとてつもなくブスで、救いようがない。なぜだ？

クリスタルハーブのライトボディエッセンスを、虹のスペクトルからつくるという「アルファ・フェノール」を探す道具として選び、グリーンのボトルから飲みはじめたら、キレるわキレるわ、あまりのひどさにダンナから中止命令が出て、私もそれに従った。ダンナは私に、今何を飲んでいるのか訊ね、自分自身も飲んで自分の変化を冷静に見つめ、これはキレるからやめておいたほうがいい、とアドバイスをするから、私もダンナにだけは従うのだ。

ダンナは、私がこのグリーンのボトルを買った経緯を聞いてくれた。聞いてくれた上で、グリーンのボトルにアチューメント（波動接触をすること。波動合わせ）し、「このシリーズは強すぎるので以後のボトルは飲まないほうがいいだろう」と警告（禁止ではないところが嬉しい）してくれた。私は私の方法で、このシリーズが非常に強く、初心者には飲ませられないボトルであることを知ったのだった。その後しばらく、ダンナは私のかわりにグリーンのボトルを飲んでいたが、ボトル半分が限界だった。

さて、私はバカなので、ダンナの警告に従わなかった。エッセンスが私の仕事とは思っていないし（儲けがないどころか完全赤字だから）、使命を果たすツールにすぎないというのが今の立場だが、エッセンスを飲んで実際の効果を知るのが私のやり方であるのに変わりはない。二本目の黄色のボトルを買ってみて、一本ずつ買うのは面倒だ、どうせ買うなら全部買ってしまおう、と、有り金はたいて全部一気に買ってしまった。

注文してから届くまでに、私は子供をつくりたいという理由で精神科の薬をすべて止め、ホメオパシーのヌクス・ボニカ（消化器官を調えるレメディ）を飲んで、十二指腸潰瘍のような消化器官の痛みに二十四時間苦しみ、のたうちまわって苦しんでいる時に二本目の黄色いボトルを飲んだ。

いつもは特に何かを願うことはないのだが、痛みを鎮めたい、と祈願して飲んだ二日目、強烈な夢を見た。だが、並行してアラスカ（フラワーエッセンスの一ブランド名）やアンジェリックエッセンス（天使とスピリットの力を借りてつくるエッセンス）の一気飲み、その他のいろんなブランドの試し飲みもしていたので（私は苦しさが自分の許容量を超えると、とんでもないことをやりはじめる女だ。これが今の私の自殺のやり方なのだ）、夢がクリスタルハーブだけの結果とはいえない。

何も答えが出ないうちに、翌日から三本目の紫のボトルを飲んだ。飲んで六時間後、ベッドの上でのたうちまわった。死にたい、というつぶやきは、殺してください、という呻きに変わった。

二日試して、あまりの惨状に、ダンナさえもが「もうエッセンスは卒業しろ」と言う。もちろんそれに従うわけはないのだが、そんなバカでも、一本目と三本目はもう飲まないぞ、と思ったのである。

というわけで、二本目を滴数を減らして続けることにしたが、夢でメッセージを受け取ることにも疲れたので、睡眠薬も用いることにした。睡眠薬は夢を遮断する。

エッセンスにもホメオパシーにも漢方にも言えることだが、好転反応の苦しさがあまりにもひどすぎる。エッセンスは、飲んだ当人に必要ならば、人を発狂にも死にも導く力がある。一方、現代医薬は副作用が強い。未来がユートピアなら、苦しまず楽に治る物質こそ真の癒しをもたらすものであり、真の薬だと私は思うのである。

第二部　「慈善病院」の開設

第一章

二〇〇五年三月。もうすぐ三十四歳になろうとしている現在の私がいる。

この章を書くにあたっては、当初、荒んだ私を癒してくれたお守り的存在、ネイチャーエッセンスの日本での普及だけが念頭にあった。しかし、最もクラシックなバッチフラワーエッセンスが、NHKなどですでに取り上げられたということを聞いたため（私が実際に番組を見たわけではない）、ベクトルが大きく変化した。

私独自のエッセンスとの出遭い→自らを実験台にした試行錯誤→体験者として世間に推薦できる効果的なすべてのツールの紹介、というスタンスで、紙上「慈善病院」を二次元構築することにした。

この慈善病院は、偽善を払拭《ふっしょく》して、すべての力から独立しており、大阪大学医学部大学院進学を辞退した私がドクターでありクライアントである。ＳＯＤの研究を目前にして、意のままにならぬ身体のために、諦めざるを得なかった悔しさをこめて、私の今までとこれからをすべてさらけ出している。すべてのサバイバー（大変な体験を生き抜いている者）におおいに利用してもらいたい情報を満載した。

慈善病院の案は、私の心の深奥に昔から存在していた。私は「病院でもキャッシュカードが使えます！」というＣＭが大嫌いである。妙なＣＭが増えている。病気は無料で治されなければならないはずだ。シャミッソー著『影をなくした男』は小学時代の愛読書の一つで、「ペーター慈善病院」は私の夢であり、ずっと温めてきた理想を具現化したものだ。

〈波動水、ネイチャーエッセンス〉

ネイチャーエッセンスなくしては、この慈善病院は成り立たない。私の人生は、ネイチャーエッセンスに出遭う前と後で、全く異なった様相を見せている。オリジナルで得た、エッセンスについての私の考察を記述する。

慈善病院で提供する情報の実践は、すべて「実践する本人の責任」において行なうこと。記述は事実だけに基づき慎重に行なっているが、万一提供した情報の実践により不利益・損害・体調の悪化が生じても、ここでは一切その責を負うことはできない。

今まで、後述する私のような急性の反応が出た例に遭遇したことは一度もないが、当事者本人の感覚と勘を最重視した上で、必ず、何らかの医療機関にかかりながら並行して実践すること。私の目的は、医療の補助として、ネイチャーエッセンスを生活の中で継続使用することを定着させることである。従って、エッセンスを飲まない方の対応はできない（どうしても内服に拒否感がある場合は、飲まないボトルで対応する）。

ネイチャーエッセンスとは何ぞや？

ネイチャーエッセンスとは、ずばり波動水のことである。

花からつくられたものは、フラワーエッセンスと呼ばれる。アンジェリック（ブランド名）以外には、保存料として、ブランデーかビネガー（酢）かグリセリンが入っている。ブランデー使用の場合、日本で正規販売されているものは、酒税法の関係で加塩されている。

内服・外用する。治療薬ではない。救済するものでもない。私は、エッセンスこそが真の〝合法的覚醒剤〟（誤解のないように。字の意味をよく考えること）という扱いをしている。合法ドラッグのような一時トリップを目的とするものとは、根本的に異なる。エッセンスは、セルフケア、セルフヘルプ、ホリスティックヒーリング、およびアバンダンスへつながるための重要なサポートツールである。

自己を覚醒させるエッセンス

エッセンスは自己を覚醒させる。作用は確実である。エッセンス販売側は、副作用・依存性はないという表現をしているが、これは誤りであると考える。害はない、という表現は正しく、あらゆる治療・薬と併用できる。敏感な人、赤ちゃん、子供、高齢者にも用いることができるが、健康な大人がまず服用すること。

波動が入ってくると多くの反応が起こるが、それを感知する、しない、には個人差がある。何も感じない、何も起こらない、という人がほとんどだが、それは起こっている変化に気づいていないか、気づこうとしていないだけである。

どうすれば手に入るのか

エッセンスの一ユーザーとして、エッセンスの囲い込みに強く反対している。エッセンスの普及に最も必要なのは、一本の低価格化である。現状では、必要なエッセンスを必要な時に入手できるのは、富裕層に限られてしまう。エッセンスは、すべての層に必要である。

エッセンスに限らず、健康食品などもそうで、効果があっても入手に躊躇《ちゅうちょ》する値段、常用が家計に負担になるような値段では意味がない。

エッセンスは、現在日本で雑貨扱いなので、誰でも気軽に試すことができる。保健薬扱いになり、どこの薬局でも手軽に安く入手可能になれば理想であるが、それでも資格保持者によってエッセンスが囲い込まれては無意味だろう。

エッセンスは、外国ではホメオパシー薬の一部である。セルフメディケイションを確実にサポートしてくれる。サバイバーにとって、心理的再外傷や搾取・パワーゲームなくつきあえる専門家との関係は、全く存在しないのが現状である。エッセンスによって恐れやカルマを手放し、そういった関係から自立できる人々が少しでも増えるよう願ってやまない。

どうやって使うのか

ブランドごとに示してある使用滴数・回数は、一般的な方法である。それを本人の感覚に従って応用する。一日一～四回は必ず内服すること。滴下されたエッセンスの波動効力が持続する時間が六～十二時間であることに起因する。

これは薬物の代謝経路と似ている。敏感な人は、はっきりと波動の響きの強弱を感じることができる。摂取して三十分頃が最大値を示し、後は緩やかに減少する。したがって、一日一回では飲まないよりましである、ということになってしまう。効果を得たければ必ず継続しなければならない。

ホメオパシーレメディは薬、ネイチャーエッセンスは栄養・サプリメントととらえる。成人に対しては気軽に用いることができるが、赤ちゃん、子供、お年寄り、病人に対しては慎重に与えること。できるだけ健康な人が摂取し、変化し、苦しんでいるものを救うようにすること（自己省察・意識化は大変な作業である）。

最初は、舌裏（人体で最も波動を吸収する部位）に垂らし、一分間口に含んで飲み込む。これは波動を浸透させるのにベストな方法である。舌裏が難しければ舌上に垂らすのでも良い。だが舌裏よりも波動吸収力は少し落ちる。

含んだエッセンスを歯茎を含む口内粘膜全体に舌で擦りつける、というやり方もできる（口腔内は神経が集中しているため）。口にすることができないほどの熱い飲食物に滴下すると、波動は失われる（しかし私は全種類がそうなると考えているわけではない）。熱い風呂湯温程度なら効果は得られる。

起床直後、食前（食事の三十分前）、食間、就寝前に摂取するのがベスト。空腹時にエッセンスを直接口に垂らすのが最も効果があり、次が空腹時に飲みものに混ぜて飲む、飲みものにさえ入れることができない状況ならば、風呂湯温以下の食物に垂らす。

誤って滴下数を少々オーバーしても、そんなに気にすることはないが、ボトルの一気飲みはやめた方が良い。「一気飲みをしてもちょっぴり酔う位だ」という記述がみられるが、これは全く違う。エッセンスの一気飲みは、薬の一気飲みと同様自殺行為である。ボトルの種類にもよるが、敏感な人は、約一ヶ月後、飲んだ波動に対応するチャクラなどから波動流出現象が起こる。そうなった時は、波動流出している部位に周囲の人が手を当て、気を入れて波動流出を止めてあげると良い。大きな変化を望む人が、一気飲みをしたいと強く欲しているなら、してもかまわない。苦しみが大きい分、得られるものも大きい。どうしても早く大きな変化をしたい場合は、一滴を五分おきに飲む乱暴な飲み方が有効であるが、無理な変化はとても大変であることを覚悟すること。ストックボトルを希釈せずに飲むのも、変化が大きくあらわれる。

必要以上に苦しまない速度は、一ヶ月に一本か二本という単位である。

私は、自分の繊細で敏感な感覚を試し高めるために、精油の内服（普通の方は厳禁）、ネイチャーエッセンスに関しては四年間で一五〇以上の波動を確認する作業を続けている。

保管は、高温・直射日光・電磁波を避けるために、アルミ箔で包むか、アルミを含む金属缶（携帯電話を入れると圏外と表示され、電話がかからなくなる缶。茶筒のようなものでも圏外と表示されれば可能）に入れるのがベスト。冷蔵庫は絶対に避ける。電磁波で波動が壊れてしまうからだ。暑い時期でも常温で保管すること。

エッセンスの商品が天然ゴムスポイトであることに、私は非常に大きな不満を抱いている。

私の場合、シリコンゴムスポイトを常備している。一本の単価を安く抑えるためにシリコンゴムスポイトは使われないのであろうが、天然ゴム臭がひどすぎて飲めずに捨ててしまう時がある。なぜ製作者側は、そういうことに妥協できるのか？　エッセンスを飲んで普通より敏感になるというのに、いい加減にできる問題ではないと思う。このままでは、天然ゴムアレルギーの人はエッセンスを飲むことができない。

ビネガーベースのマウントフジ（ブランド名）は、唯一シリコンゴムスポイトである。

どのエッセンスを最初に飲むのか

エッセンスを飲むことに対する動機づけがすでにできており、飲みたいボトルが決まっているならば、それを飲む。誰が何と言おうと、当人が飲みたいボトルが当人に相応しいボトルである。何となく飲もうかな、という軽い感じでもかまわない。

エッセンスのことに全く無知ならば、まず飲んでみる。飲むのが怖いという人は、バッチからはじめるか、エンジェリック・ラディアンスの飲まないボトルを身につけることからはじめるのが良いだろう。

日本では普及していないため、エッセンスというものを拒絶する人は非常に多い。少なくとも飲む前に、自分で動機づけを行なう努力程度は行なうこと。『バッチの花療法』（フレグランスジャーナル社）『世界のフラワーエッセンス』（廣済堂出版）『花の贈りもの』（風雲舎）の三冊を読めばだいたい動機づけは完了する。

外用にも使えるが、エッセンスの舌裏内服にまさるものはない。外用はすべて補助的なものと考える。自分で一日一回の舌裏摂取を自主的に行なう行為そのものが、変化・成長を受け入れているあらわれである。

おもしろいことに、エッセンスに否定的な人でも、モーニングスターのソウルエナジー（自分の名前のオーダーメイドボトル。高次の自己にチャネルしてつくられる）は受け入れる傾向がある。

エッセンスをいろいろ飲んでいて今一つ手応えに欠ける時は、フィンドホーンのライフフォース→カルマクリア、ブッシュのワラター、アラスカのソウルサポートを内服すると良い。バッチはクラシックエッセンスなので、現代社会においては効きが甘い。

何より動機づけが大切である

エッセンスを飲んで奇跡が起こるわけではない。実際、私の愛する故ダイアナ妃（一九九七・八・三一死去・享年三十六歳）は、バッチの愛用者であったそうだが、エッセンスを飲んだ後、いかに自己凝視・自己解剖に取り組むことができるかが、エッセンスの効果のあるなしの分かれ目になる。

心から一〇〇パーセント苦しみを手放したいと切望していなければ、完全な変化は起こらない。エッセンスを飲むモチベーションがはっきりしていないと全く効果はないのだ。それどころか苦しむばかりである。

カルマによっては、ダイアナ妃のような大きな事故（自動車事故など）に遭遇するということを心得ておくこと。そして「絶対〇〇するのだ」という決意が不可欠である。エッセンスを飲み、思考し、変える努力を惜しまないことが肝要である。

ホメオパシーなどは、はっきりと「頭の悪い人は効かない」という医師がいるほどである（本当の頭の良し悪しというのは、学力で計るものではない）。

栄養をはじめとする生活全般の質をあげることは当然である。洗剤を排除し、純石鹸生活に変え、掃除をするなど、外部の環境を整えることも必要である。

エッセンスによるケア（一）

前述の私のようないじめの場合、いじめられている私がエッセンスを飲んだとしても効果はないと思われる。エッセンスでいじめから脱出できるという楽観的な意見は、いじめの根の深さを知らぬ者の言葉である。私がいじめに屈しなかったのは、教師Ｈ（＝カレ）の存在と自分の知力があったからで、これは後に違う意味の厄介な問題に発展していく。現代の卑劣ないじめから逃れるための次善の策は、転校しかない。その上で、エッセンスを飲むのは効果があるだろう。

私は三十一で結婚するまで、カレと知力に依存して生き延びたサバイバーである。依存の期間が長かったため、夫と結婚してさえ家族意識が持てず、一人ぼっちだ、という意識に苛まれた。その時、私を救ったのは、次の二つのパワフルなエッセンスだった。

ブッシュのトール・イエロー・トップ

帰属感の欠如（これは自分自身にもつながっていないことを示す）。家族・学校・仕事場・国、どんな群れの中にいてもメンバーの一員だという感じがない、一人ぼっちだった人に。エイリアン的感覚に対し、独特の素晴らしい効果がある。孤独感を形成するものを突き崩す強いパワーに驚くかもしれない。他人には非常に知能指数が高いように映るが、実態はただ単に頭や知能が発達しすぎて、ハートの成長が遅れているのである。長年蓄積された孤独感に対し、六～八週間、毎日服用すると良い。

アラスカのフォーゲット・ミー・ノット

帰属感の欠如・孤独・孤立。他人から離れている状態を好む人に。これは、過去世・幼児期の出来事が原因で、潜在意識の中に何らかの恐れがあるためになってしまった状態で、他人だけではなく真の自分自身からも離れてしまっている。恐れ・カルマ・潜在意識の苦痛からの解放を促進し、自分自身と他人の双方に対して共感を取り戻すことを可能にする。

この二つは、私にとって強力すぎて、激しい感情が噴出し、持続して飲むことは困難だった。しかし、確実に作用した。

エッセンスによるケア（二）

いじめられっこは、ひねくれる。私のひねくれ&いじけ&グレ度は相当なものである。南アフリカのエッセンスは、人間の影の部分をはっきりと示している貴重なエッセンスで、歪《いびつ》な人間を癒してくれる。

ベル・ガーデニア

無関心、感情の抑圧。

すべてに無関心で、生命力を奮い起こして自分を癒すことができない人、顔が青白く、エネルギーが枯渇して、抵抗力が低下しているような人に。このような症状の根源にはたいてい、激しい感情の抑圧があるので、感情の抑圧に使われているエネルギーを生きることに向け、より有効に活用することが大切である。ベル・ガーデニアは、生命力を活性化させて解放し、感情の問題に気づかせ、活力と人生を楽しむ意欲を取り戻させる。

ゼラニウム・インカナム

復讐心、病的（異常）思考、影（暗部）の統合。

周囲に反映されるような心の中の暗部に。復讐心、病的な考えを抱いている人に。破壊的または虐待的な関係にとらわれている人に。敵や脅威や暴力を誘発する傾向にある人に。このエッセンスは暗部の統合を助け、内面に閉じ込められている非常にポジティブで強力な磁気エネルギーを解放する。

〈最も古いフラワーエッセンス、バッチ〉

世界のすべてのエッセンスの基礎であり、各社から発売され、日本でも一部の百貨店で扱われている。

バッチの三十八種類と一種類の緊急ボトルは、人間の性格や心の状態を見事に端的に表している。

私は金銭的余裕のない生活で、購入した本は『バッチの花療法　その理論と実際』のみで、後はすべて近隣の図書館に買い揃えてもらうか、遠くの図書館から取り寄せて読み、ノートに手書きで写していた。

バッチは分類として最重要であっても、現状変革に最重要ではない。バッチを現在飲むことはあるが、バッチはあくまでも「クラシック」であり、新たな創造力の展開は難しい。

つくり手はバッチを厳密に再現することや、バッチの伝統を伝えることを念頭から外すことは許されない。それほどバッチの三十八種は人間性の基本を全網羅しているのだ。

バッチだけに一年間取り組んで、三十八種のボトルを服用した後、フィンドホーン他、ポストバッチブランドを取り入れた時、バッチがクラシックエッセンスといわれる意味を痛烈に理解した。波動が全然違う。現代社会の過酷なストレスにバッチでは絶対といっていいほど対応できない。バッチは気休めにすぎないといえるほどである。バッチで記憶喪失に至るほどの錯乱状態的クライシスを招くことはない。そういう意味では安全なエッセンスである。あたりさわりなく（通常生活に支障をきたすことなく）楽しめるエッセンスなのである。

心療内科、精神科に通院入院した経歴のある者がバッチ以外のブランドを外用内服するのは危険である。売り手側は、危険度については一切言及していないが、某ブランドでは、心療内科・精神科に通院歴のある者は、エッセンスのプラクティショナーになる講習会を受講することができない。また、私が、バッチのエッセンスにはじめて出遭った時、日本では雑貨扱いだから仕方のないことなのかもしれないが、ハーブ店の中で、そこだけが占い的なあいまいな雰囲気で、さびれていた。非常に残念なことだと思う。

自分でつくってみて学んだこと

一九九九～二〇〇〇年当時、長年ひきこもり、免疫力も落ちて働ける状態になかった私にとって、一本（一〇㎖）二二〇〇円＋税という定価は本当に高かった。働くことが絶対的に不可能だということを、医師を含めた誰にも理解してもらえず、従って障害者認定も受けられず、裕福だが無理解な親からのお金も最小限（千円単位）しかもらえない人間だったのだ。

それで私は花の学名を図鑑で調べ、日本で入手できるものを知り、ぼろぼろの身体の許す範囲内で周囲の自然と植物園を探して歩いた。そこで本のサンメソッドを実践して、フラワーエッセンスを数十本作成したのだ。その頃（二〇〇〇年後半）、私は、フィンドホーンのコンビネーションのお陰で、オーラを見たり、波動を感じることができたので（現在は主婦業を任されているため、クライシスにどっぷり浸るというわけにはいかないので、オーラを感じないようにし、少しでも感じたら無視するようにしている）、自分の作成したエッセンスが悪い波動を持ってしまい、とても癒しのできるレベルにないことがすぐわかった。現在、素人が自作のエッセンスを制作販売しているが、フラワーエッセンスは、選ばれた人間しかつくることができない、ということを知るべきである。

病んでいる私がストックボトルからトリートメントボトルをつくる時、自分の気を入れてしまうと、非常にまずく、効き目のないボトルになってしまう。場を浄化し、ニュートラルな姿勢で、ブレンドボトル作成ができるようになったのは、二〇〇二年半ばである。一五〇以上のネイチャーエッセンスを浴び続けたからできるようになったといえる。

エッセンスを自己作成した植物は、主にFESのものである。バッチの原料となる植物は、私の生活環境では入手が困難だった。

自分がメッセージを感じた花のエッセンスをつくってみたが、こちらもボトルの波動を感知できず、失敗に終わった。

ちなみに、私のテーマエッセンスはバーベイン（強い自分の考えや信念に固執し、時に他人にもそれを強要してしまう性質）である。テーマエッセンスが面白いのは、普通エッセンスはマイナス状態からの離脱をサポートするのだが、必ずしもマイナス状態を手放すことをサポートするものではなく、まず自覚することを促し、テーマと向き合う状態にもっていくところからである。

テーマエッセンスのマイナス状態を手放す、手放さないは、個人の自由意志による。個人のテーマエッセンスは、周囲の人間から学んでそうなったものではなく、その個人が、その状態になることが最も楽で利益を得ることができるからそうなったDNA形質発現状態であるだけに、自己愛、自尊心、自負心、プライドと一体化しており、自覚分析することはできても、手放すことは（突然変異的なきっかけがない限り）容易ではない。

バッチ以外のブランドを怖がる・否定する・興味を持たない人々は、真の変化を望まないのではないかと思われるほど、バッチで根本的な完全な変化が完了することはない。

私は、エッセンスを創造力の産物であると捉え、音楽と酷似するものと考えて取り扱っている。バッチはクラシックミュージックと考えれば、その他のブランドはクラシックから派生した、もしくはクラシックから独立したニューミュージックである。現代にどういう音楽がつくられ最もヒットしているかを考えた時、バッチの位置するところがわかると思う。

反応の度合いは何で決まるのか

＊感受性の鋭さ
＊変化を受け入れる基本的態度の有無
＊自分の成長・健康に対して責任を引き受ける準備の程度

内服している時に考えることは単純

＊絶対にできるだけ早く良くなりたいということ

＊肯定的なこと（否定的な感情は、馬耳東風する）

ストック瓶を選ぶのに苦労はない

七種類以上の瓶を選んでしまい、どれを飲もうか迷ってしまうのは、レベルが人格の波長になっている。惑わされてはならない。今の時点で必要な最優先事項を考えること。

バッチとアロパシー（病院処方の保険治療薬）はどこに作用するのか（オーラでの説明）

〈人間界〉

肉体（高次の自己の魂の警報装置）

——↑アロパシーの薬

① エーテル体（チャクラから四方に巡る）今生の記憶

②アストラル体　論理・知性・思考・過去世の記憶

③メンタル体　夢・想念・イマジネーション・超常的ヴィジョンやサイキックな領域と関わる

④トランスパーソナル体（超我界）仲介（ハイアーセルフ）

―――↑バッチの薬

〈魂界〉

⑤スピリチュアル体

⑥コズミック体

⑦ニルヴァーナ体

（フィンドホーンのエッセンスは③④⑤⑥⑦に作用する）

〈劇的なフィンドホーン〉

フィンドホーンのボトルとの出遭い

日本で一般に入手できるエッセンスはバッチである。私がエッセンスに辿り着いた時は、精神的にも肉体的にも疲弊し、一番近くの店に買いに行くのも困難な状態だった。バッチを最初に見た時のことは、今でも鮮明に覚えている。「こんなもので（私の状態に）効くものか！」という凄まじい声が頭の中で響いたのである。この時はアロマテラピー（精油）を主にしていたので、エッセンスには手を出さなかった。その後、状況は更に悪くなり、打つ手がない中、こんなものでも飲まないよりましだ、まあどんなものか飲んでやろうと思い直し、自分を騙し騙し飲んだのだった。

効果はあった。

バッチを一年間片っ端から飲むことになった。しかし、一時的な効果しか得られない。一年後、再びなすすべもなく激しい絶望にとらわれ、バッチのボトルの前に佇む私に、店員がフィンドホーンも扱っていると声をかけてきた。見えない巨大な力を感じた瞬間だった。

私は溺死寸前だった。次章の〈精神科〉でも述べるが、藁をもつかむ勢いで、フィンドホーンをめちゃくちゃに飲んだだけでなく、他のブランド（アラスカ、デザートアルケミー、パシフィック、ヒマラヤン、コルテ、ＦＥＳ）もちゃんぽんで飲んだ。その期間、四ヶ月。サイキックな現象を次々と体験し、最後には警察の保護を受け、精神病院に入院することになった。約一ヶ月間の記憶喪失に見舞われた。

周囲は、エッセンスを危険視した。エッセンスを飲むことはもちろん、携帯することも禁じられた。だがサイキックな体験の楽しさはあまりにも強烈で、エッセンス、特にフィンドホーンを確信する心は揺らぐことがなかった。

そしてフィンドホーン全種類を二年間で飲み終えた時、幸福な結婚をすることができたのだった。なんと、病院の本棚で手にした本が、結婚に導いてくれたのだ。苦し紛れにやったことが、すべてこの本を書くことにつながっていた不思議さを実感している。バッチ全種類を一年間飲んで理解していたからこそ、フィンドホーンその他のエッセンスが劇的に効いたことも忘れてはいけない。

ストックとコンビネーション

コンビネーションとストックで売られているものの違いは、自分で同じコンビネーションをストックでつくってみるとわかる。つくったボトルを知人に無料提供し、試してもらうことを重ねた結果、得た結論である。従って、私はエッセンス有資格者によるカスタムボトル作成に懐疑的である。フィンドホーンのコンビネーションの力は、一般に真似できるものではない。コンビネーションをつくるなら、人につくってもらうより、自分自身で適当にブレンドしたほうがましである。出荷時にケアされているとはいえ、エッセンスは良悪両方の波動を容易に吸収するからだ。

また、ストックは、原液を一～二滴、一日三回飲む方が直接的な効果がある。薄めると、オーラのより微細な領域に効果がある。だから、エッセンスを飲んだ直後に何か飲用しても何も気にすることはない。

トリートメントボトルをつくりたい時

金銭的余裕がない時は、薄めて一本を長く使いたいと思うかもしれない。その時は、トリートメントボトルをつくると良い。希釈したエッセンスは、より微細なオーラの領域に作用するというデータもある。服部神社の御神水など各地でご利益があるとされる御水・加熱殺菌していない湧水・鉱泉水などの水にストックをブレンドするのが良いだろう。ただし、早めに飲みきること。具体的なつくり方は、新しいボトル（二五㎖または三〇㎖）に3／4水、1／4ブランデー（またはビネガーかFES植物グリセリン）を入れる。そこにストック（最大で五〜七種）を各七滴ずつ垂らす。入れるストックは、必ずブランドを統一すること。垂らす時は、自分の波動が入らないよう、パワーを注がない（息を止める）。周囲の波動も入らないよう、気をつける（落ち着いた静かな環境で行なう）。

できあがったボトルから一日三回以上七滴を飲む。使用直後の空ボトルはブランデー（ビネガー）で消毒してリサイクルできる（グリセリンを使用したものはリサイクルできない）。この方法だと、スポイトのゴム部も消毒できるので、煮沸消毒より手軽である。ただし、それまで入っていたエッセンスの波動が残っていると考えることを忘れずに。

飲んでもらいたい相手がいる時

癌などの病気にかかった身内を治したいが、当人はフラワーエッセンスなんて得体の知れないものは飲まない、西洋医学以外は信じないという態度であることは、日本で多く見られる。厳しいようだが、それはそれまでの命なのだろう。こっそり使ってみたところで、多くは無駄である。余計なお世話は止めて、自分自身に投資しよう。

私の場合。七十九歳の姑が胃癌で手術をするという。それは、彼女が選んだ選択である。嫁である私は、彼女にエッセンスを処方しない。家族で入る風呂には一日一本入れるが、それより、塩分油分の少ない玄米菜食、乳酸菌摂取の管理をする。私自身が癌になったら、エッセンスで対応して自然治癒に努力する。

飲ませたい相手がいる時

嫌な相手に飲ませたい、変わって欲しい相手に飲ませたい…誰もが一度は考えることかもしれない。自分も飲んでいる場合のみ、相手にもこっそり飲用水（熱湯は避ける）に混ぜて飲ませてみる。しかし基本的に無意味な行為である。

相手に悪意を持って飲ませる行為は、すべてカルマとして返ってくるため、自分がもっと困る展開になる。

なぜなら「変わらなければならないのは自分だから」である。

相手を救う行為ならば、特に何も起こらない。

エッセンスはお守り的なパワーがある。エッセンスを飲むことは神様や天使を味方につけているようなものである。エッセンスを相手に飲ませることは、相手に有利な大きなパワーを与えることになるということを忘れないように。

家庭問題を解決したいならば、お風呂に数十滴入れると良い。

どのくらいで効果が出るのか

即効性のある（奇跡が起こる）ボトルもあれば、長期に亘っての省察が必要なボトルもある。

エッセンスを飲めば、すぐ幸福になるわけではない。エッセンスを飲んだ自分が奇跡を起こすのである。エッセンスは絶対的な味方である。変化しようとする努力を惜しまないこと。フィンドホーンのコンビネーションボトルは即効性がある。しかし、エッセンスによってもたらされた変化がたくさん起こっているにもかかわらず、本人が気づかない、気づこうとしない、気づいてもどうしていいか分からないということが多い。残念なことである。どんなブランドのエッセンスでも良いから最低二年間飲み続けること。私が低価格化を主張しているのは、ここに理由がある。どんな問題でも二年で結論が出るというデータも出ている。二年経った時、飲みはじめた当初の期待とは全く異なる展開になっているかもしれないが、納得する変化のはずである。

日本での高額な価格についての疑問

二〇〇二年まで、私はアバンダンスにつながることができずにいた。その苦しみの中で、フィンドホーンのコンビネーションボトルの値段の高さに強い怒りを感じた。非常に効果のあるコンビネーションが一本三千八百円という高価な価格では、日本社会に普及するとは全く思えない。弱者から搾取する奴らは、許せない。

現在の流通では仕方がない部分もあるが、エッセンスで儲けようと考える汚い人々がいるのは事実である。彼らは、エッセンスが深く苦しんでいる人にこそ必要であるということを忘れている。深く苦しんでいる人々は、藁にもすがる思いでエッセンスを飲むのだ。

安価になり貧困層に普及した時こそが、エッセンスの真の普及といえるのではないだろうか。

私のおすすめ

全種類である。特にコンビネーションは素晴らしい。フィンドホーンのカルマクリアは必須ボトルである。これを飲まない人が、いかに遅れてしまうか、取り残されるかを見てきた。カルマ（業）がどうのこうのという説明も理解も必要ない。飲めば効果があらわれるのである。効果を感じることができなくても、無意識野できちんと作用している。個人差はあるが、手放した方が楽になるものを意識にのぼらせるのである。準備ができているなら、恐れず手放すこと。

原因不明の恐れに大変有効で、不思議に恐怖感が薄れる。しかし、恐れが癖になっている場合は、効果が定着するものではないので、次の異なるエッセンスが必要である。エッセンスが全く初めてで、手っ取り早い変化を望んでいる人には、最初におすすめしているボトルである。

カルマクリアが辛いと感じる人は、ライフフォースからはじめる。また、カルマクリアを飲んで、カルマの関係するクライシスに陥った場合には、違うエッセンスでその反応に対処するより、当人の信じる神社で当人の好きなお守りを買い、身につけることで不思議にクライシスをクリアすることができる。カルマクリアは、人生のお掃除ボトルであり、新しい前進を可能にする。

フィンドホーン・フラワーエッセンスの特徴

マリオン・リーという女性の不思議な力が反映されている。優しいが、確実。精妙。

第二章

私がドクターでありクライントでもあるこの「慈善病院」には、〈精神科〉をはじめとする六つの科がある。

申し訳ないが、私は私の経験しか語れない。慈善病院が片寄った科になってしまっていることをお許しいただきたい。

〈精神科〉

以下の文章は特定の宗教とは一切関係ない。純粋に私の好みである。

江藤淳・岸田秀・中村光夫・原応青・堀池秀人・山崎正和

自分と同じことを考えている人々がいることを発見し、また新たな自己発見へとつながっていく。私は、この六人の思考・表現方法が好みである。

桑田二郎マンガ

フィンドホーンのエッセンスを飲んで、様々な現象を体験したが、そのうちの一つに、蛍光青紫色のくるくる回転する美しい球が三回出現したことがある。入眠前のトランス状態の時、暗闇の中に出現した。

その球がどんなもので何なのかをわかりやすく説明しているのが、以下の著書である。この著書ではチャクラであると解説しているが、私は、チャクラではなく自分の魂そのものではないかと考えている。

『マンガで読む観音経①』（廣済堂文庫）
『マンガ・エッセイ　法華経　魂のことば』（たま出版）
『絵で読む般若心経』上巻（ブックマン社）

ＮＨＫ教育ＴＶこころの時代『聖書の語りかけるもの』

今までに飲んだアロパシー薬

メンテック顆粒、山鹿子《さんろくし》、静思奏《せいしそう》、ドクターリラックス、ピレオ、パンセダン、ノイロンホルテ、リスロンS（これは睡眠薬として効く）。

こんな個人的なことをずらずら書いても読むほうは全く面白くないと思う。だがあえて書くのは、精神病者にこそエッセンスが必要だと考えるからである。精神科の医者はエッセンスとホメオパシーを履修すべきである。エッセンスとホメオパシーで、すべてとはいわないが、いろいろな薬への依存を断ち切ることができる。

薬局で買うことができる薬は気休めだ。

今までに飲んだ保険薬（一九九六年十月〜二〇〇五年五月）

ウブレチド、グラマリール、インプロメン、セレネース、リスパダール、トロペロン、レキソタン、セロクエル、ソラナックス（＝カームダン）、ロヒプノール（＝サイレース）、アキネトン（＝タスモリン）、デパス（エチセダン）、テグレトール（アレルギーで投与中止）、デパケン（アレルギーで投与中止）、リーマス、ベゲタミンA、ベゲタミンB、ブロバリン、イソミタール、セルシン（＝ジアゼパム）、アモキサン、メイラックス、アタラックス、レボトミン、ロドピン（＝セトウス＝メジャピン＝ロシゾピロン）、ヒベルナ・ネルボン（＝ベンザリン）、アモバン、マイスリー、ゼストロミン（＝グッドミン＝レンドルミン＝レンデム）、パシフラミン、ランドセン（＝リボトリール）、ミラドール（＝スルピリド・ドグマチール、アビリット）、アナフラニール・ピレチア、ハルラック、パキシル、バルネチール（バチール）、ジプレキサ、コントミン、ノバミン、アモキサン、レスリン、バレリン。

二〇〇五年六月十二日現在

コントミン十二・五mg×三回

就寝前リボトリール一mg、マイスリー五mg×二回、レンドルミン二五mg

私が最も長く飲んでいた薬リーマスについて

リーマスは炭酸リチウムの薬剤名である。これを二〇〇一年最初に処方したS医師は、「これだけは、君には毎日絶対必要な薬だ」と言いきった。「どれ位の期間、必要ですか」と訊ねると、「今後十年は必要だろう」と言われた。ショックだった。そんなに長い間、毎日薬を飲み続けなければならないのか。

リーマスは、継続投薬することで効果を発揮する抗躁薬である。しかし、リーマスを飲んでも親に対する暴力は治まらなかった。薬が効いている感じがしなかった。私は、血中検査ではばれるのを覚悟で、飲まなかった。

その後、どの転院先でも同じ処方だったが、私は勝手に服薬をやめる扱いにくい患者で、その度に主治医との関係が悪化した。

リーマスは、躁鬱の鬱の底上げもする不思議な薬である。私は、激しい希死念慮に対応するためにも、リーマス二〇〇㎎を一日三回飲むようにと何度も指導を受けた。しかし、私は医師を全く信じなかった。医師が私の一生に責任をとってくれるのか？　ＯＤで自殺可能な薬を飲めるものか。胎児の心臓奇形を誘引する薬を飲めるものか。

私は、もうこれ以上我慢できないのだ。キレるしかないのだ。キレたいのだ。それをリーマスは抑え、更なる我慢を強いるように感じた。

そんな私に、ダンナが「リーマスだけは飲んで欲しい」と言ってきた。私が姑やダンナにキレるのに耐えかねての言葉だった。私は折れた。ダンナに私の命は預けてある。

しかし、二〇〇四年六月四日に大量服薬（ＯＤ）し、投薬中止となった。

精神病の患者に必要なエッセンス

フィンドホーン全種類である。飲むと必ずフィンドホーン・クライシスが起こるはずだ。なぜなら、精神病という症状が出ているのは、もう赤信号を超えて、破滅へ向かっている状態だからである。一刻も早く、フィンドホーン全種類を飲まなければいけない。精神病の患者を真に救うには、フィンドホーンエッセンスしか方法はない。フィンドホーンは、自然治癒力そのものであり、土地のエネルギー自体が高く、またそこの人々の心がこもり、人々の祈りがエネルギーの磁場をもたらしているという。製作者マリオン・リーの力の凄さも加わる。フィンドホーンからエネルギーをもらうと神秘体験ができ、様々な問題に終止符を打つことができる。

私の場合、二〇〇〇年九月一～六日にライフフォース一瓶を飲んだ時点で、今まで見たことのないほどの恐ろしいヴィヴィッドな夢を二回見た。九月五日には、マリオンが夢にあらわれ、「内の声が聞こえない」と言って、私のために祈ってくれるという夢を見た。

九月十七日～二十四日にカルマクリア一瓶を飲み（一持間につき七滴飲むという頻度）、同様にヴィヴィッドな怖い夢を見た。とにかく今までの普通の夢と質が違う。夢に意識的に参加している感じなのだ。寝ているが意識は目覚めている感じと言えばいいだろうか。

ライフフォースとカルマクリアを飲んだ時点で、現実世界（犬・ゴキブリ・暗闇）に対する恐怖心が自然に消えた。あんなに怖かったものが怖くもなんともなくなったことの素晴らしさは、経験しないとわからないだろう。私はゴキブリで腰をぬかすほど、恐ろしくてだめだったのだ（しかし、バーベイン&バインなので、ゴキブリをネタにいじめられてもびくともしなかったが）。それが、恐怖感もなく、ばっちり殺すことができるようになるなんて！　前世からのカルマの怖さを実感した。カルマというのは実在するのだ。そして、怖くない人に「怖い」という気持ちを理解してもらうのは不可能だと思った。普通の人にとっては、ゴキブリなんて気味の悪い嫌いな昆虫、程度なのだ。私のゴキブリに対する恐怖心は、そんなものではなかった。「恐怖そのもの」だったのだ。

その他には、嗅覚が異常に冴えて、ペットボトルに入っている水の匂いがわかったり、あらゆる感覚が冴えて、エッセンスを飲む時は、その波動にびりびり痺れた。昔から私は自分のペットに催眠術をかけることができたのだが、その力がアップした。催眠術をかけられている側は、非常に気持ちが良いらしい。

エッセンスの実体験

十月二日夜の就寝時、十月八日昼寝時、神秘の力が体中を走っているのを感じる。全身が冴えて、目がらんらんと輝き、寝ようとしても全く眠れない。目が冴えて眠れないのではなく、身体の中に何かが動いているという感覚。それに全身をゆだねてみた。すると天井がぼやけ、空を蛍光青紫色の球がくるくる回転して浮かび、両手にエネルギーが走り、左足の三陰交がびりびりした。

十月三日、歩いている時背筋が伸びている自分に気づく（私は遺伝で、猫背なのだ）。十月五日、買いものに行くな、というメッセージを無視して買いものに行ったら、買いもの先で異臭を感じる。他の人は全く何も感じていないようだ。我慢して買いものを続けたら、今度は吐き気に襲われた。私は、メッセージを無視したことをちょっと後悔した（この時点ではまだバカなので、メッセージを無視したらどんな恐ろしいことになるかよくわかっていなかった）。

十月七日、食事を味わって食べている自分に気づく。

十月九日、怪我をした箇所が翌日には痛みがなく、ふさがっていることに気づく。以前ならなかなか治らず、膿んでいたのだが。高校時代に犬に噛まれて三針縫った傷痕が薄くなったことにも気づく。

十月十一日、大地震の夢。ペットボトルの中身が、その置いてある場所のエネルギーを取り込んでしまっていることを感覚で知る。

十月十二日、とにかく夢がリアルだ。ヒャクニチソウの花のオーラを見ようと二回チャレンジ、黄緑色が見える。

十月一六日、歩いている時エネルギーがあがってきて、景色がものすごく鮮やかに見えた。眼鏡を取ったら、視力がアップしている感じなのだ。

十月十七日、にきびが消えている。

十月十八日〜三十一日、スピリチュアルマリッジとレバレイションを飲んだ。飲みはじめる日、飲む前に、自分のオーラがはっきりとわかる感覚がある。飲むと、まず右足裏の土踏まずが痛くなった。それが終わると、目の焦点が霞んでは合い霞んでは合いを寝るまで繰り返す。寝る前は、右肩甲骨のきわが痛くなった。食欲はなく、食べものはまずく、むりやり口に押し込んで食べた。床に就くと、右後頭部がレーザーで手術している感じになった。

エンジェルがあらわれ、これか！　と思ったら、右後頭部から耳にかけて痛くなり、その痛みを感じながら寝てしまった。飲んでいる間ずっと、身体がしんどくて苦しくてつらい期間だった。夢も見まくった。十九日夜、洋画のテレビ字幕を見ながら集中して字を見ようと思ったら、白っぽい霧のような電磁波がＴＶから出て部屋を満たしているのがわかった。

二十日、右の頭がびりびりしている。水道水を甘く感じたり、味覚と嗅覚も異常になった。レバレイションは、ＰＭＳを助けてくれた。この間にもらったメッセージは、「もっとペースダウンしなさい」「神に従いなさい」「眠りたいという身体を受け入れなさい」「無職の状態にどっぷり浸りなさい」「君に足りないのは女性であること、女性の美と優しさだ」というものだったが、私はすべて無視した。なぜなら、もうこの地獄めぐりが本当に嫌で、とにかく早く普通の状態になりたかったのだ。とにかく全種類を早く飲んでしまいたかった。

そして、十月二十九日の夜、再び素晴らしい体験をすることになる。床に入って眠りに入ろうとするまでの間に、この世のものとは思えない、綺麗な蛍光青紫色のくるくる回転する球があらわれたのだ。視野の右斜め上に一つあらわれ、横になると右のほうへ消えていった。

十月三十日の夜、昨晩と同じ時期に、今度はクラウンチャクラ・両目・眉間をエネルギーがビリビリ駆け回りはじめた。エネルギーのままにまかせようと思って力を抜くと、相当長い時間（数分間）ビリビリ感が続き、下に移動して消えていった。トータルで一時間のすてきな経験だった。

十一月一日の夜、床に入って眠りに入ろうとしたら、再び蛍光青紫色のくるくる回転する球があらわれた。五、六回パチッとフラッシュの後に姿を見せ、右下へ去った。

十一月三日にはクリアライト、十一月四日アース（一本四千四百円もするのだ。私はエッセンスに有り金全部投資したため、親に「へンな商法にひっかかっている」とエッセンスを禁じられるはめになり、親子仲は決定的に断絶した。こんなに高けりゃあ、どんな親でもフィンドホーンのエッセンスを色眼鏡で見るに違いない。だから、フィンドホーンはニューエイジの宗教だ、といえるのだ。私はフィンドホーンのやり方は許せない。フィンドホーンの品が良いものであるだけに、許せない。フィンドホーンのエッセンスは貧乏人や精神病患者こそが飲むべきものなのだ）。

私はクリアライトで不眠になり、アースでグラウディングした。この頃、シンクロニシティ（共時性）が高まり、木や花にアチューメントでき、木草花月などのオーラが見えて見えてしょうがない（3D画像を見るように目が勝手にオーラに焦点を合わす）。TVの電磁波は白、木は黄色や黄緑だった。目が勝手にオーラばかりを見るように動くので、疲れてしまったほどである。

十一月五日、ファイヤー、アイオナペニーワート。まだ不眠は続いていた。お守りの力を感知できるようになる。特に伊勢神宮のお守りの力は非常に強く、握っている手が脈打つ感じになった。お守りは神棚にあげると、またパワーを回復する。神棚の水にエッセンスを入れると、神棚の力がアップする。前世で何者だったのかがわかる。隣家の犬に触ると、犬の血管がびくりと反応する。聴覚が異常に発達し、ささやき声でも良く聞き取れる。

他人にアチューメントできるようになり、こちらの気を送ることもできるようになる。この頃は、自分のオーラをガードする方法を知らなかったので、与えてばかりで疲れきっていた。

十一月十三日、ホーリーグレイル、ファーストエイド、十一月十四日ウォータークレス、エアー、エーテル。

ホーリーグレイルを飲んだ六時間後は、全身手術のようだった。今まで粗末に扱ってきた身体が強く痛み痙攣し、ファーストエイドでケアしながら、二時間寝て過ごした。隣家の犬が私に近づいてきて、私が手で気を与えながら癒すと、犬の全身から臭気が抜けたり（私の手の方は、ビリビリ感が残った）、太陽で全身を浄化することができたりした。エアーとエーテルを飲むと、頭の中で、疲れたよ、休みたい、しんどいよ、という声がする。

ウォータークレスを飲むと、リンゴが食べたくてしょうがなくなる。たった二日で、なんとしてもとれなかった右足のいぼが自然消滅！


十一月前半で体重が約二・五キロ落ちてしまう（従って一六〇センチ四二・五キロ）ほど、フィンドホーンエッセンスを食事がわりにした。生まれてきて、いじめられ、孤独で苦しみ続けた私にとって、はじめての救いであり、癒しであるフィンドホーンのエッセンスを、私は貪《むさぼ》るように飲んだ。飢えて飢えてガリガリの亡者だった私は、そんなに急いで波動を大量摂取することの結果を知らずに、ただひたすら飲みまくったのだ。


実際、十一月十七日に「すこし気分を変えてみませんか?」という精霊からのメッセージがきたのだが、エッセンスの不思議な体験に夢中になって、無視してしまった。

精霊のメッセージを無視すると、後でろくでもないことになると思い知る時が来るのだが…。

十一月二十日、アラスカのシューティングスターを飲もうと考えただけで、「それを飲むと大やけどするぞ」という強烈なメッセージが来て、こればかりは私も従った。そして、ＦＥＳのシューティングスターにしたのだった。

十一月十八日、空中にオーラがたくさん見える。魂のオーラだと理解する。

十一月二十三日、シカモア、ジェットストリーム。

十一月二十四日、ゴース、ラギットロビン。太陽がオーラを放ち、私に降り注ぐ。眉間のチャクラに光の筋が入る。

十一月二十五日、シーピンク、シルバーウィード、ウィローハーブ、チェリーブロッサム、グローブシスル、ライム、マロー、ローズアルバ、ローアン、アップル。

不思議な現象が様々に起こった。電車に乗っていると、他に席がたくさん空いているにもかかわらず見知らぬ人が隣にぴったり座ったり……。

フィンドホーン関連の書籍を図書館で全部読破した上で飲んでいたので、どんな不思議な現象が起きても、その不思議さを支持することができたし、どんな不思議な現象をも見逃すことはなかった。

私が、ただエッセンスを飲むだけでは駄目だ、と主張する理由がここにある。何が起こるか知っていないと見過ごすだけなので、「何も起こらない」「フィンドホーンのエッセンスは効かない」という羽目になる。フィンドホーンのエッセンスを飲んでいると不思議のオンパレードなのにである。その不思議に気づいていないだけなのだ。自習しない人は大変多く、そういう人はエッセンスを飲む必要はないだろう。

たいていのエッセンスを飲むと身体のどこかが必ず反応する。それは、まるでエッセンスによる手術を受けているような感じである。

当時、飼っていた亀二匹もエッセンスが大好きで、滴下すると、パクリと食べるのが、とっても可愛かった。エッセンスを飲んだペットは、飼い主に様々なメッセージを持ってきてくれる。


十二月にはいると、フィンドホーンだけではだめだという感覚が強くなり、違うブランド（コルテ、デザートアルケミー、パシフィック、ヒマラヤン）を入手する。六日、アラスカのオパールを飲む。

十二月九日、ヘアベル、モンキーフラワー、ウィローハーブ。共時性が非常に高まる。

十二月十一日、月のオーラ（中心が赤で周囲は青。花のよう）がはっきりと見える。この頃、フラワーエッセンスを飲み過ぎないように、とか、酸化している精油は使わないように、とか、歯磨きしすぎないように、という精霊からのいろいろなメッセージを受け取るが、すべて無視。

十二月十四日には、エドガー・ケイシー並みの感覚になって、砂糖菓子の神饌《しんせん》（神祇《じんぎ》に供える飲食物。供物）のエネルギーや食物のエネルギーをはっきり感じることができ、エネルギーの低いものやエネルギーを低くする食べものは口にできなくなってしまった。茶碗を持つだけでそのエネルギーがわかるのだ。

実母に対しても催眠術をかけることができたり、操作したりすることができるようになっていたが、波動が安定した現在は、不思議な能力はすべて影を潜めてしまった。また異次元の情報がきても、馬耳東風としている。無視ではない。聞いてしまうと普通の主婦をやってられないからだし、精神病院に入院する費用（一ヶ月に十五万）があれば、エッセンスが買えるからだ。

二十一世紀はユートピアだと信じていた。この苦しみも二十一世紀がやってくれば終わるのだと信じていた。私は、バーベイン性質を全開にして、フラワーエッセンスこそが真実である、と布教して歩いた。水とエッセンスだけを持って、電車の中で、路上で叫び訴えた。この頃には、異次元の人々（高次の人々）と接触できるようになっており、不思議で面白く、そして貴重なメッセージをもらい、様々な超科学を体験したのだ。

そして十二月二十一日、教会の前で座り込み（寒さと飢えで動けなかった）、独り言を延々と続けているところを、警察に保護された。

波動をやたらに飲むとこうなる場合もある（しかし、こんな激しい症状が出た人間は世界でもいないのではないだろうかと思っている）。
私にとっては、自分の望みどおりの結果を得たことになる。

二〇〇〇年十二月二十一日精神病院入院。二〇〇一年一月二十二日に退院するが、一月二十七日に再び入院。そして、二〇〇一年一月二十八日「発狂」した。正確には「錯乱状態」というらしい。

死ねず、かといって、親の元から逃げられず、親とのコンフリクト（葛藤）は極限に達し、発狂しか私の幸せはなかったのであろう。フィンドホーンはその手助けをしてくれた。発狂するほど、精神病院に入るほどの大きなカルマがあったともいえるが。

約一ヶ月、日の射さぬ保護室で過ごしたことは、わずかな記憶しかない。ほとんど獣のように叫び発狂していたらしい。この時脳波も異常だったという。肝臓は肝硬変になりかけていた。IQは相当高いらしい。二〇〇一年四月十九日退院、二〇〇一年八月十八日再び入院、九月十七日に退院したが、今度はもらっていた薬（アモキサンなど九〇錠弱を、クッキーとヨーグルトと一緒に食べた）で自殺未遂を起こし、九月十九日入院、十一月二十二日退院。

入院中、何度も保護室隔離された。男の看護士が私の首根っこを靴のまま土足で踏みつけ、床に抑え込まれるという体験もした。それでも私は、フラワーエッセンスが正しいと叫ぶのをやめなかった。精神病院の入院患者が、新興宗教の信者であることが多いのが我慢ならなかった。精神病院は新興宗教信者の巣窟だ。

私は「そんな宗教を信じているから精神病が治らないのだ」と言って、病院内で喧嘩ばかりしていた。入院中でも、私は可能な限り、服部神社・原田神社・住吉神社などに足を運んだ。不思議な力に従って、奈良の大神《おおみわ》神社の赤幣守を取り寄せた。

精神病院に入院中、フラワーエッセンスを摂取してよいかどうかは、医事会にかけられたらしい。一つ目のK病院では禁止された。私は当時、フラワーエッセンスがなくては生きていけないほど依存しており、隔離入院させられなかったら、もっと波動摂取を続け、狂人になっていただろう。病院でエッセンスが飲用禁止にされたことは、精霊たちの仕業だと思う。

二つ目のS病院では、医者の許す範囲内で飲むことが許可された。このS病院のS院長は非常に話のわかる医者で、才能はあるが長年働けず、金銭の苦しみのために（実家では小額のお金しかもらえなかったので乞食同様だった）自殺未遂を繰り返している状態を理解してくれ、私を精神障害者と認定し、年金をもらえるようにしてくれた。私はその年金で、誰にはばかることなくエッセンスを買うことができるようになったのである。

精神病院で本棚を整頓中（私は、整理整頓されていないと生理的に我慢ができないので、自分に関係のない場所も掃除する癖がある)、ある本を見つけた。その本を読んだら、いろんな箇所の字が浮き上がって見えたのである。保護室の中で、私は著者に手紙を書いた。その著者が現在の夫であることを考えると、エッセンスを飲んで精神病院へ入ったことが、私の結婚という夢をかなえるための、精霊たちからのプレゼントだったのかもしれない。


余生をやり過ごす。真性鬱の時間。

宇宙に私が存在する必要を全く感じない。死ぬしか、消えるしか、ないと思う。

何もできない。

呼吸はしていて、血は生きている体内を流れていて、細胞は新しく分裂し、免疫は抗原から身を護っているというのに、机にじっと突っ伏しているか、冷え冷えとした床にじっと横たわって、ひたすら終末を思う。買いもの用の布袋をドアノブに逆さまにかけて、持ち手の輪の中に首を入れる。体重をゆっくりと真下にかけていく。首の血管が締まって、脳の圧力が上がる。気道を痛める直前で、体重をかけるのを止める。

これを繰り返す。

こういう動作をしていると、はずみで本当に死んでしまった、という話を知っているが、実はそれが狙いなのだ。これが、私の日常。華やかに笑う裏に、常につきまとう自殺願望。

死にたい、死にたい、死にたい…。

出た答えは、死ねない。

なぜ？　前世で、もしくは今生の中で、死ぬしかないほどの虚無を味わうほどのことをしでかしたのだ、という結論に達した時、私は深く納得したのだった。


群れは嫌いだ。群れの中で無視されるのは、もっと嫌だ。だから私は一人なんだ。誰かを誰かと奪い合うようなことはしたくないし、おもねるのも、卑屈になるのも、我慢するのも、そう続きやしない。そのうえ、群れていて何かアクシデントがあったなら「群れていたから」そうなったのだ、と責任転嫁して終わりだが、一人なら、自分自身が責を負い、創造力を活かす余地が残されている。

それにしても、無駄な時間がなんて多いのだろうか。私の脳は空き時間にとっても敏感で、空き時間イコール睡眠時間というふうに直結している。


どうして空き時間を、目を開けたまま維持できるのかわからない。


不倫相手を憎みたくはない。殺したくはない。

私の身体も精神をもめちゃくちゃにしたあいつ。でも、かまわない。

それが、私の夢だったから…？

客観的に観て、平日の私は醜女《しこめ》だ。可愛げがない。どんなに刻苦勉励しても可愛げの素質すらない。私の傍にあるものはみんな意味がない。ただ、ネイチャーエッセンスだけが私に輝きをもたらす。

今の私は、ダンナにすごく依存して「生き延びて」いる。ダンナとは、日参した服部神社の不思議な力で結ばれた。私を理解して地獄から拾いあげてくれた唯一の人間がダンナだ。けれど、ダンナだけでは私の救済に完全ではない。焦燥感を堪え、ネイチャーエッセンスと共にひたすら前を見つめて、日々を全力でこなす以外に処方箋はない。

「夜は如法の闇に、昼も尚薄暗い洞窟の裡に端座して、ただ右の腕のみを、狂気の如くに振っていた」――菊池寛『恩讐の彼方に』

希死念慮（自殺願望）のためのエッセンス

南アフリカのマウンテン・ローズ
ブッシュのワラター
自殺思考（鬱も含む）は長年かかって形成されたものである。エッセンス一滴で元どおりになると思ったら大間違いだ。エッセンスで魂の新天地を切り開かない限り、治癒はしない。

私はネイチャーエッセンスを飲みはじめて四年目に、約十八年ありつづけた希死念慮の消失に成功したが、その間、マウンテン・ローズは数滴、ワラターは何本も必要とした。毎日定期的に飲んでいたわけではなく、一気飲みもしたし、全く飲まなかった時期もあった。自分の心に従って飲んだ。飲まない時でも、ワラターのボトルは常に携帯した。部屋にも常備した。

ワラターは、オーストラリアン・ブッシュ・フラワー・エッセンスのマークである大変強力なエッセンスである。魂の闇夜、危機、絶望のどん底の時に前進する、サバイバルのための能力とチャレンジ精神と勇気を引き出してくれる。人生で一度でも自殺を考えたことがある人には必須のボトルである。これ一本で緊急ボトルとして十分対応可能で、即効性がある。コンビネーションエマージェンシーより強い波動だと感じている。

磁気共鳴波動分析器MIRS―αによる波動測定結果では「絶望・自暴自棄」の測定項目で二六という高数値が出て、驚愕した。この分析器は十八以上を「非常に高い」としており、フィンドホーンのエッセンスでは高くても二〇止まりだった。フィンドホーンのマリオン・リーを育てただけのことはあると納得した。マリオン・リーは、アラスカ→ブッシュ→フィンドホーンという流れを持つ。

ブッシュの全エッセンスは、オーストラリア大陸の強い感動的なパワーに溢れている。制作者イアン・ホワイトの男性的魅力が反映され、大変現実的で肉体と直結したエッセンスである。人間関係と性の扱いが巧みである。

何らかの形で自殺未遂してしまった時は、即、各ブランドの緊急エッセンスを一気のみすること。後遺症を防ぐことができる可能性がある。

〈産婦人科〉

ＰＴＡのおばさんどもは、大嫌いだ。
学校の教師も、大嫌いだ。
医者も、大嫌いだ。

なぜ、病院は無料じゃないのですか？
なぜ、コンドームは無料じゃないのですか？
なぜ、アダルトビデオは十八歳未満禁止なのですか？
なぜ、アダルトビデオには「ぼかし」があるのですか？

今から約三十年前のことである。
「どうやったら子供はできるの？」

という疑問をもった。それが、なぜ、どこから、出てきたものかはわからない。ただ、絶対に知りたいことだった。

子供特有の純粋な質問として、母に訊ねると、

「お父さんに訊きなさい」と言う。

父に訊ねると、

「お母さんに訊きなさい」と言う。

伯母さんに訊くと、

「伯父さんに訊きなさい」と言う。

伯父さんに訊くと、

「叔母さんに訊きなさい」と言う。

たらいまわしにされた。

その時、すでに六つ上の大好きだった従兄からのセクシャル・アビューズ（性的虐待）がはじまっていて、自慰行為もあった。いつからなのかはっきりとした記憶はないが、自慰という言葉すら知らない私は、「へんな遊び」をしている、という認識があるだけだった。

自慰行為を、悪いことだとも、気持ちいいことだとも思うわけではなく、ただ、したいから、したい時にやっていた。叔母の家に泊まっていた時、寝ながらやっていたら、布団を全部はがされた。はっきり憶えていないが小学一年前後だったと思う。

叔母は何も言わず、私を見ていた。

それから、隠れてやるようになった。

男性コミックやスポーツ新聞の過激な性描写が見たくてたまらなかった。

コンドームは親の布団の枕元にいつもあって、ある時、大好きな父親に、

「これ、何？」

と訊いたら、

「お母さんのものやから、お母さんに訊きなさい」

と言われた。

小学三年のある日、

「あんた、今日のお風呂でお父さんのおちんちん、じっと見てたんやって？」

と母親が言う。私は、びっくりした。

そんなこと全くしてないのに！

今ならわかる。

この日が、父親と一緒にお風呂に入る最後の日になるはずだったのだ。しかし、この家では、子供の拒否権は認められていなかった。父親は一緒に入りたがり、私は、父の股間から目をそむけながら、父と湯船に浸かった。それが、二十三歳まで続くのである。人間の一生は短いと

いうが、生き地獄は何と長いのだろう。

性教育は小学校五年の時に、女子だけを対象に理科教室で行なわれたが、私には何のことだかさっぱりわからなかった。

その教室にいた男性教員は生徒たちに「エッチだ」と言われていたが、私にはそれの意味もわからなかった。私がはっきりわかっていることは、ＳＥＸとは子供をつくるという神聖な行為であるということだけだった。

セクキャバとファッションサロンの水商売を経験した今でも、その思いは揺らぐことはない。

私は女子対象に行われたその授業を、男子に、

「何してたん?」と問われ、

「生理のスライド見てた」

と答えて、翌日から女子全員にシカトをくらうことになったが、バーベインタイプの私にとっては、理不尽に思えるだけのくだらないいじめだった。女は馬鹿だと思った。

なぜ、男に堂々と「性教育受けていた」と言えないんだろう。

性教育の授業は、私の知りたい疑問の答えを全く示してはいなかった。

今となってみれば私は、性の学術的霊的なことも含めたすべてを残らず知りたかったのだ。

しかし、その頃は自分でもどこまで知りたいのか漠然としていた。

「どうやったら子供はできるの?」という疑問を手当たり次第に聞き続ける私に、とうとう親がやばい、と思ったのだろう、ヨーロッパのアニメの性教育本を見せてくれた。そこには、ペニスを膣に挿入する男女の絵が載っていたのだが、私の求めていた答えではなかった。お綺麗にまとめられすぎていた。

『パパとママの性教育』という名の冊子だったと思うが、現実は、こんなんじゃない。私の疑問は、もっともっと深かった。

「なぜ、子づくり以外でもSEXをするの?」

「なぜ、水商売という職業が成立するの?」

「なぜ、陰部に毛が生えてくるの?」

「なぜ、エッチなことがしたくなるの?」

そういったすべての疑問に納得した答えが欲しかった。神聖なはずの行為がなぜエッチにスライドするのか。私は、中学二年の秋に初潮を迎えたが、純粋に嬉しかった。

周囲の友人たちが次々と初潮を迎える中で、なかなかならない自分の体。おっぱいもちょっとしか大きくならない、きっと「ヘンな遊び」をしてきたからなんだ。そう考えて、従兄のお兄ちゃんの誘いもきっぱり断った。神様に祈った。せめて人並みにしてください、と。

すでに書いたが、その当時、私は不良の女番長Nからいじめを受けていた。「膣って知ってる？　ＳＥＸって知ってる？　へえ～知ってるんだ。どこで知ったの？　教えてよ」とまとわりついて鬱陶しいことこの上ない。しかも限りなくばかばかしい。生物学的な疑問を追及していた私に、こういういじめは何の意味もないんだ。

いやらしい言葉をいじめに使う女を、私は心の底から軽蔑する。ＮとＳ（こいつは私と同じ高校へ進学した）。私はにこにこ笑い流す顔の裏で、「おまえら、子供を産む女のくせに、あほか。自分自身を貶めてるんだぞ、わかっとんのか！」と毒づいていた。

私は、今でもＡＡカップで、水商売の時も同業人からからかわれるほどだったが、おっぱいの大きさをとやかく言う奴らは許さなかった。なぜなら、胸の大きさは、自分の意志の関与するところではなく、神の領域だからだ。努力して大きくなるものではない。女にしてみれば、小さいおっぱいは、走る時に揺れなくてとても楽だ。苦しく締めつけるブラジャーもしなくてすむ。私は、三十三年間ほとんどノーブラだ。小さいおっぱいに優しい男の数が非常に多いことを、私は水商売をしてはじめて知った。

ところが、女の方は馬鹿だし、本質的に残酷だ。女風呂での同性の視線は饒舌だ。私の胸の小ささに驚き、冷やかす。

中学時点で、ブラジャーをしていないのは私だけだった。例の女番長Ｎ（こいつは中学を卒業して三人子供を産んだらしいが、こんなやつでも母親になれる世界だと思うと絶望する）。こいつは私の背後にまわり、ブラのホックを外すふりをして、「あれ～、ブラしてない～、なんでせーへんのー？」とみんなに聞こえわたるよう大声で叫んだり、「ねえ、ぜぇったい誰にも言わへんから～、告白された男子の名前教えて～」とか、行く先々でまとわりついて鬱陶しすぎるので、適当に返事すると、「うわ～、みんな、きいてぇ～！　〇〇に告白されたことあるねんてぇ～」。

男子に生理のナプキンのテープを「これ握ってみて」と渡し、握ると「きゃー、エッチ、握った～」……あほらしい。てめえが握らせたんだろうが。こういう類のいじめは今でもどこかの学校で健在だろう。

私は自分が子供を産めたら（今のところ産める確率は非常に低いが）、学校という集団社会へは入れたくない。学校という集団社会から益ある学びは何もない。教師どもは最低の種族だ。

高校の家庭科の授業で、これまた女子だけに性教育が行われ、マスターベーション、オーガズムという言葉を知ったが、自分のかつてしていた「へんな遊び」とは全然結びつかなかった。ましてそれが「イク」「アクメ」ということだとは思いもつかなかった。あ～中途半端な教育……。

生理中のセックスをしていいか悪いかは、産婦人科医だって答えられない問題なんだ。コンドームも、封を開けない実物を見せられたところで、何の意味があるというのだ。オナニーという言葉はマスターベーションとは違う。ほんとのことを教えろよ。

高校時代、両親のエッチの気配に苦しんでいたある日、高校の生物教師Mにはいたずらされそうになった。大学の教授KとTも、やばい奴だった。だが、素晴らしい出会いもあった。私の出身大学の教養講座（大学一年次）で、性に関する授業を展開したT教授。私は、この教授に手紙を出した。

この教授がどういう研究をしているのかは、高校二年時、朝日新聞の科学欄で記事を読んで知っていた。それで、今までの私の性に関する疑問の経緯を書いた文章を、確かレポートとしてまとめて提出したと思う。

数週間後、T教授から分厚い封筒が届いた。

中には、大学二年以上で学ぶ家畜繁殖学の専門書からのコピーと、私の疑問をエッチに解釈しないきちんとした手紙が入っていた。「あなたの疑問の解決の助けの一つとなれば幸いです」という手紙に、私は幼児期からの疑問を口に出す必要がなくなったのを感じた。世の中には、こういう人間が存在するのだ、まだまだ捨てたもんじゃない、と希望が持てたのだ。

ところが、大学卒業後、十二歳の時から想っていたカレ＝教師H（今は作家で、大学教授で、ラジオのプロデューサーで、他にも重要な役を兼任している。私がこうやってすべてをあからさまにすることを犯罪呼ばわりするが、おまえのしたことこそ犯罪だ、ばらされてやばいことをするなよ）にはじめて抱かれ、私の心は、その初体験により、ずたずたになった。

Hは私を性欲のはけ口としか扱わなかった。避妊をしない、妻の話をする、私という人間性には徹底的に無関心。私はHにとって、ただの都合のいい女だった。

深く傷ついた私は、傍にいた優しい男に走り、初体験の三カ月後、Hとは違う相手の子を流産した。流産したことを隠さない私は、友人趣味仕事すべての人間関係を失った。

しかもHとのSEXは頻繁ではないが続いた。私は、Hと離れられなかった。Hは絶対コンドームをしてくれなかった。私は、懇願した。

「避妊して。コンドームして」

「なんでだ？　男のほうだけ避妊するなんて不公平だよ」

その時の私は、「じゃあ、私はペッサリーするから」としか言えない阿呆な女だった。パートナーが避妊に協力しない行為に耐えられず、首吊り、リストカット、飛び込みなどの自殺未遂、肺炎やベーチェット病の初期症状を起こし、ガングリオンや口腔カンジタや発狂、記憶喪失、生き地獄を過ごした今は、はっきりと言える。

「馬鹿なこと言うなよ、避妊しないで中絶や流産で傷つくのは女だ。男が血を流すか？　男がコンドームかパイプカットするのは当然だろうが！」

私は、避妊に協力しないパートナーのためにピルを飲み、耐えている関係が世の中に潜在しているのを知っている。なんで、沈黙するの？　そういう態度が避妊に協力しない男をのさばらせるんだよ。

愛人の存在を笑って許すんじゃないよ。正妻のあんたはセーフセックスで幸福だから関係ないってか？　そういうあんたの旦那はね、外で正妻とじゃできないセックスをやりまくってるんだヨォ！　あんたのかわりに地獄を見ている女がいるんだ。幸運なことに、私は流産一回で済んだ。だけど、中絶を頻繁に繰り返して馬鹿呼ばわりされて、ひっそりと泣いている独身女が何て多いのか、全国の産婦人科医たちならご存知だろ。それとも、これが日本の男の本性だから、変えられないのか？

私が、なぜHと別れたか。

私は、Hが求める性行為に全部応じた。フェラチオ、クンニリングス、精液も飲んだし、口移しで液体を飲ませる行為はすごく嫌だったけど我慢した。ホテル代、食事代も出した。

ある日、ラブホテルを出たスクランブル交差点の真ん中で、私は甘えて「あなたの望むことは何でもOKよ」と言った。

すると、Hは卑猥に笑って「アナルもか？」と言ったのだ。

意味がわからなかった。わからないから、あいまいにうなずいて、落ち着いて、Hの言葉が脳細胞に理解された時…私の限界だった。

結婚して、やっとダンナから正しい性教育を受けた。今の私は、魔木子のレディースコミックを全巻集め（というと誤解する奴が多い）、桜樹ルイちゃんのAVビデオを見て、とても楽しい清潔なエッチを、真面目だけど世の中からはずいぶん誤解されているダンナとしている。

周囲の大人たちがいかに狡猾だったかを知った。

みんなホントのことを知っているくせに、知らないふりをしている。


私の経歴を知った男どもは、私が誰とでも寝るだらしない女と思って、モーションをかけてくる。義理の叔父までも、である。それを叔母に訴えても信じてもらえない。母の姉（伯母）の長男からＳＡ（性的虐待）を受けていたことを伯母に直接言ったら、「まりあちゃんの思い違いとちゃう」と返されて、以後親戚づき合いが途絶えてしまった。ケッ。私は尻軽じゃないよ。ダンナ以外とエッチする気はない。

私はダンナ（全日本空手道の指導員審判員で、黒帯有段者）も、やくざの姐御の椅子も、警察も二十四時間手放さない。やくざは必要だ。一般人の面《つら》をしてやくざ以下の心を持つ人間はいっぱいいる。やくざより暴走族をなんとかしろよ。暴走族を取り締まれないのに、一般人が汚いのに、やくざがいなくなるものか。

実の父と母も妹も、私を捨てた。

私を守ってくれたのは、神とネイチャーエッセンスだけだった。

ＡＰＣＣ思春期妊娠危機センター
ＴＥＬ：０６・６７６１・１１１５
月〜金１０：００〜１７：００
公のパンフレットに載ってはいないが、非常にしっかりした公的機関。思春期の年代以外でも、ＡＣ（アダルトチルドレン）の妊娠危機など、各ケースに対応してくれる。

陰部のケア

結婚して、それなりにセックスをして、約一年経った頃、左股部がかぶれてきた。ステロイド軟膏をはじめ、ホメオパシーに至るまで、持っている知識を総動員してケアしたが一向に良くならなかった。

しかし、フィンドホーンのファーストエイドジェルをラブローションがわりにしたところ、瞬く間にかぶれが治ってしまった。普通時はエロスジェルを用いる。産婦人科で内診された後にも良い。

中国漢方の復方黄松洗液も良い（風俗時代に中国人の同僚に教えてもらった）。

WOMENS DIARY PROJECT

京大の教授のバックを得て、エイズや同性愛の問題と取り組んでいる。私が売春を生業《なりわい》とする女性とはじめて知り合った場所。幼児がコンドームを指差して、「これ、なあに？」という質問に、「これはね、コンドームよ」と真面目に答える彼女の姿は、当時の私にとって衝撃的だった。ここが発行する年間スケジュール帳を私は毎日愛用している。この手帳を友人に勧めるたびに、私は友人を失う。それが、今の日本の性の現状だ。

①仕事で男に抱かれる時間
②パートナーとエッチする時間
③自分一人でマスターベーションする時間

この三つは全部違う。完成した女なら②と③は当然だ、と言ったら、共感する女は、はたしてどれくらいいるだろうか。

ウィメンズセンター大阪（WCO）

女性のためのしっかりした機関。私は、ここでカウンセリングを受けている。ペッサリーやスペキュラムの指導を受けたのもここである。自分の膣だけでなく、指導員が「私のは昨日夫とセックスしたから、ちょっと荒れてるね」と言いながら膣を見せてくれた時は、正直びっくりした。進歩的な活動を地道に続けている女たちは、確かに存在する。

女性ライフサイクル研究所（ＦＬＣ）

私は、ここに関係する性的虐待自助グループに十年近く属している。今は、「パーシーの花園」というネット上の性的虐待自助グループにも参加している。

『中将湯《ちゅうじょうとう》』（ツムラ婦人薬、薬局で入手）

月経時・感冒時に用いている。漢方系婦人薬はいろいろ試したが、これが適していた。一袋だと心臓がドキドキするので、一日半袋を用いている。生理痛がひどい時に、スケジュールが詰まっている場合は、保健薬ロキソニン（薬局のバファリンなどでも良い）に頼る。「子供を産めば、ＰＭＳも生理痛も治るよ」という女を、私は憎む。

フィンレージの会（全国不妊自助グループ）

アラスカの妊娠フォーミュラを飲むと、必ず胸がどきどきする。二〇〇五年一月に検査したら、夫は正常だったので焦った。痛い検査をするのは嫌だし、金もない。そんなとき（二〇〇五年三月十一日）、イアン・ホワイト氏と会って話す機会に恵まれた。それで、三月十八日からブッシュの不妊に対応するストックをQuantum Wealthポーションに入れて毎日飲んでみた。イアン・ホワイト氏によると、七〇~九〇パーセントの確立で妊娠するということだった。

すると、どうだろう。四月四日に流産。五月二十四日に子宮外妊娠発覚となったのだ。凄すぎるブッシュ!!

ただ、流産も子宮外妊娠も、服部神社の安産御守と男の子用こども御守を持っていたお陰で、必要以上に苦しまずに済んだと思っている。

これでアバンダンス系のエッセンスで不妊に対応することができることも立証した(私はエンジェリック・ラディアンスのアバンダスボトルを携帯し、パシフィックのアバンダススタビライザーも内服していた)。

身体的には、二十三歳の流産後、保健薬による自殺を繰り返したため、そして精神的には、親子関係が問題で、女性性男性性のバランスが欠けているため、正常妊娠にならなかったのだと思われる。魂的にも、子供を授かる時期ではないのだろう。

性的エネルギー過剰な場合のエッセンス

私は、記憶のない幼児期に、両親のセックスを見たり聞いたりしていたのではないだろうか。それにより、すべてのバランスが崩れて今に至っていると思われる。バランスの崩れている子供ほど、自慰行為で欲求不満を解消している。

南アフリカのバジル

生殖器に支配されている人、肉体的充足を第一に考える人、乱交を好み、パートナーとの関係に忠実になれない人、不義または卑劣な性行為やポルノへの関心に対処する時。

性的エネルギーは本来、魂を強力に浄化する力を持っている。エジプトのファラオの頭飾りの蛇が、ベースチャクラからクラウンチャクラへと上昇し悟りを開くエネルギー（クンダリーニ）を象徴するのと同様に、性的エネルギーも聖域に達するための道具である。この力の使い方や理解を誤ると、魂に到達できない。バジルは第一と第七チャクラのエネルギーを調整し、両極のエネルギーを統合して、一つにする。

南アフリカのスナップドラゴン（キンギョソウ）

性的エネルギーを使い誤って言葉の攻撃に向ける、性衝動が激しく、そのエネルギーを使い誤って言葉の攻撃に向けてしまう人、周りの人々に対し、とても残酷で懲罰的な批判を浴びせ、辛辣で破壊的な人に。

この花の特徴表示はあごと結びついている。とげとげしい言葉で反駁《はんばく》しないと気がすまない人や歯ぎしりをする人に良いエッセンス。仙骨と喉のチャクラのエネルギーを調整することで、和やかな言葉遣いをし、創造的なエネルギーをプラスの方向に向けることができるようにする。

ＦＥＳのスナップドラゴンも同様の働きがあるが、私は南アフリカの方が好みである。

〈アレルギー科〉

花粉症

花粉症の薬は、「アルファ・フェノール」である。

これは、老人、身体障害者にも効くもので、異次元の世界ではすでに販売されている。「アルファ・フェノール」は虹のスペクトルからつくる。

これは、私が二〇〇〇年十二月に異次元の人々から得た情報である。

私は、自分の身体を人体実験にかけて生きている人間である。

遺伝だから…と諦めて花粉症を受け入れている人々がいるが、私の場合はそうはいかなかった。父母両方の親戚全員の中で、私だけが花粉症を発症したからである（実父は、私が発症した十三年後に発症）。すべての病に共通することだが、発症した者にこそ、治す権利と義務がある。

最初は目のかゆみからはじまった。

十六歳(高校二年)になったばかりの春は、目がなんとなくかゆいかな、というだけだったのが、二年後には、目玉を取り出してたわしでごしごし洗いたい、発狂しそうなほどのひどいかゆみに発展した。ひっきりなしに出るくしゃみと鼻水、鼻づまり(左右どちらか一方の鼻に起こる)で、学校では授業の妨げにならぬよう隅の席に座らねばならず、明け方近くなるとほとんど一睡もできない、というほどだった。この症状が、恥ずかしい思いをして一日中マスク(水で濡らした濡れマスクが効果的)をつけていても起こるのである(当時は花粉症が市民権を得ておらず、春にマスクする高校生は奇異で、私は症状に加えて心理的に非常に苦しんだ。マスクのゴムによる耳の痛みにも苦しんだ)。

喉のひどい痛みにも悩まされた。風邪の時とは違う咽頭上部(咽頭扁桃)の、かゆみを伴う妙な激しい痛みである。うがいも喉飴ももちろん効果はない。

二十歳(大学二年)の時、血液検査をして、ハルガヤ&カモガヤの花粉症であると診断された。思いっきりアレルギープラスの値が出たらしい。私は、道端の雑草に苦しめられているのか…。スギ・ヒノキ花粉は現在市民権を得ているが、ハルガヤ&カモガヤというマイナーな花粉症は、今でもいちいち医者に説明しなくてはならない。この花粉症は三月はじめから七月末まで、五ヶ月間続くのである。

生物学を専攻していた私にとって、自分が花粉症になったことは納得しがたい事実であった。十六歳までは、草叢の中で転げまわって遊んでいたのに、花粉症にはならなかった。アレルギー体質の人間は私の血縁にはいない。私だけが何か変なのだ。

身体が弱く、早食い大飯食い、痩せて可愛げがなく、いじめられっ子で、低血圧で冷え性、手の平足裏にひどく汗をかくが全身からはほとんど汗が出ない。スパルタ教育（心体技すべてにわたる）のせいか性的な欲求不満が強く、自由になる時間のほとんどを本を友として過ごしていた子供時代。特に食べながら読む行為が大好きだった。おかしな癖もたくさんあった。

だが、それでも「人並みに」健康だった。普通に学校に通い、遊んでいた。

私の人生は、私をいじめるのをやめない奴らに勝つために受験勉強を本気ではじめた結果、登校拒否がはじまった十四歳以前と、それ以後に大きく分けることができる。私は、十四歳以前の状態を取り戻すことは絶対可能だ、と考えた。花粉症も治るはずだ。

私の花粉症は、栄養・漢方薬・ビタミン・サプリメントでは治らない。血液検査値が健康値になるだけである。しかし、食事を馬鹿にしてはいけない。食事は基本中の基本である。食事の内容で、花粉症の症状を軽減することは可能だ。上質の食事というのは、金持ちの食事とは違う。私の食に対する執着は、四柱推命の元命が食神であることに由来し、興味のあるブランド食品を試食することは大好きだが、グルメ人には興味がない。

たとえば、『肉食亡国論』（芸術生活社）。狂牛病BSEが問題になるずっと前から肉食は身体に悪いと知っている。だが、私は良質の肉（ぐんまよつば生協）を料理の食材の一つとして使用している。一人暮らしなら菜食でもよいが（実際、一人暮らしの時には、肉をほとんど食べなかった）、主婦になるとそういうわけにはいかない。自分の子供ができたら必要以上の食事制限を加えたくないのだ（自分自身が禁止事項の多い家庭で育ったので）。

菜食主義の弊害を自分で経験し、よくわかっている。何でも食べよう。でも、その良悪は知っておき（特にどのように家畜が飼育され殺されているかよく知った上で）、いざという時は対処できるようにしよう、というスタンスである。菜食で花粉症は治らないが、肉食で花粉症は確実に悪化する。

ニュースやTVやラジオの最新情報（といっても結婚してからはTVや新聞などを見る暇がないので、夫から情報を得ている）と、本からのいろいろな情報を統合し、今までの経験と照らし合わせて、食卓で応用実践している。十九歳から三十一歳までの約十二年間、自分のしたい実験を徹底的に行なったので、現在新たに勉強することはあまりない。現在は、エッセンスとホメオパシーレメディのその先にあるものを探し求めている。

あらゆる点から鑑みて、食事の質をあげることは花粉症にとって非常に重要なのだが、それによって、他人と交われなくなり、精神的に違う問題が発生する（ちなみに私は、子供時代に絶対禁止されていたハンバーガーショップやコンビニへ行く時に幸福感を感じる主婦である）。

私の摂食障害は全く治っていない。結婚して症状が治まったのは、夫と姑と三人で一緒に、決まった時間に三食食べることが絶対という規則正しさゆえである。この絶対は命令ではない。結婚当初の二ヶ月間、私は午前中起きることが一日もできなかった。私の身体は、もうずっと午後二時起床午前四時就寝という体内時計に支配されていた。実家では、早く寝て早く起きろ、と毎日注意され、それに私がキレて家庭内暴力をふるう悪循環におちいっていて、抜け出すことは不可能に思えていた。

姑は黙って朝御飯をつくってくれた。二ヶ月経った時、夫が呟《つぶや》いた。

「朝御飯が三人でないのは、寂しい」

嫁の仕事であるから朝御飯をつくれとか、早く起きてもらわないと世間体が悪いというような、見栄を全く含まない、ただ夫として人間としての心から出た率直な言葉だった。

私は、厳しい躾のため禁止されてばかりだった苦しみのために、幼い時から独りを愛する人間になってしまっている。夫であっても他人はただうっとうしく邪魔に感じることが多い。寂しいという感情は味わったことがない。だが、夫が寂しがっているのは心で瞬時に理解した。わかった時、私の狂った体内時計を支配していたものが反応した。翌朝私は、起きて朝食をつくることができたのだ。

「寂しがっている人がいるから起きなければ」

それしか考えなかった。それから少しずつ就寝時間を夜十二時より前にするように努力している。長年狂っていた私の身体にとって、辛い辛いリハビリである。現在もその渦中である。

現在の夫が結婚という形で私を救ってくれなかったら、今頃は実母を殺して刑務所に入っていたか、飛び降り自殺を決行してこの世に存在しなかったか、どちらかだと思う。デザート・アルケミー・フラワーエッセンスが刑務所の囚人に使われているのは非常に喜ばしいことで、私はこのエッセンスのファンである（特にConnecting with Purpose Formula）。フラワーエッセンスは精神科でこそ用いられるべきものである、とエッセンスに出遭った当初から強く思っている。

花粉症にホメオパシーだけで対応する人がいるが、片手落ちだ。カルマ、つまり前世や今生での業《ごう》をクリアにするには、フィンドホーンのライフフォース・カルマクリア・スピリチュアルマリッジ・クリアライト・ホーリーグレイル・ファーストエイドは、どんな人間にも必須ボトルである。他には、ワラター（ブッシュ）・ソウルサポート（アラスカ）が必須といえる。バッチは古い遺産である。

私は今までに多くの友人知人にエッセンスを無料で提供した。四柱推命・六命推柱・西洋占星術も無料で何人観たかわからないほどだ。私の薦めるネイチャーエッセンスを飲むのも買うのも拒否した人々（私が精神障害者であること、やくざの姐御《あねご》だったことや、セクキャバやファッションサロンでの職歴があり、夫が霊能者だとわかると黙って離れていく人々。私はパラサイトシングルより、風俗の女の方がだんぜん好きだ）は、どんどん悪い方向に進んでゆく。これは誇張のない事実である。

普段、家庭でしっかりした食事が摂れていれば、外食に負けることはない。基本は、必ず葉緑素（これが血をつくる。葉をさっと湯通ししたものが良。緑色が茶緑色になったものはダメ）、油は菜種か胡麻かオリーブ、卵は平飼い（大手生協かよつば生協で入手可能、生活クラブ生協では入手できない）、牛乳は低温殺菌牛乳(低温殺菌以外の殺菌方法の牛乳は牛乳ではない。大手生協やよつば生協では他の牛乳も扱っているが、これは非常に残念なことだ。私は生協を責めるより、その商品を買う組合員のレベルの低さが哀しい。生活クラブ生協は、低温殺菌牛乳しか扱っていない)、食卓全体に色合いと海のもの山のものを考え、炭水化物&蛋白質&繊維を一緒にとること、これが最低限できていれば良い。添加物が心配であればよく噛むことで対応すること。

二〇〇四年春、寝ている時間が多く、作業所などを利用できない私のために、ダンナは物置を改造してくれた。保健所の許可も取れ、農協に自家製パンを卸すことになった。調子の良い時は製造責任者として、天然酵母パンを焼く。

天然酵母であることが、アレルギー体質の人間にとっては非常に重要だ(白神こだま酵母には悪いが、私はこの酵母が好みではない。生イースト臭だからである)。独身時代、性交渉が何ヶ月もないというのに、イーストの自家製パンばかりを三食過食していたら、陰部カンジタ症になってしまった。そのかゆみといったら、これまた発狂するほど、何もできないほどの強いかゆみで、中程度のステロイド軟膏と抗真菌軟膏で対応した(カンジタはステロイドでは治らない)。イーストパンでは、臭いおならが頻繁に出ることにも悩まされた。白カビチーズの食べすぎにも注意した方が良いだろう。

自家製減塩梅干しは、金をいくら積まれても売ることができない宝である。幼い頃から胃腸の弱かった私は、梅にどれだけ助けてもらっただろう。大学時代、梅園で梅娘として梅製品を売っていた時は幸福だった。

私の梅干しの樹は、道端に無残に捨てられていた。かわいそうに思い庭に植えたところ、ろくな世話もしていないのに、大粒の実をたくさんつけるようになった。毛虫は全部手で取り、アブラムシはテントウムシを連れてきて退治すると、無農薬で収穫できた。ホワイトリカーで殺菌し、たっぷりの赤じそと赤穂の天塩（沖縄産でもよいが、歴史的に赤穂にこだわってしまう。どんな塩か確かめたい時は、舐めるより、塩で自分の体をもみ洗いしてみると、塩の粒子の状態などがよくわかる）と、お日様の力を借りて、一粒一粒愛情を込めて漬けた。食べると、ものすごくすっぱい梅干しである。これが納豆とよく合う（醤油のかわりに、梅干しにする）。減塩だが、常温保管三年目で全く腐っていない。

様々な乳酸菌は、アレルギーの人間の大きな味方だ。良質の低温殺菌牛乳に乳酸菌を加えてつくったヨーグルトにオリゴ糖を混ぜて毎日食べる。外食の時は市販のいろいろなヨーグルトでも添加物を気にせず食べる。

納豆は国産無農薬非遺伝子組み換え大豆が理想だが、値段が高いので遺伝子組み換えでない国産大豆の納豆を買っている。必ずネギ類（小口切りのネギ、自家製国産らっきょう＝姑の手を借りて米酢とさとうきび粗糖で漬けたもの、先の梅干しの梅酢に自家製みょうがを漬けたもの、など）と一緒に食べる。ビタミンBの吸収率がアップするからである。

緑茶は無農薬（生協）。ほうじ茶（＝番茶）も無農薬（生協）。中国茶・無農薬紅茶（生協）・ハーブティなどもよく飲む。

水も重要だ。四千ガウス磁気処理のアルカリイオン水、温泉水、御神水、BRITAポット型浄水器を通した水、いずれも熱処理を加えていない生水を使用している。ペットボトルに入

ビタミンを取るのは、アレルギーを治す目的ではなく、免疫力を維持するため、後の〈整形外科〉で述べる痛みを抑えるためである。

断食も座禅修行も写経も一つの救いの手段に間違いはないのだが、花粉症の治癒という意味においては症状を激化させるだけである。同じ意味で生玉葱、どくだみ、飲尿、万田酵素といった民間療法もやるだけ無駄だ。ダイエットとつながった粉ミルク健康法、塩もみ、冷水浴びも無駄である（私は十四キロのダイエットに成功したが唐辛子のカプサイシンとギムネマシルベスタ茶を用いただけである）。

金を失うだけならいいが、身体も精神もめちゃくちゃになる。精油（アロマテラピー）でも治りはしない。私は精油の外用（マッサージ）、ハーブの栽培、ハーブティから飲用可能な精油の内服までアロマテラピーのすべてを試みたが（素人の方は絶対行なわないこと）駄目であった。

ＨＢ―１０１、炭酸の飲用も花粉症の治癒には役立たなかった（ＨＢ―１０１原液は普通の目薬としては良い）。

普通の鍼灸、電気針、低周波治療器も、その時だけの気休めにすぎない。整骨院で助手をしていた私が不思議に思うのは、なぜ完治しないのに何年も毎日医者に通い深々と頭を下げて礼を言えるのだろうか、ということだ。

病気を根治する努力もせず、ただマニュアルどおりの診察で患者の相手をし、金を儲ける医者に礼を言う必要もないが、患者自身が治す努力を怠っている（諦めている）態度が非常に気になった。無勉強の医者に、刻苦勉励しない患者あり、である。

花粉症になったのは私である。医者ではない。花粉症という重荷は自分で運ばなければいけないものなのだ。花粉症から学ばなければならない何かが、私にはあるのである。私は、漢方薬も、麻黄附子細辛湯からほとんどすべてを試した。保険で出ないものは、自費で購入し試した（肝臓に負担がかかるため、素人の方は絶対行なわないこと）。

減感作療法ほど馬鹿げたものはないと私は思う。私にとって注射は恐怖である。恐怖を何回も味わって治るわけがない。花粉症は魂の病である。花粉症の涙目鼻水症状は魂が泣いているのである。私は、減感作療法を本で学習した時点で、試す価値もないものだと判断した。

東北のある医師のところへいけば、減感作療法に似て非なる療法で、花粉症を含むアレルギー全般が治るとされるが、私は、そのような金のかかる、しかもその医師のところへ出向かねばならないような療法に興味はない。誰かを師や教祖と仰ぐ教えは、結局は上層部の懐を豊かにするだけである。教えを信じる信者は利用されている。私は何かの宗教に属したことは一度もない。よってこの本で紹介している方法のバックに何者がいようと、私の関知するところではない。

私は、自分の正誤を見分ける力を信じて生きているだけだ。自分の感じた神社と般若心経とネイチャーエッセンス、そして夫に救われてきた。この態度が宗教的共産主義的だと非難するバカがいるが、私が権威に徹底的に反抗する態度や宗教集団に吐き気をおぼえるのは、何のことはない、バインマイナスの状態である。エッセンスの勉強をすれば全部説明できる。

『生ジュース健康法』(有紀書房)

自家製パセリをすり鉢で擂《す》って、毎日飲まされた小学生時代。そのために、私はソバカスだらけになった(パセリはシミを増やすのである)。母親の無知は恐ろしい。生野菜は陽性の体には実に結構なものだが、強い陰性体質(アレルギー体質)の人間には禁である。

『米ぬか健康法』(小学館)

ぬかが良いのは認めるが、残留農薬とまずさを考えると、私は試す気持ちにはなれなかった。似たようなもので、ブラックジンガーやビール酵母やウコンもまずい。まずいものは絶対反対だ。

『塩やせツルツル健康法』(二見書房)

石鹸を使わず、毎日天塩で体を洗い続けた結果、私は難病とされるベーチェット病初期症状を発症した。敏感な人は、塩で体を洗うのはやめたほうが無難だ。せいぜい塩サウナでたまにするくらいで良い。それは確かにツルツルになる。

『まんが背骨イキイキ健康法』（日東書院）

背骨と症状の図解がなかなか的確である。

『少食が健康の原点』（甲田光雄著・たま出版）

阪大医学部出身の医師甲田光雄氏の姿勢から学んだことは大きい。断食は確かに絶大な効果がある。少食も素晴らしい。しかし私の場合は、大量のネイチャーエッセンスと水だけの厳しい断食をした結果、肝機能腎機能低下で、一ヶ月間入院点滴を余儀なくされた。摂食障害者にとっては、過食症状を悪化させるだけである。家族団欒の美味しい食事から満腹感を味わう、という幸福感から得られるものは断食の効果に匹敵する。経験（修行）として断食をするのは意味があるが、それを日常にもちこむのはやめたほうが良いと私は思っている。

『装飾写経入門』（二瓶社）

父の般若心経を聞いて育った。小学四年で座禅修業を体験している。ネイチャーエッセンス乱用で波動過剰になり、何もできなくなった時に写経をした。落ち着いた。般若心経と観音経の写経は、確かに救いになったのだ。私は、幼い頃から窮地に陥ると、自然と神にすがっていた。

『チベット密教の本』（学研）

二〇〇〇年十一月二十二日夜NHK総合TVでチベット医学の特集を見たのがきっかけで、チベット密教にまで救いを求めた。鉱物を薬とするチベット医学は、ネイチャーエッセンスのジェム（鉱物）エッセンスと非常に共通性がある。サファイア（アラスカ）、グリーントルマリン（モーニングスター）を愛用していた時期もあった。面白いことに、宝石類に全く興味のない私は、ジェムエッセンスの波動を感じることが滅多にない。

二十一世紀は波動の時代である。

一九九九年、バッチのフラワーエッセンスと出遭うまでの私は、迷路の中、死と紙一重で苦しんでいた。二〇〇〇年にネイチャーエッセンスと出遭って、光明が見えはじめた。

しかし、私はここではっきり書くが、リビングエッセンスの花粉用コンビネーションエッセンスSneezeaseは、全く効かなかった。クリスタルハーブのMarpasso Grassも効かなかった。マウントフジのブタクサ・ヨモギ花粉エッセンスは、花粉症が治ったわけではないが、おもしろい効き方をした。

リビングエッセンスのクリームは肌なじみが悪いうえに、全成分表記がない。リビングエッセンスの製作者は、全成分表示をしないことをどう考えているのだろうか。私は、全成分表示をするブランドしか信用しない。

私の求めるものはただ一つ、「一錠飲めば花粉症がすぐ治る薬」である。先人のコピーではない、オリジナルな商品である。これができるまで私は極貧に甘んじるしかないようだ（今の時点で、すでに年金乞食である）。

ネイチャーエッセンスは、私に異次元の情報をもたらした。バッチは何の情報ももたらしはしない。すでに時代遅れのエッセンスである。バッチは、花粉症がバーベインマイナス・バインマイナス（父性遺伝）の結果であることを教えてくれただけだった。花粉症を治す目的なら、バーベインを何本飲もうが金の無駄である。

バッチのエマージェンシー（レスキュー）は、例えば、歯医者で自分の順番を待っているとする。緊張してきて舌裏に垂らす、すると、不思議にも緊張は嘘のように消えてなくなる。ここまでの効果は凄い。だが、順番はまだ来ない。再び緊張する。再びバッチのレスキューを垂らす。と、今度は全く効かないのである。その後、何回垂らしても同じことである。

バッチの緊急ボトルと比較して、新世代のネイチャーエッセンスの緊急用ボトル（ブッシュのワラターやアラスカのソウルサポート、フィンドホーンのファーストエイドなど）は作用が長く続く。二十世紀末、二十一世紀初頭には、やはりネイチャーエッセンスだと感じている。

現在、私がどのように花粉症に対応しているかというと、アロパシー（逆症療法＝現代医学）の保険適用薬（オキサトミド三〇㎎を一日二回）である。これをすすめてくれたのは、近所の開業内科医だ。

バッチのエッセンスに出遭う一九九九年まで、つまり一六歳から二十八歳まで、抗アレルギー剤・抗ヒスタミン剤を飲まずにひたすら我慢して過ごしてきた。マスクを五ヶ月毎日することで対処していたのである。しかし、夜ほとんど眠れない日々が五ヶ月続くと、睡眠不足で免疫力が低下する。花粉症が終わる頃に暑さにやられ、どんどん衰弱していた。

エッセンスは、縁をひきよせる力、縁を断つ力を持つが、これは良い医師、薬と出遭うことも含む。その内科医は、いい薬があるのだから、そんなにしてまで我慢する必要がないことを説明してくれた。私は、症状自体の苦しみ（鼻をかみすぎて鼻のまわりがただれる、喉が痛くて話せない）の他に、マスクをしている姿を人に見られる苦しみや、大好きな（私は普段すっぴんボロ服だが、実はお洒落が大好きな人間なのである。ただ面倒なのでしないだけである）化粧ができないことの苦しみを考えて、内科医の処方する薬を試すことにした。

市販の花粉症の薬（ダンリッチAなど）はやめておいたほうがいい。いろいろ配合されすぎている上に、効きも悪い。少し試してみたが、値段も張るのですぐやめた。

内科・耳鼻科のはしごをして、保険適用薬を片っ端から試した。

抗ヒスタミン薬は、d—マレイン酸クロルフェニラミン（ポララミン）、塩酸プロメタジン（ヒベルナ）、塩酸ヒドロキシジン（アタラックス）、パモ酸ヒドロキシジン（アタラックスP）、メキタジン（ニポラジン）、これらは、最大量飲んでも効きが悪く、副作用の眠気や口渇や悪心などが起こったのでやめた。

抗アレルギー薬は、フマル酸ケトチフェン（ザジテン）、塩酸アゼラスチン（アゼプチン）、塩酸フェキソフェナジン（アレグラ）、塩酸エピナスチン（アレジオン）、塩酸セチリジン（ジルテック）、プランルカスト水和物（オノン）、エピナチオン錠、を試したが、最大量飲んでも効きが悪かった。しかも抗アレルギー薬は、花粉症の始まる二週間前から飲まないとほとんど意味がない。花粉症が始まってからではまず遅い。私の場合は、三月から症状が始まるので二月半ばから飲みはじめる。

実父は、二〇〇〇年にスギ花粉症を発症した。なぜ親子で違う花粉症になるのかも疑問だし、なぜ私が一六歳、父が六十二歳で突然発症したのかも疑問だが、とにかく、一番効き目があったのがオキサトミドだった。夫も三十七歳でスギ、ヒノキの花粉症になって、二〇〇三年（五十二歳）まで薬を飲まずにやってきた人だが、私のすすめでオキサトミドを飲んだところよく効いた。

ひどい症状にはステロイド（抗ヒスタミンのd—マレイン酸クロルフェニラミン二㎎、ベタメタゾン〇・二五㎎合剤＝セレスタミン、ヒスタブロック）も使用する。ステロイドの恐ろしさを十分勉強した上で用いている。ステロイドに頼らなければならない時があってもいいと思っている。本当に楽になるからだ。まずマスクをしなくてすむのである。苦しいのは嫌いだ。激症花粉症のひどさは、ステロイドによって体内が撹乱されてもかまわないと思うほど、本当にひどいのである。

心がけていることは、なるべく朝ステロイドを飲むこと。どうしても我慢できない時だけ飲む。しかし昼間吸い込んだ花粉により夜発作が起きることが多いので、そういう時は気にせず夜飲む。一旦ステロイドの楽さを知ってしまうと依存してしまいがちで、五ヶ月で六十錠（症状がひどい時は一日三錠くらい）は飲んでしまう。ステロイド鼻スプレーは全く効果がないので、試したがすぐやめた。ステロイド注射も効果がなかった。

抗アレルギー薬の目薬は効くので、クロモグリク酸ナトリウム（インタール）、フマル酸ケトチフェン（ザジテン）、トラニスラスト（リザベン）、ペミロラストカリウム（ペミラストン）などを処方してもらっているが、完全にかゆみが止まるわけではなく依存はしていない。市販のマイティアＡＬ（武田薬品）は、非常にかゆい時によく効くが、市販の目薬は添加物が多いので、よっぽどかゆい時以外は頼らないようにしている。

ホメオパシーで花粉症が完治するか、であるが、何しろ二〇〇二年秋から試しはじめたので、まだ答えが出せない状態である。ホメオパシー（同種療法）を行なう時、コーヒーとミントを生活から排除しなければならない。

私のようにアロパシーの薬を用い、ましてステロイドで体内撹乱している時、ホメオパシーを試しても意味はない、というのが本当のところであろう。現実に生活しながら、いろいろと試しているので、五ヶ月の花粉症をホメオパシーだけで対応するのは私には不可能である。

歯磨き粉はWELEDAのカレンデュラか、子供用が大好きなので問題はない（ミント入りの歯磨きを使っていてもホメオパシーの効果はあるので、できない場合は普通の歯磨き粉でかまわない。ただレメデイを含む前後は使わないようにする）。

コーヒーは、一日一杯の無農薬コーヒー（もちろん豆から挽いて淹れる）が至福なので、それを止めるのは非常につらいのだが、ホメオパシーを試す日だけは飲まないようにしている。たとえ飲んでしまっても、レメデイを飲む時間をずらせば効果はある、と感じている。一日何杯ものコーヒーをやめることができない場合、花粉症よりまずそちらを治すべきだろう。

花粉症（アレルギー全般）に対応する代表レメデイは、三酸化二砒素（ヒ素、アルセニクム、アルセン・アルブ）だが、私は主要なレメデイ像が自分に合うとは思えなかったので、とりあえずオキサトミドとステロイドの手持ちがなくなった一週間だけを試すつもりで飲んでみた。その前に、タマネギ（アリウム）三〇Cを何回か飲んでみたが、全く効かなかった。

ヒ素三〇Cも全く期待せず飲んだところ、なんと一粒で症状が全部おさまってしまったのだ。ホメオパシーが効く時は一粒で効くというのは、それまでのヌクス・ボミカやナト・ムールやコロキンティスで経験ずみだが、一六年も苦しんできた花粉症が一粒で治ったことには、本当に驚かされた。

しかしである。その後、五日間続いたアルセニクムのアグラベーション（好転反応）のひどさには閉口してしまった。つわりもどきの吐き気は、「これほど苦しいならホメオパシーは駄目だ」と考えてしまうほどひどいものだった。一週間後、結局私はアロパシー薬に再び戻ったのであった。現在、ヒ素三〇C→二〇〇Cまですすみ、DHUやエインズワース（ヘイフィーバー）などの花粉症用複合レメデイやユーフラシア（目の症状に）は試している最中である（まだ一発で完治するものは見つかっていない）。

自分が子供を産む可能性がなかったら、こんなに真剣に花粉症の薬に取り組まなかったかもしれない。今の私は、長年のひきこもりで、水泳のクロール二五mで心臓がドキドキしてしまうほど体力も免疫力もない。どこの産婦人科からも産婆からも相手にしてもらえない身体である。

でも、子供を、できれば二人産みたい（可能性は非常に非常に非常に低いが）。そして、死闘した実母に「あんたも母親になったらわかるわ」と何度も言われた言葉に対して「私は母親になったが、それでもわからないわ！」と言い返したい。

「母親」「主婦」は人間の自己実現ではない。自己実現の手段にするには、子供が絶対に犠牲者になるから駄目なのだ（というと私から去っていく女が多い。図星か）。男は仕事で自己実現をし、かつ「父親」「主夫」である。女も、性は違えど自己実現に関しては同じだと思う。女も仕事を持ち、名刺を持ってこそ、自己実現できているといえる。

三、四、五、六、七月を妊娠後期に持ってきて（つまり秋に孕《はら》めということだ）、オキサトミドで対応すればよいと医者は言うが、私も夫もアロパシーの薬は、妊娠期間にはできれば使用したくない。妊娠期間に薬を最小限に抑えることは、母親の義務だろう。しかし、我慢しすぎて苦しくても胎児に悪影響がでると思う（母親が苦しめば胎児も苦しいのだ）。どのように妊娠期間を乗り越えるかは、今後に続く私の大きな課題である。

アトピー性皮膚炎

「勉強が学年で一番になってから身形《みなり》をかまえ」「東大京大でもないのに、親に文句を言うな」が、実家であった。私の学生時代の写真はひどいものである（自殺未遂の前に全部処分してしまったが）。同窓会に行くと、かつての同級生は目を瞠《みは》る。悔しい。お洒落嫌いの真面目人間だと誤解されていたことが。私は親の支配下にあっただけである。学生時代は、親と闘うことと勉強することに必死で、身形《みなり》にまで手がまわらなかった。大学卒業後、百貨店《デパート》の化粧品売り場で、いろいろ試すのがとても幸福だった。お金がないのと、毎日化粧するのが面倒だったので、商品を買うことはめったになかったが。

私がアロマにはまったきっかけは香水だった。コスメに関しても勉強するのが好きで、ブランドを研究したものだ。

エッセンスに出遭う前は、口紅はイヴ・サンローランやジバンシイ、MAC（マック）、コーセイ、資生堂がお気に入りだった。色や香りで選んでいた。マットな色（しっかり色がつくもの）がお気に入りだった。アイシャドーもすごく好きで、コーセイ、カネボウを愛用していた。マニキュアも大好きだった。香水は、バラドベルサイユやオーララなど好きなものが幾つかあったが、NHKでゲランのアクアアレゴリア（天然の香り一〇〇パーセント）が紹介されてから、天然の香りに魅力を感じ（身体に良いから）いろいろな精油で自家製香水をつくるようになった。

これが、ネイチャーエッセンスを飲みはじめて敏感になると、今まで使っていた化粧品の科学的なにおいが一切駄目になったのである。化粧石鹸のにおい、合成洗剤系の洗濯洗剤、台所洗剤、掃除用洗剤、シャンプー、リンスに至るまで全部駄目になった。精油も多く使いすぎることができなくなった。

もともと大手生協の製品で育ってきたので、あんまりひどいものは使っていなかったが、ネイチャーエッセンスは中途半端な商品を使うことを私に禁じた。

結局、ファンデーションとリップスティック（MACの口紅並みのマット感がある）、グロス、アイシャドー、マスカラ、チークなどは、ラヴェーラ・ＬＯＧＯＮＡ（ロゴナ）、Dr.ハウシュカ、プリベイル、ゼノアの製品、アイブロウはハイム（これは決定ではなく、まだ試している段階である）、化粧水はゴールド化粧水とＦＥＳ植物性グリセリンを使った自家製の化粧水に落ち着いている。

大手生協の化粧品は、中途半端な最悪な品で、私は生協の化粧品と牛乳に関して生協側と過去に大喧嘩している。大手生協の品だから良いものだと思って、成分もろくすっぽ見ずに買っていたのが実母だった。こういう勉強しない組合員を生協は騙しているのだ。私はほとんどの生活品を生協で購入しているが、しょうもない品が多すぎる。私が増資を渋るのは、そこに理由がある。

クリームは、バッチのファイブフラワークリーム（＝エマージェンシークリーム＝レスキュークリーム）が最も単純組成なので、これに精油やエッセンスを加えて、ヘアクリーム、アロマトリートメントクリームとして用いる。ＦＥＳやブッシュのクリームは添加物が多いのが残念だ。だが、ブッシュのクリームの威力は凄い。ブッシュのクリームをたっぷり用いてトリートメントをする時があるが、エッセンシャルオイル被曝を気にせず使用できることと、トリートメントする側の自分も、手を通してブッシュフラワーエッセンスの波動を受け、手の傷や内出血や火傷の痕がいつのまにか消えてしまうのである。ＷＥＬＥＤＡはラノリン（アレルギー性大）入りのクリームが多いのが残念だ。髪の毛の寝癖直し、水分補給には、ブッシュ、アラスカ、パシフィック、グリーンマンツリー、フィンドホーンのミストを用いる（ブッシュに添加物が多いのが残念）。

クレンジングは、口紅などを食用オーガニックエキストラバージンオリーブオイルでふき取り、純石鹸で洗う。純石鹸の洗浄力は強く、たっぷりつけて二度洗いすれば、クレンジングは完璧である。メイク落とし、洗顔料は、Dr.ハウシュカのフェイスウォッシュクリームを使うと、ゼノアのようなしっかりしたファンデーションでも綺麗に落ちる。そして幸福感に包まれる。

純石鹸は、固形石鹸ならパーム油またはヤシ油またはオリーブ油または椿油由来（COーOP無添剤洗濯石鹸・無添加純植物性シャボン玉浴用、パックス化粧石鹸E、アレッポなど）。液体石鹸は菜種油由来（なの花台所用せっけん・ミヨシ石鹸製造）。ヤシやパーム由来のものより洗浄力が弱いので、私はこれで食器や体を洗いはじめてから、アトピー、主婦湿疹がましになった。それまでは、綿一〇〇パーセントの手袋をはめた上に、ニトリルゴムや脱蛋白加工天然ゴム手袋をして水仕事をしないと駄目だった。パンづくりの時は手袋ができないので、本当につらかった。

固形純石鹸の洗浄力は非常に強い（合成洗剤なんか目ではない）ので、固形石鹸（ヤシやパームは洗浄力が強い）で頭を洗うと、皮脂をとりすぎてかさかさになりかゆみがとまらなくなる。いろいろ試した結果、パックスナチュロンシリーズ（ひまわり油由来）なら調子が良いことを発見し、現在これに落ち着いている。なの花台所用せっけんを、水で希釈して好みの精油を加え、泡状ポンプ式ボトルに入れたものもＯＫである。リンスには、純米酢や純リンゴ酢、レモン汁もよく使う。金銭的に余裕があれば、ＷＥＬＥＤＡのフィトシャンプー、フィトコンディショナーがイチオシである。これで洗うと、信じられないほど髪質が変わる。髪の毛をくくっているゴムが取れて困るほど、さらさらの幸福感を味わうことができる。

ちなみに、純石鹸九九パーセントでも、後の一パーセントに、割れ防止剤・金属イオン封鎖剤・色ムラ防止剤・保湿剤などの添加物がいくつも入っている場合があることを知っておこう（シャボン玉は添加物がないという）。微量だから気にしないか、微量だからこそ怖いか、それは個人の判断に任せる。それにしても、生協が全成分表示をしないというのは、本当に私の怒りをかきたてる事柄だ。

固形純石鹸に牛脂を用いている製品が多く、ＢＳＥ問題が起こるまでたいした問題にされていなかったが、ＢＳＥに問題に関係なく、牛脂は毛穴をつまらせるから駄目である。牛脂を用いた純石鹸を使っていると、どうも調子が悪い。すきやきや肉じゃがやビーフシチューなどの美味しいメニューができるから牛を殺すのだが、牛肉は美味しいだけで、健康に良くないことは周知の事実である。動物愛護団体は好きではないが、動物愛護の精神は強く持っているので、無益な殺生に反対するという意味からも、牛脂の純石鹸は必要ないと思う。

合成洗剤は悪魔的な製品だと思う。合成洗剤を製造販売している会社は悪魔の手先だ。新聞の契約で、洗剤をただでもらって喜んでいる場合じゃない。母親が子供に教えるべきことは石鹸生活だ。世の中のバカな母親が、合成洗剤を支えているのだ。バカな商品を買ってはいけない。不買するのだ。悪質な会社は潰れればいい。沖縄・西表島でアルバイトをして暮らしていた時、現地の人間が合成洗剤を使い、生ごみを美しい海に捨てることに非常に心を痛めた（注・私は何の思想にも傾倒していない。苦し紛れにいろいろな哲学をかじったが、岸田秀が好みだという程度である。あとは自分の経験から得た思想である。共産党ではない）。

エッセンスを飲んでいない人と石鹸生活をしていない人とは、おつき合いしたくないのが私の本音である。

純石鹸を自家製にしたのが二〇〇三年夏である。天ぷら廃油とFESのオイルを用いた最高傑作である。しかし、右の痛みのため、少量しかつくることができないのが悔しい。洗濯粉石鹸には、大手かよつば生協の米油由来商品（ボーソー油脂）を用いている。他の良質粉石鹸は値段が高すぎて、とても買えない。

家庭用洗剤は、石鹸クリームクレンザー（よつば生協で入手。エスケー石鹸。ここは全成分記載している会社。生活クラブ生協の石鹸商品は、すべてこの会社である）。シャボン玉せっけんクリーナーは、値段が高くないのに汚れが非常によく落ちて重宝している。その他重曹、塩、エタノール、電解アルカリ水、精油、スポンジ類を駆使している。

漂白剤は、何が何でも酸素系でなくてはならない。子供のいる家庭に塩素系漂白剤が置いてあることは非常に怖いと思う。酸素系（過炭酸ナトリウム）で、洗濯機は十分掃除できる。

入浴剤も好きで、特に硫黄の湯の花が大好きなのだが、続けて使うとかぶれるので、ほんのたまにしか使えなかった。人工着色・人工香料の入浴剤は最悪だ（環境汚染以外の何ものでもないだろうに）。ＷＥＬＥＤＡのバスミルクやネイチャーエッセンスやＨＢ１０１を贅沢に使用している。

オイルでのアロマトリートメントは、服がオイルで汚れるので今はあまりしない。ヤングリビングエッセンシャルオイルズのブレンドオイルをほぼ毎日使用している。ハンドオイルやヘアオイルとして、ＦＥＳ、パシフィック、モーニングスター、エドガーケイシーマッサージオイル、パトリスヒーリングトゥリーオイル、ミスティカオイルなどを用いる。男性に対し、局部のマッサージを行なう時は、エッセンスのクリームやジェルがバイアグラ的効果をもたらす。ファッションサロンで仕事をしていた時には、エッセンス商品をふんだんに用いることによって自分の身を守っていた。ちなみに、高級エステと称するファッションサロンで使われているクリーム・オイルは成分などがえたいの知れない粗悪品である。どうしても風俗を利用したければ、エッセンス商品を自分で持っていって、「これでマッサージをしてくれ」と頼むと良いだろう。

普段の私は、とにかく「すっぴん」である。「すっぴん」こそが肌にとって最高だ（子供を見るといい）。素肌そのままで美しいことが、最も価値がある。また主婦として食べものを扱っている時に、化粧は最も避けなければいけないと思っている（さぞかし私の身体は美味しいだろう！）。真に美味しいパンをつくるならすっぴんであることは必須条件だ。

私のアトピー症状だが、本当にアトピー（奇妙）である。それだけに、皮膚科へ行くと、中程度のステロイド軟膏を出されて終わってしまう。漢方は全く駄目だった。

症状が出る部分は決まっていて、足の甲、足の裏、手の甲、手のひら、指のまた、指先である。小さい発疹（掻くとつぶれて浸出液が出る）が出て、赤いブツブツが浮き出て非常にかゆく、皮がむけたり、指紋がなくなって縦に切れて血が出たりする（子供なのに主婦湿疹・進行性指掌角皮症だった）。

風呂や寝床に入って暖まったり、何かのきっかけでかゆみが激しくなる。日光に当たると足の甲と右手のひじから下、手の甲に湿疹が発症する（日光皮膚炎、日光過敏症。これはアトピー用の日焼け止めを塗ったことで更にひどくなり、私は慌てて勉強して、日焼け止めは非常に危険だと知った）。

抗生物質（塩酸セフカペンピボキシル）の副作用で、全身皮膚掻痒症になったこともあるし、結婚して生活が変化したことで、一時的にアトピーがひどくなったこともあるし、エッセンスとホメオパシーのアグラベーションで、三ヶ月くらい顔も含めた全身の皮膚がかさかさになったこともある（石鹸すら一切使えなかった、人にも会えなかった）。

三十三年もいろいろと試して経験すると、少々のことでは動じない。ホメオパシーのクリームは、使いたいが値段が高く、効果がいまいちである。かゆみ止めには、ムヒ（ベビー用。池田模範堂。ムヒにはいくつかあって、ステロイドの入っているものもあるから注意）、オイラックスクリーム（成分はクロタミトン。薬局にもあるが、皮膚科で出してもらえる）、それから重宝しているのが酸化亜鉛含有製品である。これがあれば馬油（これは最悪で、私のアトピーは激化した）などの品々を手放せる。漢方の紫雲膏は、汚れるだけでたいして、というか全然効かなかった部類だ（痔には良い）。

尿素は、私の自家製の化粧水に配合しているが、これはアレルギーの原因になるとも言われている（私は大丈夫なので毎日使用している）。むちゃくちゃかゆい時はステロイド軟膏（皮膚科でもらう）も利用する。特に陰部のかゆみは性質《たち》が悪い。カンジタには、トリコマイシンK錠（膣座薬で、薬局で購入。良く効く）。乳酸菌を多く摂取するようにすると良い。保険で乳酸菌製剤ラックビーなどを医者に出してもらえる。

私は軽い金属アレルギーでもある。時計・イヤリング・ネックレスなどの合金の部分は、皮膜を塗って対応している。装飾品保護シールド剤は東急ハンズで入手可能。

赤ちゃん用商品の陳列棚は最悪だ。成分も最悪、値段も最悪。私の実母は、赤ちゃん用の商品なら安全だと信じるバカ者だった。私もそれを信じて使ったが、その結果、ろくでもないことになった。私が成分全チェックをはじめたのはそれからだ。

赤ちゃん用のおしりふきの成分表示を見たことがあるだろうか。逆性石鹸液といわれている塩化ベンザルコニウム液は、立派な合成洗剤だ。殺菌消毒剤として目薬にも入っているが、怖いことだと思う。

服は、自然素材（綿・麻・シルク）が良い。特に下着は自然素材一〇〇パーセントでなければならない。合成繊維のものや締めつけるものは絶対いけない（こんなことは母親が教育することだ）。私が大金持ちだったら、オーガニックの商品を買うところだ。

あせもには、酸化亜鉛の入った商品（WELEDAカレンドラベビーパウダー、BURT'S BEESのベビーワックスクリーム）を使っている。いぼには、はとむぎとか、アロマではシナモンやレモンとされるが、皮膚科では液体窒素凍結療法に何回か通わないといけない。自分でするのに確実なのは、スピール膏EX50（＝サリチル酸絆創膏・ニチバン）で、根気よくとれば完治できる。

私の両親・姑・主人は水虫なのだが、私にはなぜかうつらない。私のいぼも誰にもうつらない。こういう現象も不思議だなぁと、つくづく思う。いぼのウイルスが好み、水虫の菌が嫌う身体なのかもしれない。仕事柄、他人の足裏トリートメントをする時は、ティトリー、ラベンダーの原液を使って菌がうつらないような防衛策をとっている。

売り上げの落ちたナプキン会社の研究員に素材を変えるよう勧め、実現した実績がある。ナプキンの表面材はポリエチレン、ポリエステル、脱脂綿、ポリプロピレン以外は、かぶれる確率が高くなるのである。現在の私はケミカルナプキンやパンティーライナーを卒業して、布ナプキン派である（特別に何かを買っているわけではない。ただ、手頃な大きさのハンドタオルを使っているだけ）。

痔にはどんなオイルでも対応可能だが、実は良質のリップスティックが最適である。パルプ一〇〇パーセントのダブルのトイレットペーパーにするだけで、痔の症状はぐっと改善する。環境を考えて、私はシングル再生紙トイレットペーパーと使い分けている。オーソドックスなオロナイン軟膏は、にきびにはすごく効くがかゆみに用いてはならないので注意すること。寝る前にこれで顔をパックすると、翌朝つるつるである。

ホメオパシーのレメディで子供のアトピー性皮膚炎に対応しようとする親がいるが、これは全くの間違いである。私の主宰するエッセンスヒーリングルームでは、子供（小学校三年以下）にはエッセンスもレメディも与えない。その親に与えることで対応している。親の影響がそのまま子供に出ているのであるから、親が変われば（治れば）子供もよくなるはずなのである。特に子供時代にレメディを乱用することは、子供に決定的なダメージを与えることにもなりかねない。エッセンスやレメディを使えば一番楽になるのは誰か。親である。親は子供のためといいつつ、自分のために子供にレメディを投与しているのだということをよく自覚してほしい。子供の課題を奪っているということも自覚してもらいたい。アトピーになっている子供自身がアトピーから学ばねばならないのに、アトピーでない親がアトピーの勉強をしてどうなるというのだ？　それこそ偽善である。

アトピーを掻いてはいけないと禁止する親がいるが、その痒みの凄まじさがわかるのか。私は自分のアトピーを血が出るまで掻きむしった時、皮膚はめちゃめちゃになっても心の方は落ち着いた。すっとした。掻きむしらねば表現できない心の言葉があるのだ。親が子供の真の実態をつかむことがいかに難しいかを思う時（自分の子供時代を思い出してみてほしい。親の見ていないところで子供はいろんなことをして、いろんなことを考えている）、子供が反抗期・思春期に入り、自分自身でレメディを選ぶ知力がついてからの自己投与で遅くはないと思う。子供時代、身体がつくられていく期間にレメディを与えることの怖さを、親としてわかっておいて欲しい。

アトピーの最大の薬は、幸福感である。幸福感が不足した時、アトピーが発症する。私は、結婚して実家と別れ、夫の介護を受けるようになって、アトピー・過敏性大腸症候群がほとんど消失した（治ったのではない。実家へ戻れば再発するだろう）。幼児のアトピーは、両親の幸福欠如に因《よ》る。アトピーで苦しむ人間は、アトピー製品会社に利用されがちだが、アトピー製品会社を利用していく態度で生きていければ、と思う。

フィンドホーン・フラワーエッセンスを私の実母は「一種の宗教団体だ」と非難した。当たっている。実母は、宗教をひどく嫌っていた平凡な一般人だった（矛盾した行動も多々あったが）。新興宗教の巧妙な仕組みをよく心得ていた。まあ、大手化粧品会社出身だから、裏側に精通していたのだと思うが、私は自分の父母の正体を知らない。彼らは、実の子供にさえ、絶対に本音を言わなかった人々だ。集団に迎合し、孤立することを何より恐れ、世間体を一番大事に考えていた人だった。一方私は、何の集団にも所属しない、所属できないがために、バカ正直で通すことができた。正直は最大の戦略であると信じている。母は、そんな私がやることなすこと、言うことすべてをひどく嫌った。私の行動はまず母によって完全にことごとく否定されるところからはじまったので、その結果一六歳で「私なんか死んでしまった方が世の中のためになるのだ、生きている価値など微塵もないのだ」と考えるようになってしまった。二〇〇五年三月五日にサイコセラピストL氏のヒーリングを受けなければ、この本も冥土の土産にするところであった。

宗教といえば、他のネイチャーエッセンスも似たり寄ったりだが、フィンドホーンは最も宗教化していると感じている。ブッシュは企業化している。それだけエッセンスの効果が確実なのである。だから、エッセンスを自分の救済に利用すれば良い。

つまり、その効能を完全に自分のものにすれば良いのだ。これが、すでに利用されていると私の母は言うのだが…。まあ、そういう見方も当たっているだろう。私のようなバカ者を利用して普及させるやり方が、フィンドホーン独特の布教法なのかもしれない。

まあ、飲んだのに感じない&変化がないというのが利用されることだと私は考えている。自立するまでは、エッセンスにべったり依存すれば良いのだ。人間に依存するよりずっと利用され度は低いと思う。飲んだボトルから得るメッセージは一つ残らずキャッチし、変化のために生かす、という姿勢で臨めば、エッセンスの団体に利用されることはないはずだ。

現存するすべての宗教団体の人間たちが、どんどんネイチャーエッセンスを飲めばいいと私は思っている。きっとものすごく面白いことになるだろう。

ベルジュバンス＆水パーマ

「長い髪の毛は駄目だ」「目に悪い、男の気をひく、勉強の邪魔になる」「パーマをあてたら、染めたら、家に入れない」というのが、私の実家だ。髪の毛は、生物学的には単に老廃物だが、魂の見地からいえば、その人の創造力をあらわすのに…。私も身体に悪いことはしたくない。だが、身体に良いパーマがあるとしたら！

ベルジュバンスのパーマをしたのは、二十二歳の時である。私にとって、はじめてのパーマだった。かけ終わった時、お腹がすいて、ものすごく元気になってしまった。身体が軽くなった。ものすごいパーマだ、と思って、理論を勉強した。納得した。ストレートもソバージュも可能（効果はあまり持続しない）、染髪もある。はまったが、お金がかかるので、卒業式とか結婚式とかイベント前日にしかできないのが悲しい。普段は三つ編みでソバージュにする、というお金のいらない方法にしている。

茶色その他の色にしっかり染めたい、しっかりしたストレートパーマをかけたい時は、ビーワン方式の店へ行く。私は長年、茶髪にしたかったが、市販のカラーリングだと、中の使用説明書に「生理中はお止めください」と記されている。それを見るとてもする気にはなれなかった。子供を産んでしまった人なら使っていいのかもしれないが。

ビーワンをしたのは三十一歳の時だが、身体にいい、とは断言できない。というのは、カラーリングの途中で頭皮に異常なかゆみを感じたからである。無事に美しい茶髪になったが、他のパーマより安心だ、ぐらいのものだろうと考えている。これも値段が高いので、イベントの時くらいしかできない。

美容室　ベルロンドゥシオリ（ＴＥＬ０２６５・７６・０５２４）

ハゲには何が効くか?

私は、自分が経験したことのない症状については、知識を知っていても対応はしない。自分が実験台になっていないことを人にすすめるのは、偽善だと思っている。だが、ダンナの頭髪が薄くなってきているのをエッセンスで治せたら、と考え、クリスタルハーブのCedar、Star Tulip、Brassのブレンドを飲んでもらった。

もちろん、ダンナには実験台だとはっきり告げたうえで、である。結果は効くとも効かぬとも言えぬものだった。あいまいなものを飲ませるのは私のやり方ではないので、ダンナに飲ませるのはやめ、今度は私が飲んでみた。私はハゲた経験はないが、頭皮が強い純石鹸でかぶれやすいこと、昔は艶のある直毛だったのが年をとるに従ってコシのない弱々しい毛になってきたことが気になっていたからである。

残念ながら、効果はわからなかった。

だが、これで終わりではない。

なんと、ハゲに効いた商品があったのである。ゴールド化粧水（ミヤウチ柑橘研究所）と、姉妹品の黄金宮（日本かんきつ研究所株式会社）である。瓶の半分しか使っていないのに、ダンナのつるつるの頭頂に、白髪が多いが髪の毛が確実に生えてきた。

朝晩必ず塗ることと決められているのに、過去に植毛で完全失敗したダンナは、自分では積極的に使おうとしなかった。しかし、ダンナは、私が選んであげたいろいろなエッセンスを毎日自分で飲んでいた。その上で、私が黄金宮を時々（忙しくて疲れていて毎日塗ってあげることはできなかった）塗るというやり方だったにもかかわらず生えてきた（最初はゴールド化粧水を使ってあげていたが、高価なので黄金宮にした）。

この黄金宮、二〇〇五年三月二十八日の地元の朝刊に大きく取り上げられた。なんでも今度は韓国進出するらしい。実際に生えてきたのと、新聞を見て、ダンナが積極的に塗るようになったのはいうまでもない。もちろん、エッセンスで内部からの変化を促すことは重要だし、それまでの整髪料の使用を一切止め、ムースはクレコス、ヘアオイルはエッセンス系のオイルにし、石鹸シャンプーにしたこともいうまでもない。

やけど

パンを焼いていれば、オーブンで腕をやけどすることは頻繁すぎて、そして主婦ならば、台所で小さなやけどはつきもので、そういうことに一つひとつに対応するほど暇ではない。

二〇〇五年六月二十一日、左手の人さし指、中指、薬指の三本に、ポットのお湯をもろにかけてしまい、大やけどしてしまった。

アバンダンスの法則に従い、その場にあるありったけの品で対応した。

ファーストエイドボトル半分、ソウルサポートボトル半分、ワラターボトル半分、エロスジェル二本（アロエがやけどに効くため）、ＨＢ１０１一本、黄金宮四分の一本、ＢＩＯＬＡＢ《バイオラブ》アロマエッセンス十数滴、ヤングリビングエッセンシャルオイルのホワイトアンジェリカ十数滴、これらをメラミン樹脂製の皿に入れ、波動吸収する一時間、左手を浸した。

三本の指はズキズキと激しく痛み、私の心はどんどん焦っていった。

次に、ブッシュのエッセンスをやけど用にブレンドしたものとホメオパシー（アルニカ三〇Ｃ、カンタリス三〇Ｃ）を内服した。すると驚いたことに、心も手の傷もあっという間に落ち着いた。これにはいつものことながら感動した。やはり内服は重要なのだ。

ホメオパシーの救急用軟膏を塗り、最後に、ヤングリビングエッセンシャルオイルのラベンダーをたっぷり塗った。

人さし指は水ぶくれしたが、中指、薬指は全くの無傷で済んだ。

火に関する災いは仏罰だというだけの日本。だが、エッセンスとホメオパシーで必ず対応できる。

今までにアレルギー反応を誘起した商品
（これは個人としての経験なので、すべての人にアレルギー反応が起きるという意味ではありません）

※グロンサン強力内服液（中外製薬）
私の父はリポビタンDなどの滋養強壮ドリンクを毎日飲んでいた。父がある時、人に薦められてグロンサン強力内服液を一本飲んだところ、アナフラキシーショックを起こし、生死の境をさまようはめになった。アナフラキシーショック中でも仕事のスケジュールを変更することなく生きる父の姿勢は、恐ろしいほどだった。だからこそ、黄綬褒章をもらえるまでになるのだろう。

私は、遺伝を考え、二〇〇一年九月十九日、アモキサン六五錠その他の抗精神薬も足して九十錠強を、全粒粉ビスケットとプレーンヨーグルトと共に噛んで食べ、そのあとグロンサン強

〈胃腸科〉

三十一年の不調期間

私は、母乳を飲んでも下痢をしていたらしい。大学生になっても、ビスケットやクッキーやハンバーガーやアイスクリーム、コーヒーや生水は下剤だった。弱い胃腸だ、弱い身体だ、でまとめられていた。

一方、両親と妹は身体にふりまわされず、特に母は、美人で頑健な身体だった。家族三人と私一人という構図がすでに身体で示されていた。

私は食べても食べてもすぐ下痢で、太ることができず、ちびで徹底的に孤独だった。両親は、もっと太れ、もっと食べろ、と命令するのをやめず（彼らにしてみれば心配心から出た何でもない言葉だったようである）、それに加えて、ひじをついて食べるな、など礼儀作法にもうるさく、食事の時間が拷問だった。友人たちと一緒にお弁当を食べることができない精神状態になるくらい、食べる時間にたっぷりと注意を受けていた。私は、自分の食べる姿を他人に見られたくなかった。私は変な人間なのだ（これは死ぬべき人間だ、という風につながっていく）。

私と両親との関係は、二十二歳の時に完全に破綻している。大学四年まではごまかせた状態が、それ以上ごまかせないことを自分自身で悟り、進学も就職もできないことを両親に訴えたのである。私が、「できない」と言ったのは、それまでの人生でこの時だけだ。しかし、大学を休んで訴える私の小さな、しかし大きな絶望を含んだ声は、両親に一蹴された。両親は私の表層しか見ていなかった。

両親を絶対に許せなかった。

親の命令に完璧に従ってきたにもかかわらず、私を助けてはくれない。親を信じて生きてきただけに、私の怒りは強烈だった。男とのふしだらな関係（親に言わせれば）も、それ以降である。破綻してから三十一で結婚するまでの九年間、両親の命令形・禁止形に変化はなく、母親のつくる食事が反吐がでるほど嫌になり、自分の部屋にこもって、自分の好きなものを好きな時間に買って食べるようになっていた。

子供を産んだ母親がどれだけ偉いのか、産んだことのない私にはわからない。私は、今まで出会ってきたすべての人間から「わがままだ」と言われ注意され仲間外れにされ、母は、私のわがままを、「あんたみたいなわがまま娘には子供なんか産めないね。子供を産む痛みに耐えられず気が狂って首をつって自殺するわ」と言った。

その後はお決まりの、自分がどれだけ頑張って私を産んだかの手柄話（子供に負担がかからないようきばりまくって、産んだ後には顔全体に血の斑点が浮かび、医者も看護婦も、前例がないほど頑張る母親に驚いたのだとか）をする。母親は、それが最も正しい産み方だと主張し、痛い痛いと弱音を吐く人間は母親になる資格がないと言うのだ。私はこの話を、三十一年間まるで洗脳のように、何度も何度も聞かされたあげく、今や自分が子供を産んで発狂し自殺する気がするまでになっている。

私は、自分の母が幼い頃から「だいっきらい！」だった。嫌いな理由は山のようにあって書ききれない。自分が主婦になった今でも、母に共感する気持ちはわいてこない。母のことを頭に思い浮かべるだけで、手持ちの皿を床に叩きつけたくなる衝動を抑えるので必死なのだ。

ともかく結論を言おう。結婚とネイチャーエッセンスで、三十一年間の胃腸の不調から解放されたのである。結婚もネイチャーエッセンスのお陰でできたのだから、ネイチャーエッセンスで三十一年間の胃腸の不調からは解放された、と言ったほうが正しいのかもしれない。

胃腸の不調に直接対応するネイチャーエッセンス

第二チャクラ（大腸）

ヒマラヤンのウェル・ビーイング

コルテのキュルビス

第三チャクラ（胃・肝臓・小腸・下腹部）

ヒマラヤンのストレングス

胃腸も含めた全般の不調に対応するエッセンス

エッセンスを飲んで問題点を意識化しないのであれば、エッセンスを買うのも飲むの金の無駄である。今やいろいろなエッセンスがあって、芋づる式にエッセンスを買わねばいけない羽目になるという、エッセンス商法にはまっても面白くはないだろう。

必要最小限の出費でおさえたい人のために、絶対必要なエッセンスを選んだ。以下の約三十本を一ヶ月に一本飲むというのは、決して無理なことではないだろう。

エッセンスに懐疑的な人でも、
オーストラリアンブッシュのワラター
アラスカのソウルサポート
を飲めば、何らかの波動を感じられると思う。この二本は救急箱に必須である。

FESヤロウ・エンバイラメンタル・ソリューション（旧ヤロウスペシャルフォーミュラ）
ヒマラヤンのどれか一本
コルテのどれか一本
デザートアルケミーのコンビネーションのうちどれか一本
パシフィックのバランサー、アバンダンス、ハートスピリットのうちどれか一本
フィンドホーン

フィンドホーンエッセンスに対する投資を渋ってはいけない。これは純粋に自分の変化への投資となる。私はフィンドホーンをとりまく人々に直接会って喋ったことがあり、宗教化している彼らの態度には非常にむかついたので、フィンドホーンを必須ボトルに入れるのは本当は悔しいのだが、そういう個人的な感情とは切り離して、フィンドホーンエッセンスそのものは素晴らしい。

ライフフォース（フィンドホーンの全種類の中で最初に飲むボトルはこれである）

カルマクリア（フィンドホーンの全種類の中で二番目に飲むボトルはこれ。つらくなったら、ファーストエイドで対応する）

スピリチュアルマリッジ（つらい時は、ファーストエイドもしくはレバレイションで対応する）

クリアライト

ホーリーグレイル（つらい時はファーストエイドで対応する）

サイキックプロテクション、トランスフォーメーションのどちらか一本

ライム、モンキーフラワー、ラギットロビン、ローズウォーターリリー、シルバーウィード、スポッティッドオーキッド、ウィローハーブ、ジャパニーズチェリー、エレメンタル（ウォーターター以外四種）、エソテリック二種

プロスペリティ

以下は、金銭の余裕がある人に。

バッチの全種類…人間の性質を三八種類に分類したもの。いろいろなブランドから出ているが、どのブランドを飲むかは個人の好み。自分がバッチのどのタイプかもわからないようでは、ネイチャーエッセンスを飲む意味はない。今現在プラスの状態もしくは無関係の性質でも、三八を内包している、という考え方から全種類を飲んでおく。

エッセンスをアドバイスする時、「植物の生育は、必要量に対して供給量の最も少ない条件で決まる」という、「リービッヒの最少律」の考え方を応用して説明をしている。

波動が欠けている箇所をバケツの穴に例え、バケツに水を入れることを想定する。二十三個の穴が開いている時、バケツにいくら水を入れても水は貯まらない。二十三個の穴をとりあえずふさげば、水が貯まる。穴を完璧にふさぐのは、まず二十三個の穴をざっとふさいだ後の仕事である。穴は下のほうからふさがねば、水はたまらない。下からふさぐ、というのは、まず生命力（第一チャクラ＝グラウディング）からということである。ブランドの中からどれか一つを選ぶ時は、これを念頭に置いて選ぶ。一つのボトルを何回も飲むより、新しいボトルを飲むことをおすすめする。

胃腸の不調に対応するホメオパシー

自分のことを自意識過剰といわれるまでに客観視して、自分のためにぴったり合ったホメオパシーレメデイを選べるようになるのが理想であるが、大変に難しいことだと思う。とりあえず、私が試して、夫が試して、そして私のサロンに来室する相談者が使って、一粒で効いたものだけを記載する。

・胃の不調—ヌクス・ボミカ
・腸の不調—コロキンティス

一般的な胃腸の薬

十六歳前後から様々な症状や事件が私を襲った。卑怯ないじめに対して、勉強するしか逃げ道はなかったし、親との正面衝突、自分自身との正面衝突を避けるためにも、私には勉強するしか術はなかった。運良くトップ高に合格し、天才・秀才たちの光り輝く才能の中で息ができることは、私に毎日新しい発見と喜びと幸福をもたらした。

そんな中、身体だけが何かを必死に訴えていた。膀胱炎・偏頭痛・花粉症・交通事故・食中毒・過敏性腸症候群・十二指腸潰瘍・喉の腫瘍・涙管詰・髪の毛をかきむしり、ひきちぎるほどの腹痛をともなう下痢、転げ回るほどの月経痛、犬に噛まれるという事件、肛門からは臭いガスがひっきりなしに出て、足の裏からも腐臭が漂う…。私は、生きたまま身体が死んで、腐っていくのを体験した。

二十二歳の晩秋、私は親に生まれてはじめて助けを求めた。だが、親にはそんな子の叫びを理解できる能力も、暇もなかった。

私は絶望した。

私はネイチャーエッセンスに出遭うまで、漢方薬・伝統薬・保険薬、そしてH（＝カレ）に依存するしかなかったのだ。

今のダンナと出会った時、私は、相手はもう誰でもいいから結婚したい、という状態だった。死ねないからただ生き延びている、二十二歳から続いていた生き地獄（いや、本当は生まれる前から続いていた地獄であろう）を救ってくれたのはダンナだった。いや、ダンナの夢に服部神社の神様があらわれ、ダンナはそれに従ったらしいので、正確には神が私を救ったというべきかもしれない。

そうして結婚して、ダンナと姑と同居をはじめたら、胃腸の不調（特に下痢）がほとんど治《おさ》まってしまった。私は、今まで依存していた薬を恐る恐る、でも確実に手放していった。

この経験で改めて、身体が一番正直なのだと納得した。私の育った環境がそれだけ苛酷だったことを、誰も信じなくても、私の身体が証明していたのだ。私の身体はすべて知っていたのだ。私の胃はすでにボロボロである。堕ちるのが止まって、まだ一年。

胃腸薬だけは飲む薬に迷う時がある。いろいろ知りすぎて選択肢が多く、一本に絞れない。私は一症状に一つの方法でしか対処しないことにしているので、ダンナに霊視してもらう。いろいろすると、わけがわからなくなって混乱するだけだからだ。ダンナは、医薬・エッセンスに対する知識が皆無にもかかわらず、飲むべきものを教えてくれる。

アロパシーの薬を大いに利用すべきだと思う。以下に紹介する。

保険薬（医者に処方してもらう薬）

セルベックス（テプレノン）　胃粘膜保護作用。

トロキシン（トロキシピド）　胃粘膜修復作用。

ウルグート（塩酸ベネキサトデータデクス）　胃粘膜血流増加作用。妊婦禁止。

マーズレンS（アズレンスルホン酸ナトリウム・L—グルタミン）　胃粘膜保護作用。

ガスモチン（クエン酸モサプリド）　慢性胃炎による消化器症状、特に原因不明のしつこい吐き気。

チアトン・チアパストン（臭化チキジウム）　胃痛。

ブスコパン（臭化ブチルスコポラミン）　激しい内臓痛。

ロペミン・ミロピン（塩酸ロペラミド）　下痢止め・身体の抵抗力が落ちて、下痢が止まらなくなった時に。

ラキソベロン（ピコスルファートナトリウム）　便秘・薬の副作用の便秘。

保険薬の漢方薬に麻子仁丸料《ましにんがんりょう》がある。これは、子供から老人まで安心して用いることのできる、そして作用が確実な便秘対応薬だ。アロパシーの良心的な医者でさえ、この漢方薬を用いる。便秘にラキソベロンを出す医者は、麻子仁丸料を知らないのだ。ラキソベロンは、市販の便秘薬同様、依存性があり、次第に飲む量が増えてしまう、麻子仁丸料にはそういうことはない。寝る前に一包飲むと翌日（翌朝でなく）必ず便が出る。私の場合、一包だと多すぎて、翌日下痢になってしまうので、半分ちょっとを飲んで自己調節している。

ナウゼリン（ドンペリドン）　吐き気。旅行時の酔い止めにはアラスカのソウルサポートが一番である。ナウゼリンは、エッセンスやホメオパシーの好転反応時としての吐き気には効かない。

プリンペラン（メトクロプラミド）　吐き気。

ガスコン・ガスサール（ジメチコン）　抗おなら。

コロネル（ポリカルボフィルカルシウム）　過敏性腸症候群。

高校二年から始まった過敏性腸症候群で、臭いおならがひっきりなしに出るようになり、私は異性とつきあえない、結婚できない人間だと思いこんでしまっていた。今のダンナとは、おならで悩む以上の問題で苦しんでいて、勢いで一緒になったが、驚いたことに、結婚したら過敏性腸症候群からは完全に解放されたのだった！

ガスター10　十二指腸潰瘍。ストレスが自分の限界を超えた時、昔の古傷が目覚める。副作用などが気になる薬なので、私は知識の一つとして利用するにとどめている。

漢方薬

太田漢方胃腸薬　安中散他。過食がひどかった頃、この薬の味が好きでどっぷり依存していた。過食する人間には、この薬が、効く効かないの問題ではなく、気休めとして必要なのである。

タケダ漢方胃腸薬Ａ末　安中散。太田漢方胃腸薬が入手できない時。

補中益気湯（保険薬）　過食がひどかった頃、この薬の味が好きで、どっぷり依存していた。

大正胃《ゆうせんえん》腸薬K　安中散＋芍薬甘草《しゃくやくかんぞう》湯。芍薬甘草湯の割合が多いので、胃痛・筋肉痛がある時に飲むとよく効く。

エスエス胃腸顆粒　コンビニで手軽に買えるので、利用していた。

正露丸（**大幸薬品**）　ブナの樹液から抽出されるクレオソートが主成分。この薬に本当にお世話になってきた。強い薬と判断して、ひどい腹痛下痢の時に飲むようにしている。正露丸の成分には厳しい批判もあるが、私を何度も救ってくれた常備薬であることだけは確かである。

赤玉はら薬（**廣貫堂**）　正露丸ほどでもない腹痛の時に飲む。

陀羅尼助《だらにすけ》　キハダ（黄柏《おうばく》）が主成分。キハダは身体を冷やすので注意。過食がひどかった頃、この薬の味が好きで、どっぷり依存していた。いろいろなブランドがある。

百草丸　陀羅尼助と似ている。これも、キハダ（黄柏《おうばく》）が主成分。日野と御岳の二つのブランドがある。

梅肉エキス　青梅をすりおろして煮詰めたもの。解毒に優れ、素晴らしい薬効がある。私は梅《めい》丹《たん》古式梅肉エキスの愛用者だった。自分でもつくったことがあるが、手間暇を考えると買ったほうがいい。

熊膽圓（**通称くまのい**）　肝臓が疲れていると感じる時の胃の不調に使っている。熊胆《ゆうたん》配合。

センブリ　リンドウ科。煎じたものは胃の不調に本当によく効く。苦い。私はこの苦さが好きである。栽培を試みたが、夏の暑さで失敗した。

ゲンノショウコ（現の証拠）　フウロソウ科。赤花・白花どちらも薬効がある。こぼれ種でどんどん増える。ゲラニオールをはじめとするタンニンを多く含む。よく効くので薬扱いにすることと。お茶がわりに毎日飲むのは避ける。不思議なのは、煎じている間の成分の変化により、下痢にも便秘にも効果があるということである。下痢止めにするには、乾燥したゲンノショウコ一〇ｇを水六〇〇ｃｃに入れて強火で十五〜二〇分間煮沸させて煎じたものを、一日三回に分けて服用する。便秘に使うには、ゲンノショウコ五ｇを水六〇〇ｃｃに入れ、とろ火で十五分間煎じ、沸騰する直前に火から下ろして、これも一日三回に分けて服用する。

ゲンノラクト（新日本薬品）　ゲンノショウコエキス＋有胞子性乳酸菌

乳酸菌製剤

新ビオフェルミンS錠（武田薬品）　コンク・ビフィズス菌末＋コンク・フェーカリス菌末＋コンク・アシドフィルス菌末。幼い頃からお世話になっていた製品。現在は保険薬のラックビーがあるので、使用していないが、この製品を子供がなめることで、口内・食道・胃に良い効果をもたらしているであろうと考えられる。しかし、妙な甘さが口に残るのが気になる。

新ラクトーンＡ（アサヒビール＆田辺製薬）　ビフィズス菌＋フェカリス菌＋アシドフィルス

〈歯科〉

動機づけ（モチベーション）

中学生時代から、歯ブラシと歯磨き粉を学校に持参し、昼食の弁当を食べた後、必ず磨いていた。

からかわれた。いじめられた。

毎日である。

それでも、負けることはなかった。私は、からかい、いじめる奴らを軽くあしらいながら、断固として磨き続けた。

バーベイン＋バインタイプでなけりゃあ、できない業《わざ》だ。そして、強烈なモチベーションがなければできない業だ。私のモチベーションを書く。一朝一夕にできたものではない。長い物語がある。

私は、母親に徹底的に反抗するか、理由が納得できれば徹底的に服従するか、という両極端な子供だった。母には叩かれた。ビンタされた。家の外に閉め出された。罰を与えられた記憶はあるが、人間として愛された記憶は一度たりともない。母親の所有物として、管理され、禁止され、過保護にされた。

私は「なぜか」という理由が理解できなければ何もできない、バカ人間だった。過去形で書いているが現在も変わらない。みんながするから、という理由は私にとっては全く意味がなく、意味がないどころか反発の材料となるだけである。今は何より得意なパンづくりでさえ、はじめた当初は、強力粉《きょうりきこ》にイースト・塩・砂糖・油脂・水を混ぜるという行為に参加できなかった。

なぜそうしなければいけないのか、なぜその順序で混ぜなければいけないのか、科学的な説明がわかっていないと、何もできないのであった。わけがわからないまま進行していくことについていけず、教室で本当にぶっ倒れたことすらある（自分でもびっくりした）。結局、私がパン教室に行ったのは数えるほどで、後は、図書館と本屋でパンに関する書籍を読破・一つひとつ実践して身につけた業《わざ》である。

バカな自分という生徒に根気強く厳しく、残酷に妥協を許さず自己教育した結果、パンを売るまでになった。

「どこかのパン屋で修行したのか」という問いに「いえ独学です」と言うと、みんな去っていく。登校拒否児の扱いなんて、こんなもんである。

自分の知識のほとんどを、そうやって否定される中で生きている。昨日は、割腹自殺か飛び降り自殺を決行しようと思った（こういう時は、エッセンスを飲む気にもなれないのだ）。私がこの世から消えれば、みんなが喜ぶとしか思えない時があるのだ。だが、知人が中途半端に自殺をやった結果、もっと苦しい人生になってしまったのを知ってしまっているので、中途半端な決行ができない。

母親は、駄菓子屋で同級生と買い食いすることを厳しく禁じていた。遊びに行った先でもらったものは、すべて母親の許しがなければ口にしないように、と、きつく命令されていた。家で出るお菓子は、私の気持ちを満たさない生協のつまらないお菓子が少量だけ。

その当時、ローンをかかえ家計が苦しく、新聞代・電気代・水道代、私の給食費すら払えなかったということを、私は大人になってから知らされたが、当時はただ「だめといったらだめだ」という禁止の言葉しか与えられなかった。

妹は、母の言葉に素直に従った。私は駄目だった。理由が納得できない時、自分の、どうしてもしたい、という気持ちを自制することは不可能だった。

親の目を盗んで駄菓子屋に行き、同級生たちと一緒に駄菓子を食べた。小遣いがない時は、友達の家に行って、お菓子をあからさまにねだったり、他人の家の台所の砂糖に手をだした。自分の家でも、母親にわからないように砂糖を食べたり、甘い肝油を盗み食いした。とにかく無性に「砂糖」が欲しくて欲しくてたまらなかったことだけをはっきり覚えている。コーヒー・紅茶用のスティックを口に流し込む、角砂糖をほおばることを隠れて繰り返していた。

そのうえ、ものぐさだった私は、歯を磨くことを面倒くさがった。

「歯を磨きなさい」という命令も（私は、命令には絶対、命をかけて従わないのだ）、歯磨きブラシでちょいちょいと磨いて、「磨きました」と報告し、うまく親の命令をかわしていた。

砂糖ばかり食べ、歯すら磨かない子供がいったいどういうことになるか、もうお分かりだろう。

歯医者で虫歯を治しても治しても虫歯になる、のである。

私の母親は、私が隠れてやっていることなど夢にも知らなかったから、私をこまめに歯医者に連れて行っては、歯のレントゲンを当てていた。今考えると、恐ろしいことを平気でやっていたものだ。虫歯になる理由は「歯の質が弱いから」と説明された。これは当たっていたが、間違っていたのだ。

中学生になった時、私の奥歯の虫歯は抜く直前まで進行していた。

ところが、この頃になると砂糖嗜癖は影を潜め、出っ歯の矯正（矯正は親の命令でなされたことで、バカな経験だった。約五年間、時間と金の大きな無駄だった。よくまあ大人しく通い、大人しく器具を入れたことだ。今の私なら絶対拒否する。妹は、姉を見て断固として拒否した。妹はいいですね。私が頼みもしないのに、これこそ親の自己満足。結局、見かけは綺麗ねと言われる歯並びの裏で、噛み合わせの大きな問題を抱えるようになってしまったのだ。とにかく、勉強もせずに子供にいろんな金かけるな！　自分がしたこともないことを子供にやらすな！）をしていたこともあり、だんだん何が悪かったのか自覚してきた。自覚したら、進歩は速い。

「そうか、今まで、歯医者で痛い思いをしたのは、あのせいだったのか、きちんと磨かなきゃ」

私はバカなので、気づくのも人より大分遅い。

しかし、周囲の大人も悪いよな。砂糖を与えたら楽だもんね。甘いもの食べたら虫歯になるよ、と注意するとか、どうして砂糖が欲しいの、と訊いてあげるとか、子供を気遣う大人はいない。自分の孫に、お父さんやお母さんに内緒だといって、砂糖を与えて手なずけて満足している。孫の本当の幸せを考えているのか？

中学時代は、私の他に磨いている人間はおらず、それこそいい見せものだった（現在の子供世界もそういう状況だという。学校は歯を磨く時間を設け、強制すべきだ。くだらないことの強制を止め、必要な強制をせよ）。

高校に合格すると、私の他、磨いている人間に数人出遭った。驚きと喜びだった。もちろん大多数の生徒は磨いていなかったし、からかいにくる奴もいたが、私一人ではなくなった幸福感が勝ちをおさめた。

大人になれば、磨くのは当たり前のように見られたし、ＯＬたちは違う意味でこまめに歯のケアをしている。

そうやって、私は十八歳から十一年間、歯医者のお世話にならずにすんでいた。ところが、二十八歳で、下顎に親知らずが出現し、歯医者に行かざるを得なくなったのである（それにしても私は歯の成長までとんでもなく遅い）。

歯医者は、「昔の詰めものが古いから、全部詰めなおしましょう」といった。無知な私は、その言葉に従った。歯科については何も勉強していなかったのだった。ところが、虫歯を詰め直すと穴が更に大きくなって、私の歯はもう抜く寸前、しかも知覚過敏になっており、詰め直せないところは神経を抜く、と言うのだ。親知らずも抜きましょう、と言う。

この時になって、おい、待てよ、と思った。笑顔で丁寧な医者だったから黙って従っていたが、「抜く」？　私が中学時代からいじめられても、からかわれても磨き続けた努力があるのに、この年で抜く必要があるわけがねーだろーが（私の行った小中学校は、市内でも指折りの不良校だったので、私の地《ぢ》はやくざ言葉である。読者の皆様、これが本当ですので、どうかお許しいただきたい）。

勉強した。例のごとく図書館や本屋で、片っ端から歯科関係の本を読んだ。むかつくなぁ、なんで歯医者でもないのに、歯の詳しいお勉強なんぞしなきゃなんないんだ、一文の得にもならないというのに。ろくでもない歯医者・手抜きの歯医者が多すぎるんだ。

古いのを詰め直す必要などなかったのだ。奴らの金儲けだったのだ。わかった時、私は、あと一つの詰め直しを残して、その診療所に通うのを止めた。そして、良い歯医者探しをはじめた。手がかりは図書館にあった、地元の歯医者マップである。これで、良さそうなのをピックアップし、歯医者はしごを開始したのだ。

「歯の掃除をしたいんです」と電話し、医者の良悪を判断するやり方だ。まず、歯の掃除に対し「レントゲンを絶対かけます」と言う医者は駄目だ。レントゲンでいろいろなことがわかるのは認めるが、患者が「お掃除だけを希望します」と言っているのに、聞かない医者は、他の希望だって聞いてくれやしない。

それに、院長はちょっとしか出てこず、掃除を、雇っている若い医者や若い女の助手に全部任せている医者も駄目だ。良い医者は、歯のお掃除でも必ず自分で見てくれる。

そうやって、やっとの思いで探し当てた医者が、YデンタルクリニックとH歯科だった。どちらの先生も、良心的で、信頼できる方だった（これは絶対評価ではない。私にとって良い先生であったという評価である）。

親知らずは抜かずにすんだ。古い詰めものはそのままでよいと言われた。歯科検診で、私は一番綺麗に磨けている患者だ、と誉められた。誉められたからといって何だというのだ。中学時代からの長い長い苦労を考えると当然のことじゃないか。

私は、苦しみすぎたあまり、誉められても喜べない人間になってしまった（パンについても同様)。

歯磨き粉

「人はお金を出して、自分が幸福と感じる幸福を買う」というのが現在の私の考えである。「お金で安全・安心・健康が買える」と思っていたのは、自然食品店に出入りし健康食品を試していた大学生の頃で、もはや遠い過去となってしまった。

長年、生協や自然食品店で入手した石鹸歯磨き粉を、一般より少し高い、泡立ちが悪く使いづらい、味がまずいと不満をかかえながら、安全なのだ、という理由で我慢して使用してきた。WELEDAのカレンデュラ・子供用を知って、今までの石鹸歯磨き粉は手放した。

私は石鹸歯磨き粉オンリー派ではない。

試供品でもらった合成洗剤歯磨き粉も、合成洗剤と知った上で使用している。というのは、石鹸歯磨き粉と塩(天塩。現在最も海に近い味のするキパワーソルトを用いている)だけで磨いていると、お茶などをよく飲む場合、色素沈着(歯の汚れは全部とれても、お茶やコーヒーなどによる色素がとれずに残り歯が茶色になる状態)が起こるからである。歯科へ行けば掃除してはくれるし、シリコンゴムやメラミンフォームでもとれるのだが、合成洗剤系の歯磨き粉を使えば取れるので、石鹸歯磨き粉とかわるがわる使っている。

知覚過敏なので、シュミテクトを使う時もある。しかし、石鹸系の歯磨き粉の後味は良いが、合成洗剤系は何回ゆすいでも後味が悪い（その後味の悪さを消す意味でも、私は最後に後述の漢方うがいをする）。

歯磨きのやり方

食べてすぐ磨く時もあれば、すぐ磨かない時もある。

私の砂糖嗜癖は影をひそめてはいるが、完全に治ったわけではない。結婚前は、間食をしないかわりに、食後のおやつが絶対に必要だった。糖分が食事の最後にくると虫歯になりやすいと知っていながら、やめられなかった。結婚以後は、食後のおやつもほとんど不要になった。摂食障害も砂糖嗜癖も、不幸度の高い時、ストレスの高い時に起こると私は結論づけている。

なるべく歯ブラシを持ち歩くようにしているが、歯磨きができない時は、お茶で口をよくゆすいだり、キシリトールガムを噛んだりしている。その辺はファジイに対応している。原則は、起床直後・朝食後・昼食後・夕食後・就寝前の一日五回磨く、であるが、これもできない時にははしょっている。

というのは、私の実父なんぞは、食後に羊羹やケーキなどの甘いものをたくさん食べても、起床直後と就寝前の歯磨きとウォーターピックで、六十五歳の現在まで一本も虫歯がないという驚きの歯の持ち主だからである。現在七十七歳の姑も四十六歳まで虫歯が一本もなかったという。

頻繁に磨いても虫歯になる場合と、たいして磨かないのに虫歯にならない違いは一体何なのか、長年の謎だった。私と父の歯は、歯並びから歯質からそっくり、手相も髪の量も字の形もそっくりである。猫背も斜視も父性遺伝である。

父が虫歯にならないのは、バイン&バーベインプラスの状態にあること（例えマイナスになっても自分を否定しない、プラス思考の人間であろうと努力し、それを実現している）と、糖分を子供時代（二十歳前）に摂取しなかったこと、この二つにあると考えている。

父も姑も極貧で、およそ甘味《かんみ》には近づけなかった子供時代を経験している。

一日一回だけ、就寝前（夕食後）の歯磨きだけは、手をかける。

まず、①８０２０ブラシ（生協子供用ふつう歯ブラシをペンチで毛束を交互に抜いて、交互植毛にしたもの）に、歯磨き粉を少量つけて、歯のすきまや根元などを磨く。次に、②生協子供用ふつう歯ブラシを用い、塩（キパワーソルト）またはピールエキスで、歯の表面を磨く（舌を磨く時もある）。次に、③歯科もしくは東急ハンズで売っている特殊な歯ブラシを使って、歯のキワを全部磨く。そして、④デンタルフロス（ジョンソン・エンド・ジョンソンのソフト&ミントが気に入っている）で、歯の間を掃除する（時々デンタルフロスのかわりにＵＳウルトラスリム歯間ブラシ《歯医者で買う、普通には売っていない》を用いて掃除する）。仕上げに⑤漢方うがいをする。濃い緑茶によるうがいでもよい。

起床直後・朝食後・昼食後・間食後は、①のみである。

ウォーターピックは幼い頃から長年愛用していたが、最新版は水圧がもの足りないので役に立たなくなった。過去の商品は、水圧があって、面白いように歯茎が締まったものだった。

電動歯ブラシを使用していた時期もある。私は右の痛みという慢性症状を背負っているので、歯を磨けないほどの痛みの時は、電動歯ブラシに頼らざるを得ない。

結婚してからは③④をはしょることが増えた（暇がない、疲れている）が、それでも四日に一回はするようにしている。歯医者で無駄な時間とお金を使い、痛い思い、嫌な思いをすることを考えれば、たいした手間でもないだろう。

仕上げ（漢方うがい薬と乳酸菌）

誰よりも免疫力の低い普通人である私は、親に、いろんな注意・制限・禁止事項を設けられてきた（その事項とは、最終的に家庭裁判所に相談するところまで及び、個人のプライバシーをめちゃくちゃに踏みにじるものであった）。

特に喉が弱い。ちょっとしゃべっただけですぐ痛くなる。痛いから大人しくしているのを、他人は私を大人しく静かな人間と決めつける。

痛いから黙ってるだけだ！

こっちは相手の話を聞いて、思ったことも言えず、拷問だわ。これがダンナに思いをぶちまけて、延々と喋る時は痛くならないから不思議である（しゃべりすぎの喉の痛みにはホメオパシーの硝酸銀が抜群に効く）。

うがいをしろ、うがいをしろと言われ続けた三十一年間。ところが、結婚して、ダンナも姑も、うがいなんてほとんどしない。それで七十九歳の姑など、全く風邪をひかないのである（私たち夫婦が風邪でも、うつりもしない）。

「うがいしなけりゃ、風邪をひく」というのは、絶対ではないことが、これで明らかになった。

私は結婚してから、市販のうがい薬を使ったことがない。医者は、風邪というとすぐヨード系のうがい薬（イソジンなど）を出すが、これで更にひどい痛みになってしまった人は多くいると思う。ヨード系のうがい薬が合っていないのである。今までに、多くの人に教えてきた（医者にも逆に教えたほどである）。ヨード系を使って痛くなる人は、ヨードの入っていない（例えばミント系）うがい薬を使うこと。保健薬でも種類はいろいろある。市販では、「コルゲンコーワうがい薬１２３」（興和）、「プレコールうがい薬」（藤沢）などである。

その他に、塩・緑茶・紅茶でのうがいがあるが、私が虫歯予防のためにすすめる漢方うがい薬というのは、喉うがい（ガラガラうがい）ではなく口うがい（くちゅくちゅうがい）に使うものである。歯磨きの仕上げや、歯磨きができない時など、非常に効果的である。もちろん風邪のうがい（喉うがい）にも効果的で、私は毎日予防のためにうがいをしている。口内炎にも効く。

漢方うがい薬のつくり方

リコリス（甘草）パウダー、ナツメグ（肉豆・ニクズク）パウダー、シナモン（桂枝）パウダーそれぞれ小さじ一杯を、お茶パックに入れる。そのお茶パックを更にお茶パックに入れる（お茶パックを二重にする）。大きな蓋つきマグカップに入れて、沸騰したお湯を注ぐ。お湯が完全に冷めたら、お茶パックをぎゅっと絞って取り出す。このマグカップの中にできた液体が漢方うがい薬である。

少量を口に含み、歯の隙間を液体が通るようにして口うがいをする。吐き出す時は、なるべく流し口に口を近づけて吐き出す（スパイス独特のにおいが辺りに飛び散りやすいため）。甘くて美味しい液体だが、リコリスは飲むとむくみなどの副作用があるため、ごくごく飲まないこと。スパイスなので、誤って少量飲み込んでも毒ではない。

私が漢方うがい薬を支持するのは、殺菌は不要だと思うからである。普通の生活で、殺さねばならない菌はない筈である。乳酸菌などの善玉菌を優勢にして、虫歯菌などの悪玉菌を劣勢にもっていけばよいのだ。共生の思想は、農地においても、人間社会においても、そして口内においても共通するのである。

摂食障害の私は、夜中に過食したくなる時は、ヨーグルトにする。歯磨きしない時、口内に残ってもよい食べものはヨーグルトなのである。

風邪で喉が痛い時は中国漢方が効く。

板藍根《ばんらんこん》顆粒《かりゅう》（中華街の薬局で入手可能。アブラナ科天然の抗生物質。砂糖と混ざっており、飲みやすく、よく効く。風邪かな、と感じた時にすぐ飲むと抜群に良い。）

桂林西瓜霜《グォイリンシイグアシヨアン》（中国より個人輸入。口内炎にもよく効く）

歯の知覚過敏には、シュミテクトで対応するしかなかったところに、WELEDAの歯磨き粉に出遭った。どの種類でもOK。ちなみに私は純石鹸生活派であるが、日本で各社から発売されている石鹸歯磨きは味が良くないし、使いづらいし、大嫌いである。

〈整形外科〉

右半身の激痛

ナト・ムール／Natrum muriaticum体質（ホメオパシーの分類法）の私は、三〇C→二〇〇Cと進んだ段階にあるが（夫の霊視によると、二〇〇Cのレメデイの感情に対する効力は、強いネイチャーエッセンスの四〇倍位）、とにかく幼稚園から中学時代までが一番、直接的ないじめに苦しみ、他者への恨みを募らせていた時代であった。

私は、その場ですぐ自分の苦しみを他者に伝達する行動をとらない。極めて孤独なまま、本を友として過ごす。その結果として、S子やSなど、完全に忘れてしまいたい人物が、この十五年以上にわたってずっと夢に出てくるという苦しみを抱えることになってしまった。それだけでなく、何をしても止まらない激しい痛みに苦しめられている。

私は、ナトリウム・ムリアティクムの最終段階まで症状が進んでしまっていると考え、二〇〇C→一M→一〇Mと進む予定だが、二〇〇Cを一回（一粒）飲んだ時点で、泣くのが止まらないなどの症状が出現、ネイチャーエッセンスさえ控えなければならない状態になった。

私が十五歳の夏から苦しめられていた第六チャクラの痛みは、右の眼窩内から眉間の奥に向かって、右手の親指を当て、あらんかぎりの力で抑えると釣り合うほどの痛みであった。

一日三回クロナゼパム（＝ランドセン＝リボトリール・ベンゾジアゼピン系抗てんかん薬）〇・五㎎を飲んで、ようやく痛みが止んだ。

だが、十五歳当時、高校一年生の暑い夏、なぜ何も原因がないのにこんなに頭が痛いんだろうと思いながらも、親にも誰にもそれを口に出すことすら許されない。そんな環境の中で（口に出しても更に傷つくだけだ）大学時代には自律神経失調症と診断され、漢方薬を処方されたが、一向に良くならない。

二十二歳、大学四年生の秋には、ベル麻痺といわれる右顔面神経痛が加わり、一時は痛みのために起床できず眠れず、ひきこもりがひどくなり大学も休学しなければならなかった。同時進行的に、右半身（特に肩）の痛みが激しくなり、薬の内服外用、療法は自分で手の届く範囲ですべて効果なし。絶望的だった。

私が家出をして、生きていくために就いたファッションサロンの仕事をやめざるを得なくなったのは、右手の痛みのためにマッサージができなくなったからである。結婚して、家事をしなければならなくなると、痛みは更に増した。自分のホームページを作成することに生死がかかるほど、痛みは絶頂に達した。

整形外科のはしごは、エッセンスのおかげで少なくてすんだ（エッセンスは人との縁を取り持ち、必要な情報を引き寄せる作用を持つ）。痛みのために死にたくなるのはもちろんなのだが、私は痛みのために何もできない（包丁すら握れない、皿洗いすらできない、歯磨きさえできない）日々を、ただ「イタイイタイ」と言って生きるのが我慢ならなかった。

やりたいことがいっぱい、いっぱいある。何もできないなら死んだほうがましだ。私は、ダンナに訴えては泣いた。ダンナは、「イタイヨイタイヨ」と呻く私に、「かわいそうになあ。自分は痛みには強いから、かわってあげられたらなあ」と言って介護してくれるのだった。死体のように横たわって呻く人間を見ている方だって、つらいだろう。ダンナは霊的な能力を全開にして私の痛みに祈願してくれた。それでも、すぐ痛みが消えるというわけではない。そうそう奇跡が起こるものでもない。

殺してほしい。法律のことは何も知らないが、この世では、自殺は大変いけないことらしい。私の大好きだった作家江藤淳が奥さんの後追い自殺をした時、皇室との血縁関係の記事は絶対出てこなかった。雅子妃ご結婚の折にはちゃんと出ていたのに。

バッチの理論を知っている私は、痛みが、方向性を変えろというメッセージだと充分にわかっている。バーベインマイナスの状態を手放せ、という警告なのだ。だが、今更バーベインを手放すつもりはない。今までのいじめや苦しみを忘れてなるものか。

幼い頃から、右手で字を書く時、人の何倍もの力を入れて字を書く人間だった。テストのために記憶しなければならない事柄を、広告の裏に、手を壊す勢いで書きなぐった。

クラス全員が掃除をサボっても、私は一人で掃除をする学級委員だった。学級委員だから掃除をしたのではない。汚れた教室で半日を過ごすのがたまらなく嫌だった。私は清潔を愛していた。

その頃から箒を持つ肩は痛かった。自分が、バーベインの典型的症状だと知った時、「ああ、バーベインは治らないな」と思った。今でも凄い力を入れて字を書き、パソコンやワープロのキーボードも力を入れて打つ。力を入れない方が楽に違いないのに、私には、それが「できない」のだ。

長かった家庭内暴力の年月。私は渾身の力で両親とやりあった。


病院では、疼痛性障害（非定型精神病の中に含むらしい）、三十肩、腱鞘炎、頸肩腕症候群というぐらいで、医者もお手上げ、使わないで休めましょう、という診断。右上歯の知覚過敏も加わり、痛み止めを処方してもらっても、麻酔を注射してもらっても何の効き目もない。

結婚して、独身時代のように、自分の好奇心、研究心のおもむくまま自由に使える時間はなくなった。家事は、肩が痛くてもしなければならないお仕事になった。料理は何が何でも私の領分だが、洗濯と掃除は同居している姑がほとんどしてくれている。買いものは、生協の個人宅配でほとんど間に合う。そんな中で、家事をやった後の残りの時間をＰＣに使う。

痛みのために、アロマトリートメントは全くできない日が続いている。パンは、独身時代に毎日三回焼いていたのが焼けなくなった。新しいレシピ開発はもう無理だろう。ハーブ園も世話ができず放ったらかし、編みものや小物づくりはしたくてたまらないが、こういう細かい作業は一番痛みが来るので、とてもできる状態ではない。右手が使えない分を左手でカバーする生活。

でも決して諦めない。負けてなるものか。私をいじめたすべての奴らとHが成功道を歩いている限り、私は生きてやる。

偏平足

集団は、ちょっとでも他と違えばいじめが待っている。

私はひどい偏平足だった。学校の足型取りは、一体何のために行なわれているのか。土踏まずがないことを、子供本人に見せつけるだけ見せつけ、大勢の前で恥をかかせ（この時点で「土踏まずがない～」とからかわれるのだ）、後は何の指導もない。幼年期に裸足で遊ばせなかったからです、と、医者どもは偉そうに言うが、私は幼年期ほとんど裸足で過ごした。

プールサイドを歩くのが地獄だ、という子供の気持ちに共感できるか？　私は、土踏まずの部分が描かれていない足跡の絵が、ただの絵の上でのことと思っていた。しかし、おかしかったのは私の足跡のほうで、私の足跡は両足とも土踏まずなしのベタ足なのだ。水泳の時間、プールサイドを濡れた足で歩く時にからかわれるのを避けるため、水ですでに濡れているコンクリートを選んで歩く子供の心を、誰が知っていただろう。

土踏まずのない足で長時間立っているしんどさ、一キロも歩くと、もう足首や膝が痛む。特に右足がひどかった。周囲が色物の流行のローファーを履《は》く中で、独り白い運動靴しか履けなかった。自分の足が偏平足で、そういう靴しか履けない身体であることを受け入れることは難しく、自分の身体を呪った（遺伝を激しく呪った。だから生物系を専攻した）。それ以上に、やはり周囲から奇異なまなざしを浴びせられることが、私の心に耐え難い苦痛をもたらした。しかしそれを表に出すことは決してなかった。

大学卒業後、市民病院で、右手中指にできたガングリオン（これは後に自然消滅）を整形外科で診てもらったついでに、長年の足の痛みを訴えたところ、保険で安く足底板ができるという。喜んだ。ところが、できあがってきたのは、役に立たないお粗末な代物だった。日本の医療は実にくだらない。

その当時、『歩くこと・足そして靴』（風濤社）という本に出会った私は、ドイツの靴が良いことを知ったが、自宅から行くことのできる距離に、その靴を扱う靴屋はなかった。行ける距離の靴屋を探して店の前まで行ってはみたものの、高級な店の雰囲気に、試し履きをしたいと入る勇気はでなかった。その上、私には自由に使えるお金が一円もなかった。整骨院で働いてはじめて給料十万を手にした時、向かったのはその靴屋だった。

　店員は私の足型をとると、迷わず、フィンコンフォート一〇〇〇VAASA《バーサ》と一五〇三TEXEL《テキセル》が、私の足に必要な靴だ、と言った。足底板の調整は三回必要で、徐々に土踏まずができます、と言うのだった。私は、値段の安い一五〇三TEXELを買い、最初の足底板をつくってもらった。一九九五年のことだった。

　履き心地は…最高だった！

　足裏の汗が通常より多い私の偏平足が、綿一〇〇パーセントの五本指の靴下を履いてこの靴を履くと、蒸れずに何時間でも、痛くなく歩くことができるのだった！　ただ、右足のかかとの靴擦れがひどく、それだけが痛く、一週間履いたところで私は店に相談に行った。店員は、丁寧に私の足を見て「大丈夫です。履いているうちになじんできますから」と自信に満ちて言うのだ。血が滲む靴擦れの痛さに閉口しながらも、それ以外の症状が全部消えたことに対する爽快感があまりにも強かったため、騙されたつもりで信じることにした。

　店員の言葉は本当だった。長年の偏平足で歪んでいた私の足は、正しい足底板を得たことによって、足首や膝など、足の上のすべての器官の歪みを自然に手放していった。歪みが正されていくに従い、靴擦れは自然消滅した。最後に残ったのは、幸福感と、足が自由になった万能感だった。

　これからは、どこまでも歩いていける、走っていける！

その後、フィンコンフォート二五二一ＪＥＲＳＥＹ《ジャージー》（蒸れやすい真夏用）、一〇〇八ＬＩＮＺ《リンツ》（寒い真冬用）を揃えた。ひきこもって家の中で過ごす時間の多い私は、家のスリッパとしても一五〇三ＴＥＸＥＬと、二五二一ＪＥＲＳＥＹを履くことになった。

一足五万円近い、最高の履き心地の靴は、流行のローファーへの未練をきっぱりと断ち切ってくれた。一九九五年に最初に購入した一五〇三ＴＥＸＥＬは、修理を重ねて、二〇〇三年現在も毎日庭ばきとして履いている。もうボロボロで、知らない人は軽蔑したまなざしを送るほどで、まさか四万円以上もするサンダルだとは思いもしないだろうが、フィンコンフォートのロゴが誇り高く、鈍い光を放っている。

二〇〇三年五月末、二七一二ＫＩＮＧＳＴＯＮ《キングストン》が加わった。そして、足底板の調整から解放された。これは、偏平足用に足底板を調整したことでＯ《オー》脚傾向が強まったためになされた変更である。二〇〇四年十二月には、二五〇九ＳＹＬＴ《シルツ》を室内ばきに加えた。

非ステロイド抗炎症薬＝鎮痛薬（生理時にも）

ロキソニン（カンファタミン）、バファリン、ボルタレン、インドメタシン、ニフラン、ナイキサン、フルカム、ノイロトロピン、テルネリン。

市販薬／ナロンエース、ノーシン、バファリン、チュアノン。

外用（エッセンスオイル、エッセンシャルオイル、油、ホメオパシークリームなど）

何年もいろいろなもの（正紅花油・塗るビタミンCなど）を試した。その結果、ヤングリビングエッセンシャルオイルズのヤングヴァラーが一番効果があるため、愛用している。

ＡＫＡ（関節運動学動的アプローチ）

整形外科医Kドクターの紹介で受けることになった療法。

保険範囲外の手技治療である。Sドクターの手技は素晴らしく、数分の治療を受けただけで、痛みが楽になる。しかも一五〇〇円。二週間から一ヶ月に一度、数分間受けるだけでよい。こういうドクターが増えて欲しい。

『肩こり腰痛の医学』（石田肇著、講談社健康バイブル）

この本のみが、私の痛みを図入りで解説していた。医学的説明を読んだ時は嬉しかった。大後頭神経関連痛、僧帽筋関連痛、肩甲骨内上角関連痛、すべて「まさにそのとおり！」

ペインクリニック

整形外科五軒では、レントゲンをとって異常なしだったので、ペインクリニックをまわった。二軒目では、局所麻酔の針が入らないほどひどい状態だった。三軒目で、右星状神経節ブロックを二〇〇四年十一月から週二回したところ、劇的に効いた。現在十三回目の注射を終えたところである。二〇〇五年四月からPCを毎日できるようになった。

ダンナの霊力

これにすがるのは、もう最後の最後の時である。ダンナの消耗がひどすぎるので使わずにとっておく力である。私は結婚してから二回しか使っていない。私が元気になっても、ダンナが滅んだら何にもならない。金も払わずたかる相談者に、妻として激しい怒りを覚える。

ホメオパシーレメデイ

金（アウルム）。二〇〇五月三月十一日、ホメオパスの卵S氏が私のために選んでくれたレメデイ。六C→二〇〇Cに進んだ時点で、全てがとても楽になった。

現在の内服薬（二〇〇五年六月十二日）

漢方の芍薬甘草湯（保健薬）　一日二回。
ビタミンC　一〇〇〇㎎を一日三回。
ビタミンB_{12}（保健薬）　五〇〇㎎を一日三回。
セレスタミン（ステロイド・保健薬）　よっぽど痛い時のみ。

あとがき

年表を見るとわかるように、私は、現在もエッセンスを生活のありとあらゆる側面でふんだんに用いている、渦中の人である。ただ、どんなときも、絶対揺らぐことがないのは、「エッセンスは、私をきっとよりよい場所に導きたいのであろう。それに従おう」という心である。「服部天神宮、大神神社の神様が絶対に救ってくださる」という心である。

エッセンスを飲んでいる者、神を信じている者が負けるはずがない。

誤解のないよう明記しておくが、私と両親・そして妹との関係は、いろいろな出来事があったにしても、私が二十二歳までは一般家庭と同じだった。

その後、我が家は愛情の行き違いにより崩壊したが、私（子）が親を妹を愛する気持ちは変わらない。ただ、それを表現できなくなってしまったというだけである。

この本を読んで、私の親の悪口を言う者がいるとすれば、私は、それを許さない。

これは私と親の身内の問題である。それを赤裸々に、こういう事例もありますよ、と公開したにすぎない。


精神障害者に対する差別は、現社会ではすさまじい。

私のような非定型精神病者は、どこの病院にも受け入れてもらえない。よしんば受け入れてくれるところがあるとしても、それは地獄のような場所である。

結婚三年目で姑とのつき合いが限界に達し、自分が精神障害一級であることを夫の親戚に明かしたところ、親戚の一人から、「精神障害者が親戚にいるなんて恥ずかしい。すぐ離婚しろ」と言われた。

また、もう一人の親戚の子（この子は私と同い年）に、この本の年表を見せると、

「賢いからわざと発狂しているんじゃないの？　わざと記憶喪失してるんじゃないの？」

とまで言われたのである。

私は、唖然として返す言葉がなかった。

文章について少しお断りしておくと、この本の前半部は、第八十一回コスモス文学新人賞・

ノンフィクション部門の佳作作品『クライアントからドクターへ　シリーズ①』を大幅に改稿したものである。後半部は、二〇〇二年からインターネット上に公開していた文章を改稿したものである。

「まりあ」は、私のペンネーム・ハンドルネームであるが、これはフジテレビの一九九四年ドラマ『この世の果て』（脚本／野島伸司）の主人公まりあからいただいた。とても暗いドラマであるが、三上博史が相手役で、当時の私の琴線に触れたドラマだった。私の最も愛する映画である『サウンド・オブ・ミュージック』のマリアもイメージしている。聖母マリア様は、最後に付随する理由である。

最後になりましたが、素敵な題名をつけてくださった、たま出版の中村利男専務、編集を担当してくださった吉田冴絵子さん、また、この本を出版することを理解し大きく後押ししてくれた私のダンナに、大きな感謝を捧げます。

そして、この本を手にとってくださった「あなた」にも…。本当にありがとう。

二〇〇五年六月

坂下まりあ

参考図書・ヘルプガイド

●エッセンス

『オーストラリア・ブッシュ・エッセンス』（フレグランスジャーナル社）
『エドガー・ケイシー文庫　ソウルメイト』（中央アート出版）
『エドガー・ケイシー　驚異の波動健康法』（中央アート出版）
『聖なる予言』（角川書店）
『聖なる予言実践ガイド』（同前）
『第十の予言』（同前）
『聖なるヴィジョン』（同前）
『フィンドホーンの魔法』（サンマーク文庫）
『バッチの花療法』（フレグランスジャーナル社）
『世界のフラワーエッセンス』（廣済堂出版）
『花の贈りもの』（風雲舎）
クイーン薬局（TEL075・493・1295）http://www.k3.dion.ne.jp/~queen-pm/
　京都府京都市北区紫野東泉堂町12の6
カリス成城　神戸阪急店（バッチのみ）（TEL078・360・7366）
　兵庫県神戸市中央区東川崎町1の7の2

光の柱　http://homepage3.nifty.com/hikarinohashira/

●栄養関連

川島四郎著書

『まちがい栄養学』（新潮文庫）
『続まちがい栄養学』（新潮文庫）
『くだもの栄養学』（新潮文庫）
『たべもの心得帖』（新潮文庫）
『日本食長寿健康法』（新潮文庫）
『アルカリ食健康法』（新潮文庫）
『食べ物さん、ありがとう』（朝日文庫）
『続食べ物さん、ありがとう』（朝日文庫）
『続々食べ物さん、ありがとう』（朝日文庫）

丸元淑生《よしお》著書

『図解　豊かさの栄養学』（新潮文庫）
『図解　豊かさの栄養学2』（新潮文庫）
『丸元淑生のスーパーヘルス』（新潮文庫）
『悪い食事と良い食事』（新潮文庫）

『丸元淑生のシステム料理学』（文春文庫）
『食べるクスリ』（飛鳥新社）

森下敬一著書
『肉食亡国論』（芸術生活社）
『自然に学ぶ健康法』（にっかん書房）
『月刊誌・自然医学』（国際自然医学会）
第三四八号には、バッチの花療法やホメオパシーのハーネマンについて触れた大槻真一郎氏や、ベルジュバンスパーマの山崎伊久江氏の文章も掲載されている。

『発掘！　あるある大事典』（扶桑社）
『ビッグコミックス　美味しんぼ』（小学館）
『ニチブンコミックス　ザ・シェフ』（日本文芸社）
漫画は、子供にどんどん読ませても良い。私は漫画禁止の子供時代を送ったが、親に隠れて読みまくっていた。
『医食同源の最新科学』（農文協）
『クスリになる食事百科』（主婦と生活社）
『食物なんでも読本』（三公社）
『台所健康法』（広済堂）
『薬食健康法事典』（講談社）

●花粉症・アレルギー

『花粉症の治療と予防』（池田書店）
『ステロイドを使うといわれたとき』（保健同人社）

ＮＰＯアトピーステロイド情報センター「ＡＳＩＣ」（ＴＥＬ０６・６３６４・０２７５）
ここに救いを求めた時、「そんなに知っているのなら、いつか自分で治すことができるよ」と太鼓判を押されてしまった。勇気をもらって照れた一瞬。
アトピーの子をもつママの会（自助グループ）山梨県フラワーショップ花国
『どうしても化粧したいあなたに』（三一新書）
『続どうしても化粧したいあなたに』（三一新書）
『続々どうしても化粧したいあなたに』（三一新書）
『買ってはいけない化粧品』（三一新書）
『改訂版食品・化粧品危険度チェックブック』（情報センター出版局）
『買ってもよい化粧品買ってはいけない化粧品』（コモンズ）
『オーガニック・コスメ』（双葉社）
『オーガニック・コスメ＆ヘアケア』（双葉社）
『きれいになれる！　自然派化粧品』（双葉社）
クレヨンハウス大阪（ＴＥＬ０６・６３３０・８０７１）http://www.crayonhouse.co.jp/home/
てくてく（ＴＥＬ０２６５・５３・５９８０）http://www.tekuteku.net/

ヤングリビングエッセンシャルオイルズ（ＴＥＬ０３・５３２６・５７５１）
http://denn.fc2web.com/newpage 56.html
ネイチャーズウェイ　ハービス店（ＴＥＬ０６・６４５３・５７２１）
http://www.naturesway.jp/shop.html
フォレスト（ＴＥＬ０５４５・５５・４８００）http://www.forestwind.jp/
Style Miwa　http://www.style-miwa.com/
装飾品保護シールド剤――東急ハンズで入手可能。
発売元（株）アトリエ・クリフォード（ＴＥＬ０３・３３９２・２０８８）

●女性の性の問題について

『決定版　写真とイラストでわかる本　愛と性の医学』（主婦と生活社・昭和四十九年六月号付録）
『別冊　主婦と生活　女性のからだ医学バイブル』（主婦と生活社・昭和六十一年五月発行）
『もりたひらく詩集　時を喰らった怪獣』（竹林館）
性的虐待自助グループで知り合った女性の詩集。
『若い女性のからだノート』（田村豊幸・健友館）
『からだノート』（中山千夏・文春文庫）
『私たちは繁殖しているイエロー』（内田春菊・角川文庫）
『私たちは繁殖しているブルー』（同前）
『私たちは繁殖しているピンク』（同前）

『良いおっぱい悪いおっぱい』（伊藤比呂美・集英社文庫）
『おなか・ほっぺ・おしり』（同前）
『赤ちゃんが来た』（石坂啓・朝日新聞社）
『たぬき先生の小児科ノート』（毛利子来・ちくま文庫）
『女たちの便利帳五』（教育史料出版会）
『いま生命を語る』（信州大学教養部生命論講座編・共立出版）
『PMSを知っていますか』（木村もちこ・サイマル出版会）

PMS（プレメンストリュアル・シンドローム）＝月経前症候群についてわかりやすく書かれている。私もPMSに毎周期悩まされている。むくみ、頭痛、眠気、イライラ感など。いろいろなもので緩和を試みたが、結局は症状を受け入れて、自己スケジュールを無理のないように調整する、周囲の人にカミングアウトし協力を仰ぐしかないと思う。

●歯について

USウルトラスリム歯間ブラシ（ルミデント五本入り）
ヘレウス　デンタル　マテリアル株式会社（TEL0722・27・9771）

特殊ブラシ
東急ハンズのものは、柄がまっすぐなので少し使いづらい。

EXワンタフトM

ライオン歯科材株式会社（ＴＥＬ０３・３６２１・６１８３）
歯科でしか入手できないほうは、柄が傾斜していて、大変使いやすい。
（株）オーラル　ケア（ＴＥＬ０１２０・５００・４１８）
いくつかの生協でも入手可能
プロフィッツエビス（株）（ＴＥＬ０１２０・３７・０７９１）

交互植毛ブラシについて
『これでなくせる歯の悩み』（農文協）

歯磨き粉や食品のフッ素含有度について
『ザ・クインテッセンス』（一九八九年八月号　クインテッセンス出版）

歯がしみる時に参考になる本
『新しい歯周病の治し方』（農文協）

デンタルＩＱを高めたいなら
『歯の治療と料金がわかる本』（日本医療企画）
『ここがおかしい菌の常識』（ダイヤモンド社）

●靴について

フィンコンフォートシューズ
ROOM―9（ルームナイン・西山靴研究所）（TEL0727・52・2753）
大阪府池田市呉服町1の1　サンシティ池田124
（10：00〜20：00　水曜定休）
NHKでも紹介されたお店。テクニカルマスターのH氏が丁寧に靴を調整してくれる。
G・O・S・R（ドイツ整形外科靴研究会）靴調整士のいるお店は全国にある。札幌市・青森県八戸市・宮城県塩釜市・茨城県ひたちなか市・群馬県山田郡（私は現在ここを利用）・長野市・埼玉県久喜市・埼玉県志木市・東京都三鷹市・東京都中野区・東京都江東区・東京都葛飾区・東京都世田谷区・千葉県四街道市・神奈川県横須賀市・愛知県名古屋市・愛知県安城市・京都市・大阪市・和歌山市・広島県三原市・沖縄県那覇市

●その他

白骨温泉観光案内所（TEL0263・93・3251）
医薬品によって被害にあったり、危険があると思った時の連絡先
PMDA医薬品副作用被害救済制度（TEL03・3506・9411）
医薬品PLセンター（TEL0120・876・532）

都道府県薬剤師会ＰＬ相談窓口
地元の消費生活センター
国民生活センターなど

精神が疲れてしまった時に
ココロの陽だまり情報誌『Sunぽ』（ＴＥＬ・０７９７・８０・３１１１）
天使のつばさ（全前脳胞症の会） http://www5f.biglobe.ne.jp/~ten-tuba/
統合失調症自助グループ（ヤフーｅグループ内） 著者がオーナーを務めている。
http://groups.yahoo.co.jp/group/tougousittyou/
ぱんやきのめ／はらっぱ（長崎県伊那市）
（ＴＥＬ０２６５・７６・４３７５／０２６５・７６・１９２３）
アンシャンテ（長野県駒ケ根市）（ＴＥＬ０２６５・８３・１５１０）
海外青年協力隊出身の店長さんのカレー店

●著者のホームページアドレス
http://www.rose.sannet.ne.jp/maria/maria.htm

あたしは非定型精神病なのだよ

二〇〇五年八月八日　初版第一刷発行

著　者　坂下まりあ
発行者　韮澤潤一郎
発行所　株式会社たま出版
〒160-0004　東京都新宿区四谷四—二八—二〇
電話　〇三—五三六九—三〇五一（代表）
http://www.tamabook.com
振替　〇〇一三〇—五—九四八〇四
印刷所　図書印刷株式会社

ISBN 4-8127-0115-5 C0011
©Maria Sakashita 2005 Printed in Japan
乱丁・落丁本はお取替えいたします。